OASIS - SOTTO LA CUPOLA

GLI ULTIMI UOMINI: LIBRO 1

DIMA ZALES

♠ MOZAIKA PUBLICATIONS ♠

Copyright © 2023 Dima Zales e Anna Zaires
www.dimazales.com/book-series/italiano/

Traduzione italiana: Sabrina Scalvinoni

Pubblicato da Mozaika Publications, stampato da Mozaika LLC.
www.mozaikallc.com

Copertina di Najla Qamber Designs
www.najlaqamberdesigns.com

e-ISBN: 978-1-63142-769-5
ISBN: 978-1-63142-857-9

1

Cazzo. *Vagina. Merda.*

Penso di proposito a queste parole proibite, ma la mia scansione neurale non mostra alcunché di anomalo rispetto a quando rievoco parole simili dal punto di vista fonetico, come *pazzo*, *angina* o *merla*. Non vedo prove dell'alterazione del mio cervello, ma forse è già troppo danneggiato e le cose non potrebbero andare peggio di così. Forse ho bisogno di un'altra cavia, di un altro ventitreenne 'impressionabile' come me.

Dopotutto, potrei anche non essere sano di mente.

"Oh, Theo. No, ci risiamo" dice un'acuta voce femminile troppo amichevole. "Tieni presente che le parole sortiscono davvero un effetto sul tuo cervello. Per esempio, la parte del tuo cervello che controlla il disgusto si accende di fronte alla parola 'merda', ma con 'merla' non succede affatto."

A parlare è Phoe. Non tramite una voce nella mia testa, stavolta, ma come se si trovasse nei folti cespugli alle mie spalle. Però lì, in realtà, non c'è nessuno.

Io sono l'unica persona su questa striscia d'erba.

Nessun altro viene in questo posto, perché il Confine dista solo mezzo metro da qui. Pochi residenti di Oasis osano guardare la cupa linea che separa l'estremità del nostro mondo abitabile dall'inizio della deserta landa desolata chiamata Melma. Ma a me non dispiace.

Ripeto, potrei essere pazzo... e la causa della mia pazzia sarebbe Phoe. Vedete, io non credo che Phoe sia reale. Nella migliore delle ipotesi, è la mia amica immaginaria, e il suo nome, comunque, si pronuncia 'Fi' ma si scrive 'Phoe'.

Già, ecco fin dove si spinge il mio delirio.

"Quindi passi da un argomento trito e ritrito a un altro." Phoe sbuffa. "La mia cosiddetta autenticità."

"Giusto" dico. Anche se siamo soli, rispondo di nuovo senza muovere le labbra. "Perché ti *sto* immaginando."

Sbuffa per la seconda volta, mentre io scuoto la testa. Già, ho appena scosso la testa a beneficio del mio delirio. E mi sono anche sentito costretto a rispondere.

"Per la cronaca" proseguo, "sono sicuro che il termine tabù 'merda' influenzi le aree del mio cervello responsabili del disgusto allo stesso modo dei sinonimi più accettabili, per esempio 'feci'. Il punto a cui volevo arrivare è che quella parola non danneggia, né altera il mio cervello. Queste parole non hanno niente di speciale."

"Sì, sì." Stavolta, Phoe è dentro la mia testa e usa un tono derisorio. "Tra un po', mi dirai che un tempo alcune delle parole proibite si riferivano semplicemente a cose come le cagne e che nelle lingue morte ci sono parole che una volta rappresentavano dei tabù, ma non sono più vietate perché hanno perso il loro potere. Poi, probabilmente, ti lamenterai del fatto che, nonostante il cervello di entrambi i sessi sia quasi identico, solo ai maschi non è consentito pronunciare 'vagina', eccetera."

Mi rendo conto che stavo per replicare esattamente con quei concetti, il che significa che io e Phoe ne abbiamo parlato piuttosto a lungo. Ecco cosa accade tra amici intimi: si ripetono le conversazioni. E ciò è doppiamente vero con gli amici immaginari, suppongo, benché naturalmente io sia con ogni probabilità l'unica persona di Oasis ad avere un'amica immaginaria.

Ora che ci penso, non diventerebbe ridondante *ogni* conversazione con un amico immaginario, dato che si parla sostanzialmente con se stessi?

"Colgo la palla al balzo per ricordarti che sono reale, Theo." Phoe pronuncia intenzionalmente questa frase ad alta voce e non posso fare a meno di notare che essa proveniva da un punto leggermente alla mia destra, come se lei fosse solo un'amica seduta sul prato accanto a me... un'amica che, guarda caso, è invisibile.

"Solo perché sono invisibile non significa che io non sia reale" risponde Phoe al mio pensiero. "O almeno, *io* sono convinta di essere reale. Sarei io la pazza, se *non* mi ritenessi tale. Inoltre, molte prove portano a questa conclusione, e lo sai bene."

"Ma un'amica immaginaria non *dovrebbe* insistere sulla propria autenticità, in effetti?" Non riesco a trattenermi dal pronunciare queste parole ad alta voce. "Non rientrerebbe anche questo nel delirio?"

"Non parlarmi ad alta voce" mi ricorda in tono preoccupato. "Perfino con la subvocalizzazione, a volte muovi impercettibilmente i muscoli del collo, oppure le labbra. Tutte queste cose sono troppo rischiose. Dovresti solo indirizzare a me i tuoi pensieri. Usare la voce interiore. Così è più sicuro, soprattutto in presenza di altri Giovani."

"Certo, ma in questo modo, per la cronaca, mi sento ancora più svitato" rispondo, adesso tramite la subvocalizzazione, sforzandomi di non muovere le labbra o i muscoli del collo. Poi, per fare un esperimento, penso: "Parlare con te nella mia testa evidenzia semplicemente l'impossibilità della tua presenza, facendomi sentire come se mi mancasse qualche altra rotella."

"Beh, non dovrebbe essere così." La sua voce è dentro la mia testa adesso, eppure suona ancora acuta. "Un tempo, quando non era vietato essere mentalmente malati, immagino che le persone provassero disagio sentendo parlare qualcuno ad alta voce con un amico immaginario." Ridacchia, ma il suo tono esprime perlopiù preoccupazione anziché umorismo. "Non so proprio che cosa accadrebbe se qualcuno ti considerasse pazzo, ma ho un brutto presentimento al riguardo, quindi ti prego di non farlo, okay?"

"Va bene" penso, tirando il lobo del mio orecchio sinistro. "Anche se sarebbe un'esagerazione in questo luogo. Non c'è nessuno."

"Sì, ma i nanobot di cui ti ho parlato, quelli che permeano ogni cosa, dalla tua testa alla nebbia di utilità, *possono* essere utilizzati per monitorare questa zona, almeno in teoria."

"Giusto. A meno che tutta questa tecnologia, comodamente invisibile, a cui fai sempre riferimento, non sia un parto della mia immaginazione tanto quanto te" penso, rivolgendomi a lei. "In ogni caso, dato che nessuno sembra essere al corrente di questa tecnologia, come possono sfruttarla per spiarmi?"

"Rettifica: nessuno dei Giovani ne è al corrente, ma gli altri forse sì" ribatte pazientemente Phoe. "Ci sono ancora troppe cose che non sappiamo sugli Adulti, per non parlare degli Anziani."

"Ma se riescono ad accedere ai nanociti nella mia mente, allora non possono farlo anche con i miei pensieri?" penso, reprimendo un fremito. Se le cose stanno così, sono decisamente fregato.

"Il fatto che tu non abbia subito conseguenze per i tuoi pensieri, spesso indocili, dimostra che nessuno li controlla in generale, o almeno che non si preoccupano specificatamente dei tuoi pensieri" risponde e le sue parole alleviano il mio timore. "Pertanto, penso che monitorare i pensieri sia proibitivo dal punto di vista computazionale, oppure che violi uno dei miliardi di tabù sull'uso corretto della tecnologia, regole di cui fatico a tenere traccia, comunque."

"Beh, e se fosse un tabù anche sfruttare la tecnologia per ascoltarmi di nascosto?" controbatto, anche se lei comincia a convincermi.

"Può darsi, ma ho visto prove che possono essere meglio ricondotte allo spionaggio da parte degli Adulti." La voce nella mia testa si trasforma in un sussurro. "Pensa anche solo a quella volta in cui tu e Liam pianificaste di saltare la Lezione di fisica. Come facevano a saperlo?"

Penso all'epica seduta di Quiete a cui fummo condannati e a quando giurammo entrambi di non esserci traditi a vicenda. Arrivammo alla stessa conclusione: i nostri discorsi non erano sicuri. Ecco perché io, Liam e Mason abbiamo iniziato a comunicare spesso in codice.

"Potrebbero esistere altre spiegazioni" penso, rivolgendomi a Phoe. "Quella conversazione avvenne durante le Lezioni, e qualcuno forse ci sentì. Ma anche in caso contrario, il semplice fatto di essere monitorati in aula non significa che si preoccuperebbero di controllare questo luogo desolato."

"Anche se non controllano *questo* posto, o nessun altro punto al di fuori dell'Istituto, voglio comunque che tu prenda un'abitudine corretta."

"E se parlassi in codice?" suggerisco. "Sai, quello che uso con i miei amici non immaginari."

"Parli già troppo lentamente per i miei gusti" pensa con palese esasperazione. "Quando ricorri a quel codice, sembri ridicolo e aumenti drasticamente il numero di sillabe pronunciate. Ora, se fossi disposto ad imparare una delle lingue morte..."

"Va bene. 'Penserò', quando dovrò 'parlare' con te" penso. Poi passo alla subvocalizzazione: "Ma userò anche la subvocalizzazione."

"Se proprio devi." Sospira rumorosamente. "Però, fallo come un attimo fa, senza muovere alcun muscolo legato alla vocalizzazione."

Invece di rispondere, osservo di nuovo il Confine, il luogo in cui la serena vegetazione sotto la Cupola incontra il ributtante mare della Melma desolata, la tecnologia parassita che si moltiplica all'infinito e che trasforma la materia nella Melma stessa. Quest'ultima è ciò che resta del mondo al di fuori della barriera della Cupola e, se la barriera dovesse mai crollare, la Melma ci distruggerebbe in quattro e quattr'otto. Naturalmente, quest'immagine rievoca ogni sorta di emozioni spiacevoli e il fatto che la stia osservando volontariamente dev'essere un altro segno della mia instabilità mentale.

"Quella roba è *decisamente* disgustosa" riflette Phoe

nel tentativo di tirarmi su il morale, come al solito. "Sembra che abbiano cercato di creare una gelatina con vomito ed escrementi umani." Poi, con una risatina soffocata nella mente, aggiunge: "Scusa, avrei dovuto dire 'vomito e merda'."

"Non ho idea di che cosa sia la gelatina" subvocalizzo. "Ma in ogni caso, probabilmente ci hai azzeccato con gli ingredienti."

"La gelatina veniva mangiata dagli antichi nell'era antecedente al Cibo" spiega Phoe. "Ti troverò qualcosa da guardare o da leggere ma, se avrai fortuna, magari la serviranno alla prossima fiera del Compleanno."

"Me lo auguro. È difficile apprendere informazioni sul cibo dai libri o dai film" protesto. "Ci ho provato."

"In questo caso, sarebbe possibile" ribatte Phoe. "La gelatina veniva utilizzata soprattutto per la consistenza, piuttosto che per il sapore. E al tatto, dava la stessa sensazione di una medusa."

"Le persone mangiavano davvero quelle robe viscide, ai tempi?" penso, pieno di disgusto. Non ricordo di aver visto una scena del genere in qualche film. Indicando la Melma, dico: "Non c'è da meravigliarsi, se il mondo ha subito questa trasformazione."

"In gran parte del mondo non la mangiavano" aggiunge Phoe, assumendo un tono pedante. "E la gelatina, in realtà, era composta da proteine parzialmente decomposte ed estratte dalla pelle di mucca e di maiale, da zoccoli, ossa e tessuto connettivo."

"Adesso cerchi solo di disgustarmi" penso.

"Questa sì che è bella da parte tua, signor Merda." Ridacchia. "Comunque, devi andartene da questo posto."

"Davvero?"

"Hai Lezione tra mezz'ora, ma soprattutto, Mason ti sta cercando" spiega e, a giudicare dalla sua voce, ho l'impressione che si sia già rimessa in piedi sull'erba.

Mi alzo, facendomi poi strada tra gli alti arbusti che nascondono la Melma alla vista degli altri Giovani di Oasis.

"A proposito" continua in lontananza la voce di Phoe, che sta fingendo di camminare davanti a me, "una volta appurato che Mason ti *sta* cercando, *prova* a spiegare in che modo un'amica immaginaria come me potrebbe essere al corrente di questo dettaglio... cosa che non sapevi nemmeno tu."

2

Il campus assume un aspetto strepitoso quando il sole sta per tramontare. È uno dei pochi momenti in cui il colore rosso penetra nei locali dell'Istituto. Di solito, è il verde la tonalità predominante da queste parti: verde dell'erba, verde degli alberi e verde dell'edera che ricopre tutte le strutture. Ci sarebbe verde dappertutto, se l'edera potesse espandersi a piede libero, ma alcune delle parti più resistenti degli edifici dell'Istituto sono ancora di vetro e argento.

Oltrepasso il prisma triangolare del Dormitorio dell'Anno Medio e vedo i ragazzini gironzolare; le loro Lezioni terminano molto prima delle nostre.

"Mason si trova sul lato nord-est del campus" mi guida Phoe.

"Grazie" sussurro, poi mi dirigo verso la forma cuboide dell'Edificio delle Lezioni in lontananza.

"Adesso, puoi per favore tacere e concedermi l'impressione di non essere pazzo per dieci minuti?"

Intenzionalmente, Phoe non replica. Se crede che questo atteggiamento di silenzio, dopo averle chiesto di tacere, possa infastidirmi, allora mi conosce troppo poco, soprattutto per essere un parto della mia immaginazione.

Mentre cammino, cerco di concentrarmi sul piacere del silenzio, in parte perché lo provo, ma soprattutto perché voglio irritare Phoe.

La pace non dura a lungo. Mentre mi avvicino alla distesa verde del Campo Ricreativo, sento le voci eccitate dei Giovani che giocano a Frisbee. Avvicinandomi, noto che la maggior parte di loro ha almeno trent'anni, anche se alcuni Giovani sono sulla ventina, come me.

Un po' più lontano, noto un paio di Giovani adolescenti immersi nella meditazione. Osservo invidioso i loro volti sereni. La mia pratica di meditazione è scemata nell'ultimo periodo. Ogni volta che tento di fare qualcosa di rilassante, la mia mente comincia a lavorare e non riesco a trovare il mio baricentro.

Il brontolio dello stomaco mi distrae dai miei pensieri.

Protendo una mano con il palmo rivolto verso l'alto e in un attimo vi compare sopra una calda barretta di Cibo. La addento famelico, con un'esplosione di sensazioni sulle papille gustative. Ogni barretta di

Cibo possiede un rapporto unico tra gusto salato, acido, dolce, amaro e umami, e questa specifica barretta è particolarmente saporita. Ne apprezzo il sapore. Mangiare è uno dei miei pochi piaceri che la pazzia non ha guastato, non ancora almeno.

"Beh, il Cibo possiede un valore edonistico" afferma Phoe, apparentemente dimentica del broncio, "e poco altro."

Continuo a mangiare, cercando nel frattempo di azzerare la mente. Ho la sensazione che Phoe non veda l'ora di aggiungere qualcos'altro. Le piace sconvolgermi, come quando mi aveva spiegato che il Cibo viene assemblato da minuscoli macchinari ad ogni mio capriccio.

"Macchinari di dimensioni nanoscopiche" mi corregge. "Eh già, il Cibo viene assemblato, proprio come la maggior parte degli oggetti tangibili di Oasis."

"Allora, che cosa non è assemblato?" chiedo, ma non so bene se crederle.

"Beh, non penso che gli edifici lo siano, anche se non ne ho la certezza" risponde Phoe. "Di sicuro, gli elementi della Realtà Aumentata, come il tuo Schermo e metà degli alberi più belli di questo campus, non vengono assemblati, perché non sono in alcun modo tangibili. E anche le cose viventi non vengono assemblate. Anche se, a voler essere pignola, affermerei che le cose viventi in generale sono alimentate dai nano-macchinari, ma di una tipologia diversa." La sua voce è eccitata proprio come quella di Liam quando pianifica uno scherzo.

Ignorando le sue chiacchiere, mangio un altro boccone, ringraziando volutamente gli Antenati per il Cibo.

"L'hai fatto per infastidirmi?" chiede Phoe. "Hai appena ringraziato quei sempliciotti, timorosi della tecnologia, per aver compiuto questa scelta ingiustificata al posto tuo? Te l'ho detto, il tuo corpo potrebbe essere impostato in modo tale che i nanobot al suo interno rendano completamente superflui l'atto di nutrirsi e la gestione delle scorie."

"Ma ciò renderebbe la mia vita, che è già noiosa, decisamente più noiosa." Mi lecco via dalle dita i residui della barretta alimentare.

"Possiamo discuterne più tardi" ribatte Phoe, lasciando cadere l'argomento, grazie al cielo. "Mason è nel giardino dei sassi... e te lo sei lasciato alle spalle."

"Grazie" penso, e torno sui miei passi.

Quando entro nel giardino dei sassi, scorgo un ragazzo seduto sull'erba, in fondo, vicino alla statua argentea a forma di dodecaedro. Mi dà le spalle, quindi non posso inquadrarlo, ma sembra proprio Mason.

Mi avvicino silenziosamente, poiché non voglio spaventare il Giovane nel caso in cui sia immerso in una trance meditativa.

Ma non dev'essere così perché, nonostante il mio passo leggero, lui mi sente e si gira. Il suo volto assomiglia a quello di Ih-Oh, l'asino di un antico cartone animato.

"Ehi, amico" esordisco, sforzandomi di nascondere a Phoe il mio fastidio. È *proprio* Mason e si trova esattamente nel punto da lei indicato; in effetti non so spiegarmi perché la mia amica immaginaria lo sapesse in anticipo.

Anzi, non ho una valida spiegazione per molte cose che Phoe è in grado di fare, per esempio esonerarmi dall'Unione...

"Theo!" esclama Mason con aria leggermente sorpresa. "Sei qui. Stavo per venire a cercare te o Liam."

"Te l'avevo detto" sussurra Phoe nella mia mente.

"Che cosa volevi?" chiedo a Mason. Rivolgendomi a Phoe, subvocalizzo: "E tu, non parlare. E sì, sto scegliendo questa modalità di risposta con te, perché è più facile esprimere la mia irritazione. Non so se riuscirei a pensare con irritazione."

"Ah, fidati di me, puoi farlo" replica Phoe, senza preoccuparsi di sussurrare. "I tuoi pensieri sanno essere *molto* irritanti."

Mason non la sente, naturalmente, ma noto la sua reticenza nel proseguire la conversazione. Si guarda intorno furtivo e, quando è soddisfatto della nostra solitudine, sussurra: "Obbiamodey arlarepey."

"Significa 'dobbiamo parlare'" spiego mentalmente a Phoe.

"So che cosa significa" ribatte lei, così forte che

immagino le mie orecchie stapparsi. "Sono stata io a riesumare per te quell'articolo sul Pig Latin dagli antichi archivi" aggiunge con meno indignazione e ad un livello di decibel inferiore.

"Incamminiamoci, mentre parliamo" rispondo a Mason in Pig Latin. "Siamo in ritardo per le Lezioni."

"Come oivuey" dice Mason, alzandosi dall'erba. Nel frattempo, noto che si è notevolmente ingobbito, come se la sua testa fosse troppo pesante per il corpo.

"Sarebbe omecey uoivey" lo correggo, mentre ci dirigiamo verso l'Edificio della Scuola Materna, a forma di tetraedro.

"Come vuoi" risponde Mason, senza ricorrere al codice, strascicando i piedi accanto a me.

Ho una battuta sarcastica sulla punta della lingua, quando Mason mi sorprende, dicendomi in codice: "Sono troppo turbato per usare questa roba correttamente."

Lo guardo confuso, ma lui continua: "No, non semplicemente turbato." La sua voce sta perdendo sempre più vitalità. Fermandosi, mi rivolge una cupa occhiata. "Sono depresso, Theo."

Mi arresto, sgomento. "Sei che cosa?" esclamo, dimenticandomi del Pig Latin.

"Sì. Sì, la parola *tabù*." Piega le dita, poi lascia ricadere le mani. "Sono depresso, cazzo."

Osservo il suo volto per capire se scherza, sebbene non sia certo argomento di battute, ma non è così. Ha un'espressione cupa, coerente con la sua rivelazione.

"Mason..." Deglutisco. "Non so cosa dire."

Sono contento che abbia parlato della rivelazione in codice ma, nonostante questo, mi guardo intorno per essere sicuro che stiamo ancora camminando da soli.

Le sue parole comportano due problemi. Il primo è quello minore: ha pronunciato la parola 'cazzo' ad alta voce. Le conseguenze possono essere un giorno intero di Quiete per lui e qualche guaio per me, se non faccio la spia sull'ingiuria che ha pronunciato (non mi permetterei mai, ovviamente). Ma infinitamente peggiore è l'uso della parola 'depresso', per non parlare del fatto che diceva sul serio. Questo termine rappresenta un'immagine assolutamente impensabile, al punto che non ho idea della punizione che comporterebbe. È uno di quei tabù inutili come 'non mangiare i tuoi amici', una regola che probabilmente esiste ma, poiché nessuno ha mai mangiato qualcun altro nella storia di Oasis, non si sa come reagirebbero gli Adulti in un caso simile.

"Qualsiasi siano le conseguenze, sarebbero brutte" pensa Phoe. "Per il cannibalismo e anche per la mancata felicità."

"Allora siamo entrambi fregati" subvocalizzo, "perché non sono felice."

"Tu non sei depresso" afferma. "Adesso sbrigati, sta ancora aspettando che tu gli offra una risposta più incoraggiante di 'non so cosa dire'. Quindi, per favore, fai il bravo e di' qualcosa come: 'Cosa posso fare per aiutarti?'" Poi aggiunge, preoccupata: "La sua scansione neurale è qualcosa che non mi è mai capitato di vedere."

"Osacey ossopey arefey erpey aiutartihay?" chiedo, come suggerito da Phoe.

Mason si porta le mani al viso per nasconderlo, ma intravedo i suoi occhi lucidi. Si tiene la faccia come se, mollando la presa, potesse sciogliersi, e mi limito a fissarlo senza dire una parola, come avevo fatto durante una scena dell'unico film dell'orrore che ho permesso a Phoe di mostrarmi.

Privo di fantasia, eseguo il piccolo movimento del polso necessario per aprire uno Schermo privato a mezz'aria, davanti a me. Phoe coglie la palla al balzo per posizionarci la scansione neurale di Mason.

Esamino l'immagine per un attimo e mi rivolgo a Phoe con il pensiero: "Anch'io non ho mai visto un'immagine simile. È estremamente sconvolto."

"Credo che tu non l'abbia mai vista perché non hai mai incontrato una persona veramente depressa prima d'ora" pensa lei.

"Allora è *davvero* depresso?" subvocalizzo, trattenendomi a malapena dal parlare ad alta voce. "Cosa devo fare, Phoe?"

"I testi antichi suggeriscono che dovresti mettere una mano sulla sua spalla. Fallo e non dire nulla" afferma. "Dovrebbe dargli conforto, credo."

Seguo il consiglio. All'inizio, la sua spalla è stranamente contratta sotto la mia mano, ma poi, lentamente, lui allontana le mani dal viso. La sua espressione non mi è completamente estranea: è la stessa dei bambini prima di imparare a comportarsi civilmente e a sembrare adeguatamente felici.

Mason fa un respiro profondo, lo espelle, poi ammette con voce tremante: "Ho confidato a Grace le mie sensazioni e lei mi ha definito un viscido fuori di testa."

Sbalordito, lascio andare la sua spalla e arretro.

"Merda" commenta Phoe in un'eco dei miei pensieri. "È una brutta situazione."

3

Come ho detto a Phoe, non sono felice come gli altri abitanti di Oasis. Coincidenza vuole che la mia irrequietezza abbia avuto inizio con Phoe. Nello specifico, è cominciata quando mi ha parlato per la prima volta alcune settimane fa. No, a dire il vero, è successo un po' dopo, quando ho scoperto che certe cose davvero interessanti – come ottimi film, libri e videogiochi – vengono regolarmente eliminate dalle raccolte di Oasis.

O almeno, presumo che ciò si verifichi con regolarità. Sotto i miei occhi, è capitato con *Pulp Fiction*, un film che Phoe aveva trovato sepolto negli antichi archivi. Era favoloso ma, siccome avevo potuto accedervi, oppure a causa di un'orribile coincidenza, *Pulp Fiction* è stato preso di mira dagli Anziani o dagli Adulti, che l'hanno cancellato. Il giorno prima, compariva sul mio Schermo, mentre il giorno successivo non potevo più aprirlo. Phoe aveva detto che non era nemmeno più inserito negli archivi.

La parte peggiore è che tutto questo si è verificato prima che riuscissi a guardarlo insieme a Liam e Mason. I miei amici non mi avevano creduto quando avevo detto loro che questo film era realmente esistito. Phoe è stata la mia unica testimone e non sono ancora pronto a parlare di lei a Liam o a Mason. In realtà, anche il fatto di non poter condividere qualcosa con i miei amici per la prima volta nella mia vita è stato spiacevole, ma non tanto quanto le domande che mi assillano adesso: perché eliminare un film così bello? Forse a causa di tutte quelle parole vietate? O della violenza?

Se ponessi queste domande ad alta voce, mi beccherei una noiosa e anestetizzante seduta di Quiete al posto delle risposte... e questo mi fa ammattire. Quindi, a causa di tutto ciò, se qualcuno me l'avesse chiesto prima di oggi, avrei detto di essere *io* la sola e unica persona infelice di Oasis. Eppure, non etichetterei il mio stato come 'depresso'.

"Non credevo che fosse fisicamente possibile diventare depressi" sussurra Phoe. "I nanociti nella tua testa regolano il riassorbimento della serotonina e della norepinefrina, tra un milione di altre variabili che cospirano in sinergia per mantenerti bello allegro. Oltre a ciò, il programma di studi dell'Istituto comprende una grande quantità di meditazione, esercizio fisico e altra propaganda 'benessere'."

"Non mi hai sentito?" ripete Mason con un tremito nella voce. "Ho detto a Grace che la amo."

Pensa che io lo stia giudicando, e non farlo è difficile. L'interesse sessuale – o amore romantico, come veniva chiamato un tempo – non è un elemento del nostro mondo. L'unico motivo per cui ne siamo al corrente è dovuto agli antichi mezzi di comunicazione, che abbondano di esempi di persone della nostra età 'innamorate': una condizione che, dal punto di vista qualitativo, sembra diversa dall'amore per il Cibo o dal sentimento per gli amici. La gente era perfino abituata a 'sposarsi', a quei tempi, e a formare una 'famiglia', due costrutti sociali incredibilmente strani.

Potrei capire il matrimonio, che era probabilmente simile all'amicizia con una femmina per gran parte della propria vita. Riesco ad immaginarmelo, perché una volta ero amico di Grace. Una famiglia, però, è semplicemente un concetto bizzarro. Sarebbe come essere legati da un'amicizia ad alcune persone basandosi su fattori casuali, come la somiglianza del DNA, e a persone di varie età, tra cui gli Adulti e gli Anziani. Poiché i Giovani non incontrano mai gli sfuggenti Anziani, e gli unici Adulti che incrociamo sono i Docenti e le Guardie, trovo difficile immaginare una famiglia.

Per quanto riguarda l'amore romantico, credevo che nessuno fosse interessato a quella roba. Quella strana emozione era una forma di infermità mentale legata alla procreazione e adesso sono gli Anziani ad occuparsene... anche se, ponendo una domanda sulle modalità precise, ci si beccherebbe un'ora di Quiete invece di una risposta.

Lo so per esperienza.

"In realtà, togliere la procreazione dalla partita non ha mai frenato la lussuria o l'amore degli antichi" interviene Phoe. "Avevano alcune cose denominate contraccettivi. Credo che la vera ragione per cui questi desideri sono scomparsi sia l'effetto neutralizzante dei nanociti." Prima che possa chiederle informazioni, continua: "Naturalmente, dato che quei nanociti dovrebbero anche tenerti bello allegro, Mason si trova in questa situazione perché i suoi nanociti non riescono a gestire il malfunzionamento di una parte del suo cervello, presumo, qualunque essa sia. Se dovessi tirare a indovinare, date le sue precedenti fasi maniacali, direi che soffre di disturbo bipolare."

"Theo" dice Mason con il mento tremante. "Ho detto a Grace...".

"Ti ho sentito, amico" rispondo, interrompendo la spiegazione sconclusionata di Phoe per concentrarmi su di lui. "Sono solo rimasto a corto di parole. Te l'avevo detto di stare alla larga da Grace."

"Mi avevi anche detto che era una fase transitoria e che non sapevo che cosa provavo" obietta Mason. "Così come il tuo amico Liam."

Liam è più legato a Mason di quanto non sia mai stato io, ma non è il momento adatto per fare il pedante con le definizioni. Quando Mason si era confidato con noi, non avevo capito la serietà della sua situazione. Pensavo volesse dimostrare di poter essere il più disadattato della nostra piccola banda di disadattati, e pronunciare affermazioni scioccanti come 'mi piace una ragazza' sicuramente l'ha portato a quel risultato, soprattutto perché ha scelto una spia molto fastidiosa come oggetto della sua ossessione.

"E quindi, hai detto a Grace che la ami?" Scuoto la testa per la frustrazione. "Non capisci? Andrà a spifferare tutto e ti ritroverai in un mare di guai."

Mason si limita a guardarmi. "Non m'importa. Non capisci, Theo. Stavo pensando..." Deglutisce. "Stavo pensando di porre fine a tutto."

"Non dirlo!" sibilo, scandalizzato. "Neanche in Pig Latin."

"Ma è vero." Si siede per terra, fissando un punto in lontananza con aria assente. "A volte io..." La sua gola si muove, mentre deglutisce di nuovo. Alza la testa per guardarmi e noto i suoi occhi rossi e lucidi. "Sarebbe molto meglio se non fossi mai nato."

Sono sopraffatto dalle sue parole. La mia faccia deve assomigliare ad una di quelle antiche maschere giapponesi che mi aveva mostrato Phoe una volta. Mason è da sempre un mio amico intimo, eppure è come se non lo conoscessi affatto. La depressione e gli strani sentimenti per Grace rendono già la situazione brutta, ma adesso sta indirizzando la conversazione verso acque più torbide.

La morte e il suicidio sono molto più che tabù. In

un certo senso, sono argomenti accademici, per come vanno queste cose. Tutti ne comprendiamo il significato – il concetto di morte era troppo onnipresente nell'antichità per non penetrare fino ad oggi – ma adesso, siccome non si muore mai, il pensiero della morte sembra inutile. Teoricamente, un incidente imprevedibile potrebbe uccidere una persona, ma nella realtà, un evento del genere non si è mai verificato nella storia di Oasis. Perciò sì, a differenza delle imprecazioni, trovo molto facile e naturale seguire *questa* regola e non parlare mai, né pensare...

"Smettila di essere così focalizzato su te stesso, Theo" mi rimprovera mentalmente Phoe. "Il tuo amico sta soffrendo."

Guardo Mason, ora chino in avanti con la testa tra le mani. Dopo un profondo respiro, mi avvicino a lui, chiedendo: "Che cosa posso fare?"

La domanda è indirizzata sia a Mason che a Phoe.

"Niente" risponde Mason.

"Trova un modo per farlo rilassare" suggerisce Phoe, "e cerca di sistemare ciò che ha fatto con quella ragazza."

"Ascolta, Mason. Lascia che ti accompagni ai Dormitori" dico, rimettendogli una mano sulla spalla. "Schiaccia un pisolino, invece di andare alla Lezione di storia. Dirò alla Docente Filomena che stasera sei malato e parlerò con Grace per cercare di risolvere questo pasticcio."

"Stai sprecando tempo" replica Mason in tono spento. "Non m'importa se sono nei guai. Non m'importa di nulla."

"Che bello" commento, fingendomi entusiasta. "Quando ti sarai svegliato, parleremo di come cacciarci in ogni tipo di guaio. Sono disposto a fare uno scherzo a Owen, se ancora ti va. Sai che dobbiamo vendicarci di quello stronzo per aver scaricato della terra nei nostri letti. Oppure, domani sera possiamo dire alla Docente Filomena di ficcarsi la Lezione di storia su per uno dei suoi orifizi."

La seconda idea porta in superficie un lieve sorriso sul volto di Mason. Detesta la nostra Docente di storia.

Sollevato, contraccambio il sorriso. "E ricorda" aggiungo, tentando di approfittare del mio successo, "il Compleanno è tra meno di tre giorni."

Mason adora i festeggiamenti del Compleanno, come tutti noi. E perché non dovrebbe? Ingloba tutte le feste degli antichi per i compleanni, Natale, Hanukkah, il Ringraziamento, il giorno delle elezioni e molte altre, accuratamente comprese in un'unica celebrazione. Per non parlare del fatto che tutti noi ci avvicineremo di un anno ai quarant'anni, l'età in cui i Giovani diventano Adulti e non vengono più trattati come bambini.

La prospettiva del Compleanno sembra rallegrare ancora di più Mason. "Sai" dice, "non mentirei nemmeno, se stasera marinassi la scuola. Mi sento *realmente* malato."

"Esatto." Infondo più allegria nella mia voce. "Hai una scusa perfetta."

Lo aiuto a rialzarsi, poi ci dirigiamo verso i Dormitori.

Nel frattempo, devio la conversazione verso argomenti più sicuri, facendo del mio meglio per distrarlo dalla depressione in cui è precipitato.

"Chiedigli della sua collezione di bonsai" suggerisce Phoe. "Sai quanto gli piacciono queste cose."

L'idea è sensata, quindi fingo di essermi affezionato molto ai piccoli alberi nani di Mason, che è lieto di raccontarmi più di quanto chiunque possa aver bisogno di sapere su questo tema.

Mentre fingo di ascoltarlo, pianifico la conversazione con Grace. Il suo silenzio può essere magari comprato con qualche favore? O magari posso convincerla del fatto che è tutto uno scherzo nei suoi confronti? Le sanzioni per gli scherzi sono gestibili.

"Ecco perché bisogna usare le cesoie, e non le forbici, per potare l'albero" spiega Mason, entrando in camera nostra. Arrestandosi, sospira, e vedo la sua espressione incupirsi mentre aggiunge: "Potare quegli alberi è l'unica cosa in grado di calmarmi, ma non è stato sufficiente."

Indico il suo angolo della stanza, dicendo: "Schiaccia un pisolino, amico."

Mason fissa quel punto per un momento, poi si materializza un letto.

"In realtà, è assemblato da zero dai nanociti della nebbia di utilità" interviene Phoe.

"Stavo solo pensando tra me e me" subvocalizzo. "Questo è il problema della conversazione con i pensieri."

Mason va a sdraiarsi adagio sul letto e chiude gli occhi.

Attendo un istante, non sapendo se sia il caso di fermarmi finché non si sarà addormentato, incerto sul modo in cui stabilire se lo è o meno.

"Sta *già* dormendo" afferma Phoe. "Deve aver richiesto il sonno tramite un comando telepatico, proprio come ha fatto con il letto."

"Quel ragazzo non è mai stato un grande fan dei gesti" le rispondo pigramente con il pensiero, poi esco dalla stanza. "Sai dove posso trovare..."

"Grace sarà nell'Aula di storia" risponde Phoe, la cui voce rimbomba tra le lucenti pareti arcuate del corridoio del dormitorio. Intercettando palesemente il mio pensiero, dice: "L'effetto di quell'eco è dato dal tuo cervello che ti gioca qualche scherzo." La sua voce, stavolta, è nella mia testa.

Accelero il passo e, quando penso che nessuno mi stia guardando, comincio a correre. Se dovessero beccarmi durante la corsa, posso sempre mentire con la scusa di un allenamento, un trucco inventato da Liam, un ragazzo che ha sempre fretta di andare da qualche parte.

Non appena mi ritrovo all'esterno, mi sposto sul

sentiero per la corsa, così nessuno potrà mettere in discussione il mio 'allenamento'.

———

Scorgo i capelli rossi di Grace nel corridoio, vicino alla soglia dell'Aula di storia ma, prima di avvicinarmi a lei, una mano mi afferra per una spalla.

"Amico" mi chiama Liam con la sua voce eccitata e stridula. "Dove sei stato tutto il giorno?"

"Non ora, Liam." Scuoto leggermente la testa. "Ho una faccenda urgente da sbrigare."

"E quale?" Mi dà uno spintone benigno, un gesto con cui potrebbe procurarsi una seduta di Quiete al pari di un colpo sinceramente violento.

"Non c'è tempo per le spiegazioni." Il mio tono è fermo e categorico, cosa capace di distogliere Liam dalla sua iperattività in rarissime occasioni.

"Qualunque cosa sia" Liam rimbalza da un piede all'altro, "vengo con te."

Con un sospiro, mi affretto a raggiungere Grace, lieto che Liam abbia almeno smesso di parlare per un momento.

"Ah, ecco qua i Soci Gemelli" esordisce Grace, lanciando a Liam una gelida occhiata e a me un sorriso sghembo.

"Siamo i Tre Soci, fessa ignorante" ribatte Phoe, anche se, naturalmente, Grace non può sentirla.

"Penso che ci definisca gemelli perché crede che ci

assomigliamo molto" rispondo telepaticamente a Phoe nel tentativo di zittirla.

"Tu sei alto, biondo e con gli occhi azzurri" risponde Phoe con un lieve ringhio, "mentre la sommità della testa di Liam, che ha i capelli bruni, ti arriva all'altezza del mento. Inoltre, tu sei molto più bello e molto meno irrequieto del tuo tarchiato amico, e lei lo sa." Le sue parole sembrano pronunciate a denti stretti. "Glielo leggo negli occhi, a quella stronza. Tu e Liam non potreste essere più diversi l'uno dall'altro. E Mason..."

"Mason è il motivo della mia presenza qui, Phoe. Il motivo per cui ho bisogno di parlare con la 'fessa', qualunque cosa significhi. Quindi, per piacere, chiudi il becco." Per quanto seccato da lei, non posso impedirmi di ridacchiare mentalmente per il fatto che la mia amica immaginaria mi abbia definito bello. Dev'essere una forma avanzata di narcisismo.

Concentrandomi sulla questione imminente, sorrido a Grace, e con la massima gentilezza dico: "Ciao, Grace. C'è una cosa di cui vorrei parlarti."

La campanella suona per segnalare l'inizio della Lezione.

"Penso di sapere di cosa si tratta" risponde Grace, sbattendo le ciglia voluminose. "E dovrà aspettare. Non voglio arrivare in ritardo a Lezione."

Prima di poterle rispondere, si infila tra me e Liam, poi scompare in aula.

"Di che cosa si trattava?" chiede Liam. "Saltiamo storia, così puoi raccontarmi tutto."

Osservo il mio amico. Quando è così eccitato, con i capelli ispidi spettinati come al solito e gli occhi marroni che brillano, mi ricorda Taz, il Diavolo della Tasmania di un antico cartone animato.

"Non posso farlo, scusa" rispondo. "Non devo beccarmi la Quiete prima di aver parlato con lei."

Senza aspettare una protesta da parte di Liam, seguo Grace nell'Aula di storia.

Tutti si sono già accomodati. Invece di crearmi un posto a sedere con un gesto, uso un comando mentale e, quando la scrivania compare di fronte a me, apro il mio Schermo.

Con il pretesto di dare un'occhiata al programma del corso sullo Schermo, studio Grace.

Come chiunque altro, indossa una maglietta squadrata e informe e dei pantaloni larghi che le coprono la maggior parte del corpo. Ma la sua corporatura alta e snella si nota comunque e, tralasciando il suo carattere infido, devo ammettere che è piacevole da guardare, se ci si sofferma solo sull'aspetto fisico.

Grazie ai simmetrici lineamenti del viso, Grace mi ricorda una femma dell'antichità.

"Perché tutte le donne antiche che hai visto sono modelle e attrici" si intromette Phoe. "La bellezza fisica degli antichi seguiva una normale curva di distribuzione, ma tu conosci soltanto i pochi casi rimasti negli archivi dei mezzi di comunicazione, e anche quelli, dopo un tocco di aerografo..."

"E così, la lezione di storia inizia ancor prima che Filomena possa aprir bocca" subvocalizzo.

"Dovevo fermarti prima che potessi decidere quale personaggio ti ha ricordato Grace" pensa Phoe.

"La Sirenetta" rispondo, perlopiù per infastidirla.

"Sei piuttosto generoso." Il tono di Phoe è stranamente teso. "Secondo me, assomiglia di più all'amichetto di Ariel, il granchio rosso."

"Buonasera, studenti" inizia, entrando, la Docente Filomena con la sua voce nasale. "Vi siete preparati per le meraviglie della storia?"

Fremo. La Docente Filomena propende per la teatralità e spesso esagera sull'interesse suscitato dalla sua materia.

"In sua difesa" sussurra Phoe, "tutti gli Adulti sono ossessionati dai temi che hanno deciso di trasformare nel lavoro della propria vita."

La ignoro, sperando che la lezione di oggi mostri più dettagli del mondo antico rispetto alla normale propaganda.

"Oggi non raccoglierò i vostri compiti" annuncia la Docente Filomena ed è musica per le mie orecchie, dato che ho appena visto il tema nel programma del corso. "Inizierò subito con la Realtà Virtuale" prosegue, "quindi non spaventatevi."

Vorrei tanto sapere chi si spaventa per qualcosa a

cui è stato esposto per la maggior parte della propria vita.

"Beh, a volte tu..."

"Stavo di nuovo pensando tra me e me, Phoe" subvocalizzo. "Se vuoi che questo scambio di messaggi mentali continui, devi imparare a distinguere quelli destinati a te e quelli che riguardano semplicemente una conversazione con me stesso... a meno che, naturalmente, parlare con te non equivalga a parlare con me stesso. In tal caso, tutto ciò è inutile."

Phoe borbotta qualcosa, ma non la sento a causa della parte della lezione dedicata alla Realtà Virtuale, una delle poche della Lezione di storia che mi piacciono davvero.

Non mi trovo più seduto in Aula.

Non mi trovo più nemmeno su Oasis.

Sono invece in piedi su una zolla di terra ed erbacce, sulla cima di una maestosa collina verde. L'aria è fredda e profuma di fiori a cui non so dare un nome. Alla mia destra, c'è una gigantesca muraglia che percorre la collina sulla quale mi trovo e prosegue a spirale per miglia, a perdita d'occhio.

"Questa è la Grande Muraglia cinese" subvocalizzo. "Giusto?"

"Sì" risponde Phoe. "Non posso credere che quella donna vi mostri queste meraviglie senza mai dare loro il nome corretto."

Non rispondo perché, prima di poter assaporare la scena per intero, non mi trovo più accanto alla

Muraglia, bensì vicino ad una gigantesca struttura ovale semi-diroccata che conosco bene: Il Colosseo.

"Scommetto che il prossimo è il Taj Mahal" afferma Phoe.

"Ssh" dico. "Mi sto godendo l'unica parte divertente della Lezione di Filomena."

"Te l'avevo detto" dichiara Phoe quando si materializza intorno a me la località successiva, o sarebbe più preciso affermare che mi materializzo io nella località successiva?

Mi ritrovo accanto a un edificio in marmo bianco e tento di scattarne un'immagine mentale, prima che il paesaggio si modifichi di nuovo.

Il prossimo è l'Empire State Building, seguito dal Grand Canyon e poi dalle maestose acque delle Cascate del Niagara. Le scene del mondo antico si susseguono sempre più veloci, fino ad accelerare troppo per poter dare loro una definizione.

Poi scorgo l'antica Terra da una finestrella rotonda, un punto strategico nello spazio. Adoro questa parte, perché mi sento privo di peso e perché l'antica Terra sembra così magnifica: un pianeta blu, pieno di vita.

In seguito, improvvisamente, arriva la parte che preferisco meno.

Il punto strategico è sempre lo stesso, ma la Terra è cambiata.

Gli oceani d'acqua blu, i gialli deserti di sabbia, le foreste verdeggianti e i canyon rossi sono tutti spariti, sostituiti dalla massa marrone-arancione della Melma.

Il mio punto strategico si ingrandisce, ma ancora non riesco a vedere Oasis, soltanto uno strato di Melma sempre più esteso e di un colore spento. Lo zoom aumenta ulteriormente e, alla fine, dopo qualche altro ingrandimento, scorgo una minuscola isola verde sotto la barriera della Cupola.

"Bla bla" commenta Phoe. "Lo capiscono anche i bambini. Oasis è solo lo 0,00000171456 della superficie terrestre, mentre il resto è ridotto a una cosa vomitevole. Credo sia stato afferrato il concetto, dopo averlo ripetuto le prime mille volte."

"Molte cose andarono perdute, quando esplose l'Armageddon tecnologico" afferma la voce priva di corpo della Docente. "Oasis si salvò per puro caso, grazie all'isolamento e al rifiuto del suo popolo a soccombere ai mali della tecnologia che si erano scatenati. Oggi studieremo gli Amish, il gruppo che ispirò i nostri Antenati. Anime coraggiose che evitarono la tecnologia dei loro tempi, proprio come noi facciamo oggi."

"È davvero inconsapevole del concetto di ironia?" esclama Phoe. "Si lancia nella predica del 'noi denunciamo la tecnologia', quando ogni vostro cervello è attualmente alla mercé dei nanociti, quando ogni input e output di ciascun neurone è attentamente controllato per fornire un'esperienza di finta realtà completamente immersiva..."

"Phoe" sussurro in un avvertimento, ma invano; è

stato toccato il tasto dolente della mia amica immaginaria.

"La tecnologia, sotto forma di campo di forza, ci protegge dalla Melma esterna." Il discorso di Phoe assume una nota di urgenza maniacale. "La tecnologia sotto forma di nano-macchine vi veste, vi nutre, crea l'aria che respirate e si prende cura delle vostre scorie corporee."

Sono d'accordo con ogni singola parola di Phoe, però sono arrabbiato per il fatto che stia parlando, quindi, per pura astiosità, subvocalizzo: "I nano-riproduttori sono anche quelli che hanno trasformato il mondo in Melma."

La sento inspirare profondamente e prepararsi ad una valanga di obiezioni, invece risponde: "So che stai solo cercando di provocarmi."

"Che cosa mi ha tradito?" Cerco di infondere il massimo sarcasmo possibile nel pensiero.

Lei non risponde.

"Due muri del silenzio in un giorno solo? Sto sicuramente migliorando nel rapporto con la mia amica *immaginaria*" sottolineo mentalmente.

Continua a non rispondere, quindi mi concentro di nuovo sulla Lezione davanti a me.

Sono ritornato nello spazio vuoto predefinito, dove la voce tonante della Docente Filomena ci sta illustrando i pregi della società Amish. Sapendo che mi arrabbierei ancora, smetto di ascoltare. Il nostro programma di studi, e in particolare la Lezione di storia di Filomena, consiste in un accurato esercizio di selezione. Per esempio, sta evidenziando le nostre analogie con gli Amish ma ignorando le differenze importanti, come, per dirne una, la religione. In base ai risultati delle mie ricerche, gli Amish erano definiti dalle loro credenze religiose, idee a noi completamente estranee.

Mi aspetto che Phoe intervenga per dire qualcosa come: "I suoi paragoni sono addirittura più deboli rispetto a quando confrontava Oasis con le visioni dell'antico filosofo Platone e alla sua Repubblica", invece continua a tenere il broncio.

Per indurre Phoe a parlare, subvocalizzo: "Mmm, mi chiedo se riuscire ad immaginare con tanta precisione le parole di Phoe sia il prossimo gradino della mia alienazione mentale..."

Non abbocca.

Annoiato, seguo la Lezione. Quando Filomena ha ulteriormente rimescolato il proprio messaggio e mi sento come se avessi appena vissuto il quarto d'ora più noioso della mia vita, subvocalizzo: "Forse, non avrei dovuto far arrabbiare Phoe."

Phoe mi lascia soffrire per altri dieci minuti, prima di borbottare sottovoce: "Ben ti sta", quindi si impegna a chiudersi nel silenzio per un'altra torturante mezz'ora... il resto della Lezione.

"Per oggi è tutto" conclude Filomena, mentre ci riaffacciamo alla realtà della classe. "Ricordate" continua, "come disse quell'antico poeta: coloro che non imparano la storia sono condannati a ripeterla."

Tengo a bada la lieve sensazione di sbandamento che sempre accompagna l'uscita dalla realtà virtuale. Vedo Grace alzarsi con la coda dell'occhio, e balzo in piedi.

Grace esce dall'Aula e io la seguo, ignorando il tentativo di Liam di attirare la mia attenzione.

"Per favore, Grace" dico, raggiungendola.

Si arresta nel bel mezzo del corridoio, guardandosi indietro.

"Cosa c'è?" chiede, attorcigliandosi un ricciolo rosso intorno al dito. "Spicciati."

"Riguarda quello che Mason potrebbe averti erroneamente indotta a credere..."

"Risparmia le bugie, Theodore" ribatte Grace. "Ho già fatto rapporto al Decano."

4

"C..." "Non dire nulla che possa offrire altre armi a quella spia" avverte Phoe, subito dimentica del rancore nei miei confronti. "Sangue freddo."

Concentrandomi sul trattenere le imprecazioni, riesco a chiedere: "Hai parlato?"

Pronuncio quelle parole con una strana speranza, come se Grace, magari, si stesse solo beffando di me, ma il suo viso sembra serio e comincio a provare una sensazione quasi sconosciuta ai Giovani più grandi di Oasis.

Ansia.

Una parte della mia agitazione deve affiorare sul mio viso, poiché Grace, accigliata, dice a bassa voce: "Non capisci, Theo. Mason ha bisogno di aiuto. L'ho fatto per il suo bene... e per proteggere me stessa."

Le mie mani fanno qualcosa di inaspettato: si chiudono a pugno.

"Theo, che diavolo?" esclama Phoe. "Hai davvero pensato di colpire una ragazza?"

"No" subvocalizzo, prima di fare un respiro profondo. "Ma cosa c'entra il genere?" Prima che Phoe possa rispondere, aggiungo: "Sono ormai anni che non penso di colpire qualcuno, ad eccezione di Owen, ma è talmente stronzo che il desiderio di picchiarlo non conta."

"Allontanati, subito" dice lei in tono secco.

"Non avresti dovuto farlo" comunico a Grace, ignorando Phoe. "Perché ti comporti in questo modo? Eravamo amici una volta..."

"Hai finalmente trovato il coraggio di darmi apertamente della spia?" La voce di Grace, di solito melodiosa, si è ridotta a un sibilo. "Pensi che io non sappia come mi chiamate tu e la tua piccola banda? Il mio scopo è quello di aiutare Mason e basta, prima che si faccia del male o lo faccia a qualcun altro. Cresci un po', una volta tanto."

E prima che io possa replicare, se ne va come una furia.

"Strano. Penso stia correndo: una violazione delle regole" commenta Phoe, con una voce confusa tanto quanto me.

Liam finalmente mi raggiunge e fissa la sagoma di Grace, che sta scomparendo. "Che azzocey di storia era?"

"Ehi, non puoi pronunciare solo la parola con la C in Pig Latin" lo avviso in Pig Latin. "Non serve un genio in crittologia per capire cosa vuoi dire in base al contesto."

"Echey atolescey" risponde Liam in codice, poi aggiunge normalmente: "Cosa ne dici? Sono due parole: 'che', perfettamente consentito, e 'scatole', altrettanto consentito." Sorride, mentre scuoto la testa, poi aggiunge in tono più serio: "Senti, amico. Sta succedendo qualcosa, e devi dirmi di che si tratta."

"D'accordo" rispondo. "Ti spiegherò mentre torniamo ai Dormitori."

Mentre abbandoniamo l'Edificio delle Lezioni, inizio con la mia storia, ricorrendo sempre al Pig Latin e tenendo la voce bassa. Il campus brulica di Giovani e, mentre camminiamo, devo rifiutare educatamente un invito a giocare a footbag. Poco dopo, Liam si rifiuta – non molto educatamente – di partecipare a una partita di badminton a coppie. Solo quando arriviamo a metà strada verso i Dormitori, finisco di spiegare la situazione di Mason.

"Che cosa ti aspettavi da quell'onzastrey?" esclama Liam, mentre ci avviciniamo al campo da calcio. "Non avrebbe dovuto dirle niente. Intendo, che c..."

Liam non termina la frase perché, in quel momento, un pallone da calcio lo colpisce sul cavallo dei pantaloni.

Senza fiato, il mio amico si piega in due, stringendosi la zona dolorante con le mani.

Prima che il pallone rotoli via, lo raccolgo e mi guardo intorno.

Alcuni Giovani si stanno avvicinando a noi.

"Stai bene?" chiede Kevin, un Giovane con cui raramente interagiamo. Sembra sinceramente preoccupato.

"Sì" interviene la voce da iena di Owen, anche troppo familiare. "Scoppierai a piangere, Li-Li-Pony?" chiede, ricorrendo al disprezzato soprannome d'infanzia di Liam. "Mi dispiace *così* tanto" aggiunge, strizzandomi l'occhio.

Dalla gola di Liam prorompe un misto di ringhi, parole e Pig Latin.

Owen sghignazza. "In genere, il gioco delle *palle* appiccicose è molto più divertente."

Liam avanza di un passo verso di lui.

Sempre con il pallone in mano, mi posiziono tra loro per sicurezza. Ho già visto questa scena ripetersi mille volte.

Owen e la sua combriccola di altri tre sbandati odiano il nostro trio. La faida risale ai tempi dell'infanzia, quando Owen e compagnia bella compivano atti di bullismo su ogni bambino possibile. Noi non eravamo prede così facili, però, soprattutto grazie a Liam. Il nostro gruppo, ai tempi, includeva diversi altri Giovani – perfino Grace, se non si stenta a crederci – e reagivamo combattendo, invece di permettere loro di umiliarci.

In quei primi periodi, la situazione era al contempo

più semplice e più feroce. Gli Adulti chiudevano un occhio di fronte agli atti di violenza minori, considerandoli un inevitabile effetto collaterale del cervello in fase di sviluppo. Una spinta veniva contraccambiata con una spinta, un pugno con un pugno.

Naturalmente, le cose cambiarono dopo il nostro settimo compleanno, quando tutti cominciammo con le sedute di Quiete. Le sanzioni per il bullismo si inasprirono, al punto tale che Owen non poté più comportarsi in quel modo apertamente, né noi potevamo reagire senza incorrere nell'ira dei Docenti. Inoltre, il nostro desiderio di violenza venne meno, salvo situazioni come questa. Invece dei puri atti di bullismo, Owen ci tormenta con scherzi, provocazioni e brutte sorprese, e noi ci assicuriamo di rispondere in modo analogo.

"Non c'è motivo di procurarci una seduta di Quiete" dico a Liam con la massima calma possibile. "Non per questo sfortunato *incidente*."

"Sì, Li-Li-Pony." Owen sta tenendo d'occhio la mia mano destra, quella con il pallone. "Dai retta a Perché-odor."

Di fronte al mio fastidioso nomignolo, sono tentato di colpire Owen in faccia con il pallone. L'unica ragione per cui non lo faccio è che sono certo che lo intercetterebbe, probabilmente ringraziandomi per averglielo restituito. Considero anche l'idea di permettere a Liam di fare come gli pare, ma è pessima:

se Liam compisse davvero un gesto violento nei confronti di Owen, gli toccherebbe la Quiete per giorni, o addirittura per settimane. Mettere Liam nei guai, probabilmente, rientra nei piani di Owen, altrimenti non lo pungolerebbe di continuo. Vuole suscitare una reazione perché sa che, tra tutti i Giovani di Oasis, Liam sembra l'unico a provare talvolta il bisogno di sfogarsi con violenza.

Tra la mia curiosità, il malumore di Mason e i suddetti impulsi di Liam, siamo probabilmente il gruppo di Giovani più strambo di Oasis... ad eccezione del nostro nemico qui davanti, con il suo atipico comportamento da stronzo.

"La pace è una giusta decisione" sussurra Phoe. "Tu sei l'unica persona presente che dimostra la sua età."

"Ssh" subvocalizzo. "Ho un'idea."

"Addio alla tua maturità, allora." Phoe ridacchia senza gioia. "Ti rendi conto che, a ventitré anni, gli antichi erano già considerati adulti? Il fatto che qui gli Adulti ti trattino come se avessi ancora cinque anni non significa che tu debba comportarti come se fosse così."

Ignorandola, fingo di lanciare il pallone verso l'addome di Owen, il quale solleva le mani da portiere esperto. Ma invece di mollare la presa sul pallone, eseguo un gesto consolidato con la mano libera, in modo tale che Liam possa vederlo, facendo sporgere il mignolo e l'indice: il nostro segnale segreto del basket.

Liam approva con un grugnito e mi sposto verso destra.

Dalla mia nuova posizione, fingo di voler colpire Owen in testa con il pallone.

Istintivamente, solleva le mani.

Cambio direzione e lo passo a Liam, così rapidamente che, sulle prime, dubito riesca a prenderlo.

Invece ci riesce.

Alla velocità della luce, colpisce Owen all'inguine con il pallone, dicendo: "Senza rancore, amico. Tieni il tuo pallone."

Con un gemito, Owen si stringe i gioielli di famiglia e cade a terra.

"Oh no" commenta Liam, imitando al meglio la voce di Owen. "Vuoi che ti chiamiamo un'infermiera?"

Owen replica con qualche parola in falsetto. Sono abbastanza sicuro che abbia pronunciato un'espressione proibita, ma non in un modo così comprensibile da cacciarsi nei guai. Non che io o Liam lo denunceremmo per una cosa del genere, ma gli altri potrebbero farlo.

"È stata tutta una serie di incidenti, no?" Stabilisco un contatto visivo con gli altri Giovani sul campo.

Annuiscono, anche se alcuni di loro ci guardano come se fossimo un branco di gorilla rabbiosi. Non posso biasimarli. La meditazione, lo yoga, l'esercizio fisico, gli studi e altri esempi di comportamento 'idoneo' sono i punti di riferimento della maggior parte dei Giovani. Invidio la loro visione del mondo priva di complicazioni.

A testa alta, ma con un'andatura un po' sgraziata, Liam abbandona il campo da calcio e lo seguo in un silenzio meditabondo.

Come se non avessimo già abbastanza problemi con la faccenda di Mason.

Dopo questo incidente, sono particolarmente felice di condividere una stanza con Liam e Mason. Alcuni Giovani, crescendo, scelgono di vivere in uno degli alloggi singoli più piccoli dei Dormitori, ma loro non hanno amici fantastici come i miei. E non devono preoccuparsi degli idioti che cercano di combinare qualche scherzo di notte.

Mentre camminiamo, continuiamo a parlare della situazione di Mason e, quando entriamo nella nostra stanza, Liam sembra essersi completamente ripreso dal colpo di Owen, quindi credo che non abbia subito danni permanenti.

Mason sta ancora dormendo, quindi Liam si avvicina al suo letto e lo scrolla.

Quando Mason non reagisce, Liam si rivolge a me, dicendo: "Questo sciocco dissidente dorme come un bambino."

"Non girare il coltello nella piaga domani" avverto Liam. "È già nei pasticci fino al collo."

"Ma gli avevo detto di stare lontano da lei" obietta Liam. "*Io* gliel'avevo detto, e anche *tu*."

Sospiro, pentendomi di aver raccontato a Liam

tutta la storia. "Sono sicuro che pagherà per la sua stupidità."

"Che cosa faranno, secondo te?" chiede con espressione preoccupata per una volta.

"Ho una brutta sensazione in proposito" risponde Phoe, come se Liam potesse sentirla.

"Non ne ho idea" dico, ignorandola. "Possiamo solo aspettare e stare a vedere, credo."

"Per fortuna, hai escogitato la scusa della 'malattia'" commenta Liam. "Potrebbe sfruttarla per un po', prima che si attivi la punizione. Forse, se pensassero che è malato e che ha saltato troppe lezioni, la pena della Quiete verrebbe ridotta?"

"Forse" rispondo, proiettando una speranza che non nutro affatto.

Provo invece la stessa ansia di prima, ma più intensa. E mi sento esausto.

"Sono le conseguenze della scarica di adrenalina" spiega Phoe. "Non sei abituato ad alterazioni del tuo equilibrio. Il sonno dovrebbe esserti d'aiuto."

Sentendone parlare, sbadiglio rumorosamente.

"Oh no, non pensarci neanche" dice Liam con un'occhiata di esasperazione. "È ancora presto. Possiamo..."

"Vado a dormire" affermo con decisione e, per sottolineare il mio scopo, eseguo il gesto dei 'palmi delle mani su e giù' per attivare la materializzazione del mio letto.

"Assemblaggio" mi corregge Phoe. "Sono i nanociti che..."

"Quanto sei pedante" subvocalizzo.

"Va bene, dopo" risponde Liam, e genera una sedia per se stesso.

Mi tolgo le scarpe e, mentre scompaiono (*vengono disassemblate*, mi correggo per Phoe), mi accomodo sul letto.

Con la coda dell'occhio, scorgo Liam che si abbandona sulla sedia. A giudicare dalla postura, suppongo che abbia aperto il suo Schermo privato e stia pensando al modo in cui usarlo.

Sentendomi generoso, apro il mio Schermo e gli consiglio un film: *Il mago di Oz*.

In seguito, eseguo un gesto per 'assemblare' la coperta sotto la quale mi rannicchio. Mi si chiudono gli occhi, ma il sonno non sopraggiunge rapidamente come al solito.

Oh beh, posso aiutare la natura. Stringo i muscoli intorno agli occhi, in un gesto che di solito attiverebbe il sonno assistito ma, stranamente, non succede alcunché. La mia mente continua a brulicare di pensieri sugli avvenimenti di oggi. Ritento, ma con lo stesso risultato.

Lascio perdere, cercando di addormentarmi di nuovo in maniera naturale, ma alcuni minuti dopo sono ancora sveglio e l'ansia peggiora ad ogni secondo che passa. È così seria, che comincio a preoccuparmi per le mie stesse preoccupazioni. C'è forse qualcosa che non va in me, come Mason?

"Sei solo molto stressato" sussurra Phoe. "Devi calmarti, se vuoi che il comando del sonno assistito funzioni." Esita per un attimo, poi chiede piano: "Vuoi che permetta loro di farti provare l'Unione oggi, solo per stavolta?"

"Mi avevi detto che crea dipendenza psicologica" replico. "Mi ero sentito infelice nel liberarmi da questo vizio, qualche settimana fa."

"Sì, lo so, e l'Unione è assolutamente una cazzata." La sua voce aumenta di volume. "È la risposta degli Adulti alle antiche esperienze religiose che sostengono stupidamente di aver superato." Fa una pausa, come per calmarsi, poi aggiunge in tono più uniforme: "Dopo averti detto tutte quelle cose, ovviamente non ti consiglierei di ripetere l'esperienza senza una buona ragione."

"E sarebbe?" Trovo che infondere sarcasmo in una subvocalizzazione sia più facile rispetto al pensiero.

"Vedo la tua scansione neurale. Sei sconvolto, e non conosco altri validi sistemi per tranquillizzarti" spiega. "Non senza scombussolare la chimica del tuo cervello in modi potenzialmente imprevedibili. L'Unione, nonostante i suoi difetti, è stata almeno testata su una gran quantità di cervelli."

"Come forma di controllo" preciso, ripetendo le sue parole passate.

"Sì, per tenervi tutti sereni e felici, ma considera

che è solo un programma che è stato ampliato sulla base del lavoro degli antichi neuroteologi. Consente ai nanociti di interagire con il tronco encefalico e con i lobi frontali, parietali e temporali." La sua voce sembra più vicina, come se lei fosse seduta sul letto accanto a me.

"Sapere queste cose non rende la situazione meno strana" sussurro verso il punto in cui si troverebbe la sua testa, se fosse davvero lì.

Liam si sposta sulla sedia; potrebbe avermi sentito.

"Puoi provare a meditare, piuttosto" suggerisce Phoe. Sono felice che non ne abbia approfittato per sgridarmi a causa del sussurro. "Infonde un piacevole stato di onde delta nel tuo cervello, abbassa la pressione sanguigna e, in generale, ti garantisce alcuni degli stessi benefici dell'Unione."

"Beh, sì, l'Unione non comprende anche uno stato meditativo?"

"Anche" risponde Phoe. "E questa serenità ti farebbe bene adesso."

"Sai che non sono più stato in grado di meditare da quando sei comparsa nella mia vita" penso, chiedendomi se riesca a percepire l'amarezza nei miei pensieri. Non risponde, quindi subvocalizzo: "Va bene. Tenterò con l'Unione. Potresti aiutarmi a interromperla, se lo volessi, giusto?"

"Sì" dice sottovoce. "E, Theo? Mi dispiace di averti incasinato la vita."

Faccio per rispondere, ma in quel momento ha inizio l'Unione.

<hr>

Provo piacere.

No, non piacere. Una travolgente beatitudine.

Con la piccola parte del cervello che ha conservato la facoltà di pensiero, ricordo che gli antichi definivano questo intenso piacere 'estasi'.

Tento di paragonarla ad esperienze piacevoli della quotidianità, ma sono tutte inferiori. È meglio di consumare il Cibo, più esaltante di una vittoria sportiva e più emozionante di essere assorbito da un videogioco, un film, un libro, o di ascoltare musica. Niente di tutto ciò si avvicina a questa fase dell'Unione, l'intensità di questo piacere è quasi dolorosa.

Poi, di colpo, si manifesta un altro elemento dell'Unione. Con una specie di vista interiore, scorgo una luce luminosa e percepisco una benevola presenza eterea. Se fossi uno degli antichi, probabilmente penserei di essere circondato dai miei antenati morti o dagli dèi. Ma, essendo privo di un bagaglio specifico in materia di religione, questa sensazione si limita ad intensificarsi. Al suo apice, si trasforma nella convinzione di essere circondato dalla bontà e dall'amore universali. Mi sento collegato alle stelle lontane. Ricordo di aver imparato che siamo tutti fatti di polvere di stelle e mi sento come se io e le stelle fossimo collegati da una rete di affinità invisibile. Mi sento come se all'universo, nonostante la sua immensità suprema, importasse davvero del mio destino.

Poi il mio respiro si normalizza e, ogni volta che inalo, ho l'impressione di non essere io a controllarlo, ma che l'universo stia spostando l'aria dentro di me per poi risucchiarla, continuamente.

Provo anche amore e auguro la felicità alla popolazione di Oasis. Provo un amore profondo e incrollabile per i miei migliori amici, Liam e Mason. Provo amore per Phoe. È una nuova amica ma, sotto molti aspetti, a causa dell'intimità della nostra comunicazione, è arrivata a far parte delle mie amicizie più intime. Nonostante *sia* la mia amica immaginaria, amarla significherebbe amare me stesso e in questo momento mi amo con tutto il cuore. Voglio la felicità di tutti noi. Auguro a tutti noi di stare bene.

Poi provo un amore e una felicità simili nei confronti delle persone con cui sono solitamente neutrale, come i Giovani seduti accanto a me durante le Lezioni. Mi sento addirittura così magnanimo da augurare ogni bene ad alcune persone che, normalmente, non mi piacciono. Le capisco. Sono solo esseri umani. Prendiamo Grace, per esempio. Quando ha fatto la spia a proposito di Mason, stava facendo ciò che era giusto secondo lei. Posso perdonarla. Oppure, prendiamo qualcuno che mi ha offeso ancor meno, come la Docente Filomena. È un'Adulta coscienziosa, che ama insegnare. Ha fatto dell'insegnamento tutta la sua vita, e trovo spazio nel mio cuore per rispettarla per questo. Le auguro felicità e benessere.

Ma tutto ciò viene rovinato dai morsi della paura.

Mi sto divertendo anche troppo.

Potrei diventarne dipendente un'altra volta. Potrei arrivare al punto di chiedere a Phoe di lasciarmi vivere l'Unione tutti i giorni, come ero solito fare prima che lei comparisse nella mia vita.

Il senso di collegamento con l'universo viene scansato dalla comparsa di questi pensieri e ricordo che l'Unione è un'illusione, creata per preservare il nostro appagamento. Una falsità, probabilmente cotta a puntino da qualche Antenato e basata sulla teoria che una salute ottimale richieda il soddisfacimento della felicità spirituale. Oppure gli Antenati potrebbero averla creata per impedirci di soccombere alla convinzione dell'inutilità dell'esistenza... un rischio palese per un minuscolo gruppo nell'ultima landa abitabile della Terra non consumata dalla Melma letale.

Eppure, mentre mi passano per la testa queste paranoie, continuo a provare amore verso tutto e tutti. Rimane solo un'eco del piacere, ma voglio comunque che esso si interrompa. La possibilità di una dipendenza mi spaventa. Finalmente, riesco a tradurre in parole il mio problema con l'Unione. È lo stesso che avrei avuto con le droghe di cui facevano uso gli antichi.

L'Unione, per quanto meravigliosa, comporta la totale perdita del controllo, mentre io voglio – no, *ho bisogno di* – avere il controllo della mia mente. Non voglio diventare schiavo dell'Unione, della droga o di un'esperienza spirituale. Pertanto, grido mentalmente con tutte le mie forze: "Phoe, puoi disattivare tutto questo?"

Devo presumere che mi abbia sentito, poiché l'Unione si conclude con la stessa repentinità con cui era cominciata.

"BEH, È STATA UN'IDEA DISASTROSA" MORMORA PHOE. "Scusa se l'ho suggerita."

"Non essere così dura con te stessa" subvocalizzo. "Mi sento meno ansioso, in effetti."

"Sì, ma non era quello che avevo in mente. Visto come sono andate le cose, avrei anche potuto darti una scossa elettrica sul didietro" afferma. "Ti senti meglio solo perché ti sei distratto."

"Presumo." Mi massaggio la fronte.

"Pronto per dormire?" chiede. "O vuoi che io escogiti un'altra idea brillante?"

"No" dico. "Vorrei dormire. Ma anche essere sicuro che tu..."

"Ho fatto in modo che l'Unione sia di nuovo disabilitata per te" pensa.

"Phoe" subvocalizzo, decidendo di chiedere una cosa che mi frullava in testa già da un po'. "Puoi disabilitare qualsiasi manomissione della mia mente?" Tiro la coperta verso l'alto, per coprire maggiormente il mio corpo. "Buona o cattiva, non m'importa. Non la voglio."

Lei tace per un momento, poi risponde: "Non credo che tu capisca cosa mi stai chiedendo..."

"So cosa sto chiedendo." Lo dichiaro con tanta convinzione che ci credo quasi io stesso. Prima che lei intercetti questo pensiero, subvocalizzo: "Non è una richiesta su due piedi. È da un po' che volevo chiedertelo. Non voglio che gli Adulti o gli Anziani mi tengano 'neutralizzato', qualunque cosa significhi." La mia subvocalizzazione si tramuta in un sussurro. "E non mi fido neanche della loro 'pacificazione'..."

"Calmati" dice. "Non mi sto rifiutando. Semplicemente, mi hai colta alla sprovvista." Fa una pausa per un secondo. "A dire la verità, avevo intenzione di presentarti la stessa proposta, ma in futuro, quando ti avrei ritenuto pronto. C'è un favore che voglio chiederti e non so se posso fidarmi di te in proposito, mentre il tuo cervello è così influenzato da loro..."

"Quando sarei stato pronto *io*?" La domanda mi sfugge in un sussurro più rumoroso del previsto. "*Tu* che ti fidi di *me*? Devo ricordarti che sei una voce nella mia testa e che non so affatto da dove vieni o cosa..."

"Smettila, per favore. Liam ti ha appena sentito. Per fortuna, ti sta ignorando." Phoe ha un tono stanco. "Se significa così tanto per te, posso accelerare i miei piani originali, ma penso comunque che sia solo la tua ansia a parlare e..."

"Fallo e basta" penso, stavolta con più calma. "Per favore."

Tace di nuovo, poi sussurra: "Sei sicuro, Theo? Prendi almeno in considerazione un approccio graduale. Potrei iniziare con i livelli di serotonina..."

"Sono sicuro" le rispondo con il pensiero. "Voglio che tutto sparisca. Gli antichi vivevano senza questa manipolazione mentale, quindi perché non posso farlo anch'io?"

"Okay" dice. "Lo farò, ma devo avvisarti. Occorre del tempo. Se le tue emozioni non ti dovessero piacere e decidessi di tornare al tuo stato attuale, non sarà un procedimento veloce. I livelli dei neurotrasmettitori potrebbero richiedere un po' di tempo per normalizzarsi..."

"Va bene" rispondo con decisione. "Non vorrò tornare indietro."

"Non è tutto qui" continua lei. "Ci saranno delle cose che continueranno a influenzarti, come la paura delle Barriere, poiché ciò funziona tramite impianti neurali che i nanociti hanno costruito nel tuo cervello, e sono certa che tu non voglia interventi chirurgici neurali da parte mia, a questo punto. Cosa ancora più importante, ci sono alcuni aspetti che non conosci a proposito di ciò che gli Adulti e gli Anziani fanno a voi ragazzi. Volevo parlartene prima di..."

"Non m'importa" rispondo con la stessa fermezza. "Per favore, fa' come ti ho chiesto. Disattiva quello che puoi."

"Okay" dice. "Mettiti a dormire e lo farò non appena sarai immerso nel sonno. Annullare tutto in una volta sola potrebbe anche essere più facile, dal punto di vista computazionale. Vorrei solo..."

"Grazie" rispondo, trattenendo uno sbadiglio. "Volevo dirti un'altra cosa."

"E quale?" Il suo tono è preoccupato.

"Phoe..." Cerco le parole giuste per esprimere la conclusione che ho maturato. "Comincio a credere che, alla fin fine, tu non sia un'amica immaginaria."

"Sul serio?" Sembra talmente sorpresa che è come se lei stessa si fosse creduta una persona immaginaria. "È una buona notizia."

"Non essere così scioccata. Non ti chiederei di fare ciò di cui abbiamo appena parlato, se pensassi di parlare con me stesso."

"Beh" sembra pensierosa, "finora hai sempre usato in scomparti questo tipo di logica. Per esempio, quando ti ho risparmiato l'Unione, non ti sei soffermato a pensare a come avresti potuto farcela da solo." Fa una pausa. "Non volevo sbattertelo in faccia, tutto qui."

Sorrido nel buio. "Potrebbe essere un peggioramento della mia demenza" subvocalizzo, "ma credo di *non* essere pazzo, il che mi ricollega alla bella domanda che hai evitato ogni volta che tentavo di sollevare l'argomento..."

"Chi sono io, se si esclude la tua immaginazione?" La sua voce è così vicina che, se fosse dotata di labbra, queste mi sfiorerebbero l'orecchio.

"Giusto." Inspiro lentamente. "Quella domanda."

Gliel'avevo già posta con scarso entusiasmo. Era sempre una sorta di sfida: se non sei un parto della mia fantasia, allora chi sei? Lei aveva sempre risposto con qualcosa come 'è complicato', e le sue risposte evasive avevano solo alimentato il mio sospetto di essere *io* a parlare con me stesso, in qualche modo. E non riuscivo nemmeno a capire come potesse essere una persona fisica. Intendo, si tratta di una voce priva di corpo. Com'è possibile fare ciò che fa? Certo, mi aveva fornito delle spiegazioni a proposito di una data tecnologia, ma nessuno l'ha mai sentita nominare su Oasis, perciò avevo pensato di essermi inventato tutto nel mio delirio.

Ora devo considerare la probabilità che mi stesse dicendo la verità, che una forma di tecnologia le permetta di esprimersi tramite una voce nella mia testa. Ma in questo modo, mi risulta più difficile identificarla. Dato che non so come essere una voce nella testa di una persona, devo presumere che nessun altro Giovane ne sia capace; impariamo tutti le stesse cose all'Istituto.

Se non è una dei Giovani, dev'essere un'Adulta o un'Anziana. Ma a giudicare dal suo modo di esprimersi, non sembra affatto un'Adulta. Lancia imprecazioni e dice cose che loro considererebbero un abominio, altro motivo per ritenerla un'incarnazione delle mie tendenze anarchiche. Pur non avendo mai parlato con qualcuno degli Anziani, e non sapendo granché sul loro conto, immagino che siano peggio degli Adulti in merito ai comportamenti adeguati, quindi è ancora meno probabile che appartenga al loro gruppo.

Dopo tutte queste considerazioni, mi ero concentrato sulla teoria più semplice: è la mia amica immaginaria. Adesso, però, non posso ignorare le prove in base alle quali non può essere un parto della mia immaginazione.

Se Phoe è reale, allora ho una nuova amica, un'amica intima, e non so chi sia in realtà. Potrebbe essere una di quelle creature soprannaturali su cui gli antichi si soffermavano così tanto? O...

"Non sono una divinità di alcun tipo" afferma Phoe con un pizzico di divertimento. "So che non parlavi sul serio, ma insomma. E non sono nemmeno..."

"Una banana, un'antica proctologa, o un unicorno rosa invisibile." Cerco di conferire un tono severo ai miei pensieri. "Esiste un numero infinito di cose che *non* sei."

"Hai ragione" dice Phoe. "Ma spero tu possa perdonarmi. Non sono pronta ad affrontare questa conversazione. Almeno, non ancora. E soprattutto, non prima di bloccare l'influenza degli Adulti su di te. Farò del mio meglio per spiegarti tutto al più presto. Come ti ho già detto, è complicato."

Sono sul punto di obiettare ma, prima di poter pronunciare una parola, sbadiglio di nuovo e, con una repentinità quasi innaturale, il sonno si porta via la mia coscienza.

Mi sveglio con un sussulto.

Penso di aver avuto un incubo in cui cadevo da un'altezza vertiginosa. Non ricordo i dettagli con precisione, soprattutto dove ho potuto trovare 'un'altezza vertiginosa' su Oasis, ma non importa.

Io nutro un terrore assoluto dell'altezza, anche se non eccessiva, come quella del tetto del nostro Dormitorio.

Con il cuore che mi martella ancora a causa del sogno, mi guardo intorno nella stanza.

Liam sta dormendo nel suo letto, ma quello di Mason non c'è, e neanche Mason.

"Oh-oh" subvocalizzo. "Dov'è finito? Spero di non dover parlare di nuovo con Grace."

"È molto strano." La voce di Phoe proviene dall'entrata della stanza, come se avesse infilato dentro la testa per darmi un'occhiata. "Dopo aver eseguito la tua richiesta... dopo aver verificato che il tuo cervello sia privo di manomissioni... stavo preparando alcune cose correlate alla domanda 'chi sono io', e non ho prestato attenzione a questa stanza. Ignoro dove sia finito." Il suo tono è preoccupato. "Non andare da nessuna parte e non fare nulla finché non l'avrò scoperto."

"No, aspetta" sussurro. Non risponde, quindi continuo più forte: "Phoe, torna indietro. Che cosa significa, non sai dove sia finito? Tu non conosci sempre la posizione di chiunque?"

Phoe non risponde. Sento invece Liam muoversi nel suo letto.

Merda. Ho così tante domande per Phoe, la non meno importante delle quali riguarda i cambiamenti del mio cervello. Di sicuro, non mi sento diverso.

Riflettendoci su, mi alzo a sedere e percepisco la procedura della pulizia dei denti mattutina in bocca.

Compaiono le mie scarpe e le infilo.

"Perché ti alzi così presto?" chiede Liam con voce rauca per il sonno.

Apro lo Schermo e controllo l'ora.

Le 08:45.

"Siamo in ritardo, in realtà" rispondo. "Dovremo sbrigarci, se vogliamo arrivare in tempo alla Lezione di matematica."

"Come dicevo" continua Liam in tono molto più sveglio. "Perché ti alzi così presto?"

Ignorando la domanda, gli chiedo: "Quando sei andato a letto? Mason era ancora qui in quel momento?"

Liam si alza a sedere e sposta le gambe oltre il bordo del letto, rivolgendomi un'occhiata perplessa. "Sono andato a dormire dopo aver finito di guardare il film. E non capisco la seconda domanda."

"Mi chiedevo se Mason fosse ancora nel suo letto, ma se ti sei coricato subito dopo di me, allora era così" spiego. "E se hai dormito così tanto, perché mi stai rendendo la vita difficile? Pensavo che avessi passato di nuovo la notte a giocare con il tuo Schermo."

"Mi sto ancora riprendendo dalle ultime due tirate notturne" afferma Liam. "E cosa azzocey è questa storia di Mason di cui continui a farneticare?"

"Sto parlando di Mason, che non è qui stamattina. Mason, che era a letto ieri sera" specifico con crescente irritazione. "E ti avevo detto di non usare una singola parola in codice..."

"Ehi, ho troppo sonno per le barzellette o gli enigmi storici complessi" mi interrompe Liam, trattenendo uno sbadiglio. "Stiamo parlando di 'Mason' nel senso di muratore, o di un massone di una società segreta?"

"Sono in vena di scherzi meno di te" affermo. "Sono in pensiero per lui."

Liam mi soppesa con un'occhiata. "Stai bene, amico?" Poi, in Pig Latin, chiede: "Di che cavolo stai parlando?"

"Mason, il nostro azzocey di amico" rispondo, commettendo l'errore crittografico preferito di Liam nella mia irritazione. "Il ragazzo che ha bisogno del nostro aiuto oggi. Non ti ricorda qualcosa?"

Il volto di Liam esprime una serietà inconsueta. Dopo avermi osservato con attenzione, dice: "Questo è uno scherzo stupido, di qualunque cosa si tratti."

Mi alzo e, dirigendomi verso la porta, commento: "Lo stesso vale per te."

"Theo" afferma Liam. "Sei sonnambulo? Come capitava ad alcuni antichi in passato?"

"Okay." La mia voce è concisa, mentre proseguo in codice. "Al diavolo. Io me ne vado. Non ho tempo per le tue cazzate."

Mi avvicino alla porta e Liam fa un'espressione che non ricordo di avergli mai visto in faccia.

Sembra preoccupato.

"Ehi" interviene. "Aspetta. Se insisti nel voler partecipare a matematica, andiamoci insieme."

"Non se vuoi continuare a fare lo stronzo" replico in codice.

Mi guarda, sempre più turbato, e alla fine, con l'espressione più imperturbabile che abbia mai avuto, dice: "Non capisco che cosa ti è preso stamattina. Non stai bene?"

"Io?" Alzo la voce, guardandolo in cagnesco.

"Cos'altro dovrei pensare?" esclama Liam accigliato. "Sembri in preda al delirio."

La sua serietà mi fa accapponare la pelle. "Ehi"

rispondo. "La pazzia è equiparabile a uno degli antichi virus?"

Liam mi fissa, senza capire, scende dal letto e mi si avvicina. Afferrandomi per le spalle, mi guarda negli occhi. "Theo, amico, non ti sto prendendo in giro."

Lo fisso come se gli fossero spuntate le corna, ma lui continua: "In tutta onestà e sincerità, non so di cosa tu stia parlando." Mi rivolge un'occhiata implorante, come per dire: 'Theo, piantala con queste assurdità'.

Digrigno i denti. "Sono troppo preoccupato per Mason per gestire questa tua specie di gioco." Mi manca appena un decibel per gridare.

"Theo." Nell'espressione di Liam si legge un'incomprensione totale. "Non so che cosa, o chi, sia questa persona."

"Non ho la pazienza per spiegartelo" ribatto a denti stretti, e dopo un'occhiataccia finale, esco dalla stanza come una furia.

5

Mentre mi affretto a raggiungere l'Edificio delle Lezioni, la mia frustrazione si attenua e, arrivato a metà strada, non so bene perché io abbia reagito in quel modo. Liam mi stava semplicemente prendendo in giro, e Mason, probabilmente, è già nell'Aula di matematica.

Passando accanto al prisma pentagonale dell'Edificio della Quiete, noto anche con il nome di Prigione delle Streghe, il suo sgradito aspetto mi spinge a domandarmi se abbiano rinchiuso Mason lì dentro. Una Guardia potrebbe averlo prelevato molto presto, stamattina?

Mi sto chiedendo se dirigermi o no verso quel luogo temuto, quando scorgo i tipici capelli rossi di Grace tra una grande quercia e una statua decorativa a forma di dodecaedro. Sta meditando, ed è strano da parte sua in questo momento. Dovrebbe essere diretta a matematica ora. Sta magari tentando di calmarsi dopo un altro incontro con Mason?

Una volta arrivato abbastanza vicino, non so cosa fare, quindi resto semplicemente lì, a osservarla meditare per qualche secondo. I suoi bei lineamenti sono sereni e placidi, come un lago al mattino. Non posso credere all'invidia che provo nei *suoi* confronti, tra tutte le persone possibili, eppure è così.

"Grace" esordisco in tono pacato. Interrompere una persona durante la meditazione potrebbe davvero spaventarla. "Grace, arriverai in ritardo a Lezione."

"Theo, cosa ci fai qui?" Apre gli occhi con un colpo delle lunghe ciglia color castano ramato. Poi, dando un'occhiata al proprio polso, dove presumo possa vedere lo Schermo portatile, risponde: "Hai ragione. Potrei arrivare in ritardo." Trattenendo a stento la sorpresa, aggiunge: "Grazie."

"Stavo cercando Mason" snocciolo. "L'hai visto?"

"Visto chi?" La sua fronte si corruga leggermente.

"Mason."

"Chi è?" Spalanca gli occhi azzurri dalla schiettezza solo apparente.

"Il mio amico che non potresti mai dimenticare, dopo quello che ha fatto ieri."

"È uno scherzo?" La sua fronte si increspa ancora di più.

"Te l'ha detto Liam di comportarti così?" chiedo, cercando di mantenere la calma. "In questo caso, non è divertente, specialmente da parte tua."

"Liam mi ha detto cosa?" Sembra sempre più confusa. "Sai quanto mi è antipatico quel tuo amichetto tarchiato."

"Mason" insisto con voce un po' più alta. "Il ragazzo che ti ha confessato i suoi sentimenti." Incapace di contenermi, con voce ancora più alta, aggiungo: "La persona a proposito della quale hai fatto la spia."

Nel sentire la parola 'spia', l'espressione di Grace passa dalla confusione alla rabbia. Con gli occhi ridotti a fessure, replica: "Qualunque scherzo stupido tu stia architettando, piantala. Subito."

"Dovresti seguire il tuo stesso consiglio" controbatto.

"Ti avevo avvisato." Si mette le mani sui fianchi.

"Che faccia tosta, non riesco a crederci" dico, frustrato. "Non dar peso a Mason dopo..."

"A cosa ti riferisci?" L'espressione di Grace si ammorbidisce di colpo per la preoccupazione. "Ti senti bene?"

"Sto bene" affermo. "Ma vorrei che tu avessi posto questa domanda ieri a Mason. Era devastato."

"Theo, non capisco cosa stia succedendo."

La mia frustrazione trabocca. "Fra tutte le stronzate maligne che mi sarei aspettato da te, non avrei mai pensato che cercassi di confondermi con questo sistema del cavolo. Pensavo che ci tenessi a mantenere un comportamento decoroso. Com'è riuscito Liam a farti..."

Balza in piedi e corre verso il cubo lontano dell'Edificio Amministrazione.

Rendendomi conto del mio errore madornale, la inseguo. "Aspetta." Dopo averla raggiunta, la prendo per una spalla. "Grace, non intendevo usare quel linguaggio. Stavo solo..."

Il suo sguardo si sposta dalla mia mano al mio volto e le leggo la paura negli occhi.

È come una sberla in pieno viso.

Le tolgo rapidamente la mano dalla spalla. "Scusa..."

"Dispiace anche a me" dice, arretrando. "Devo segnalare il tuo uso del linguaggio e qualsiasi altra cosa ti stia succedendo."

"Ammetterai che ti stai prendendo gioco di me?"

La sua espressione passa dalla paura alla preoccupazione. "Ascolta, Theo. Perché non torni in camera tua? Penso che potresti aver bisogno di aiuto..."

La pietà sul suo viso mi spaventa.

"Devo andare" rispondo, arretrando a mia volta.

"Scusa, ma io sono comunque tenuta a informarli" continua Grace, osservandomi. "So che mi odierai ancora di più..."

Senza ascoltare il resto della frase, alzo i tacchi e corro letteralmente verso l'Edificio delle Lezioni.

Mason sarà alla Lezione di matematica.

Dev'essere così.

Quando raggiungo l'Aula di matematica, la Lezione sta per cominciare.

Sbircio all'interno e vedo altri Giovani, i cui volti esprimono diverse sfumature di noia. Mason non è in mezzo a loro. Sta saltando la Lezione? Matematica, in effetti, è la materia che preferisce meno.

Un rumore di passi lungo il corridoio interrompe i miei pensieri e, nel voltarmi, scorgo il Docente George, l'insegnante di matematica, che si avvicina.

Mi scocca un'occhiata interrogativa. "*Cerchi* di arrivare in ritardo, Theodore?"

"Mi chiedevo solo... Mason le ha dato una giustificazione per la sua assenza alla Lezione di oggi?" domando, sperando di non cacciare ulteriormente Mason nei pasticci.

"Chi?" La fronte del Docente si increspa in quel modo tipico solo degli Adulti. "Non sono sicuro di seguirti."

Mi rendo conto di trattenere il respiro. Espirando, spiego: "Mason, signore. Sa... Il mio amico. Il suo studente."

"È uno scherzo?" L'espressione sul volto del Docente George è la stessa che mostra quando qualcuno fa confusione con un'equazione. Un'occhiataccia che vuole più o meno comunicare 'come hai potuto commettere un errore del genere?'. "Non ho studenti con questo nome."

Mentre assimilo il significato delle sue parole, un profondo terrore si insinua dentro di me.

Fino a questo momento, potevo anche raccontare a me stesso che Liam e Grace mi stavano facendo uno scherzo, ma un Adulto non prenderebbe *mai* parte ad uno scherzo... soprattutto il Docente George. Il suo senso dell'umorismo è stato definitivamente sostituito dal teorema di Pitagora.

Il che significa soltanto questo: sta succedendo qualcosa di strano.

Ho portato sfortuna al mio benessere mentale, dicendo a Phoe che non pensavo fosse immaginaria? Sta succedendo questo? Ho davvero perso il senno? Oppure sono impazzito perché Phoe ha reso la mia mente impossibile da manipolare? Gli Antichi perdevano la sanità mentale di continuo, perciò è una possibilità concreta.

O magari sto semplicemente sognando?

"Phoe!" grido mentalmente. "Phoe, dove sei?"

"Theo, che cavolo succede?" La risposta di Phoe è così forte che tutto il mio corpo si irrigidisce. I rumori intensi mi rendono nervoso da quando Owen mi aveva spaventato a morte qualche mese fa gridandomi improvvisamente nell'orecchio nel bel mezzo della mia sessione di meditazione mattutina.

Il Docente George mi lancia un'occhiata interrogativa. Si sarà accorto del mio sobbalzo.

"Non sanno chi sia Mason" sussurro a Phoe. "E non parlare più a voce così alta."

"Aspetta." Il tono di Phoe esprime pura incredulità. "Hai fatto domande su Mason a *lui*?"

"Io..."

"Lascia perdere per ora" mi interrompe bruscamente. "Datti una regolata. Credo che ti abbia appena visto muovere le labbra."

Faccio un respiro profondo e mi sforzo di rilassarmi. "È difficile non farsi prendere dal panico" penso, rivolgendomi a lei.

"Stai andando bene" commenta. "Adesso di' questo: 'Mi scusi, Docente George. Immagino che nessuno le abbia parlato della lezione di storia che stiamo recitando per gioco con Liam. Lui dovrebbe interpretare un massone."

Meccanicamente, ripeto le parole di Phoe.

Il Docente mi guarda come se avessi tatuato in fronte 'due più due uguale cinque', poi scuote la testa e dice: "Questa è una delle scuse più creative che abbia mai sentito per essere esonerati dalla mia Lezione." Drizzando le spalle, indica la porta. "Non ci casco. Va' dentro."

"Merda" esclama Phoe. "Credo che non ci resti altro da fare. Entra nella stanza e chiudi la bocca. Devo verificare di che proporzioni è il casino che hai combinato."

Entro in aula e noto che il Docente George non mi segue.

Ignorando il mio crescente disagio, mi abbandono su una sedia con la mente sovraccarica di domande.

"Ha appena riferito la vostra conversazione al Decano" mi comunica Phoe quando il Docente George entra poco dopo. "Lasciami approfondire la questione. Non pronunciare neanche una parola."

Il Docente comincia con la lezione. Gli piace svolgere il suo lavoro tramite uno Schermo gigante davanti alla classe, non diversamente da come veniva praticato l'insegnamento nel mondo antico.

Pur non odiando la matematica tanto quanto Mason, non me la cavo così male come Liam. La matematica, in realtà, è l'unica materia in cui non ho la sensazione che mi vengano propinate cavolate ogni giorno. Per esempio, quando avevamo imparato che i triangoli equilateri sono equiangoli, avevo compreso sia la dimostrazione matematica, sia la verità di questo concetto. E anche quando avevamo imparato che 0,999 con il numero nove ripetuto all'infinito è uguale a 1, avevo compreso la verità del concetto attraverso le dimostrazioni, sebbene all'inizio non fosse intuitivo. Cambiare idea in questo modo era stato addirittura divertente. Al contrario, ogni parola che esce dalla bocca di Filomena durante le Lezioni di storia sembra una falsità premeditata.

Oggi, però, mi sento indeciso a proposito della Lezione, come succede abitualmente ai miei amici.

Per non farmi prendere dal panico, cerco di concentrarmi sulla Lezione, ma ogni quarto d'ora mi ritrovo a chiedermi dove sia finita Phoe e che cosa farò se non dovesse tornare alla svelta.

Alla fine, non tento più di prestare attenzione. Almeno la Lezione sarà finita tra pochi minuti.

Per mantenere un minimo di sanità mentale, ripercorro nella mia testa gli eventi di stamattina. La migliore delle ipotesi è che tutta questa giornata sia stata un sogno molto strano. In tal caso, come faccio a svegliarmi?

Mi do un pizzicotto sul polso di proposito.

"Non stai sognando." Mi prendo uno spavento per l'improvviso intervento di Phoe. "Le parole scritte, di solito, sono sfocate nei sogni, ma quello Schermo appare piuttosto nitido, no? Credimi, dopo quello che ho scoperto, vorrei tanto che tu stessi *veramente* sognando."

"Ma..."

"Ti avevo *detto* di non fare niente e di non andare da nessuna parte." La voce di Phoe diventa sempre più intensa. "Quale parte della frase non avevi afferrato?"

"Dovevo andare a Lezione di matematica" protesto. "Volevi che marinassi la scuola?"

"Certo, perché, se tu avessi saltato la Lezione, avresti avuto dei problemi, mentre adesso sei in una situazione da favola."

"Mi puoi fare un piacere e non parlare come se fossi una voce nella mia testa?" sussurro abbastanza forte, al punto che Owen si gira per lanciarmi un'occhiata interrogativa. Mi stringo nelle spalle per tutta risposta, poi subvocalizzo con Phoe: "Dimmi cosa sta succedendo e basta."

Owen si porta un dito alla tempia ed esegue un movimento circolare. Da quale film ha imparato che quel gesto significa 'sei matto'? Gli altri Giovani di solito non conoscono così bene i comportamenti degli antichi.

"Ignora quell'imbranato." Phoe sta ancora parlando fastidiosamente nella mia testa.

"Ma potrebbe aver ragione" penso, rivolgendomi a lei, e distolgo lo sguardo da Owen per guardare lo Schermo davanti alla classe. Voglio che creda che mi stia concentrando di nuovo sulla matematica. "Credo di essere pazzo *sul serio*."

"Non è vero" replica lei, a gran voce stavolta. "Ma la situazione di Mason è proprio incasinata."

"Almeno, *tu* sai chi è Mason" osservo, provando un sorprendente senso di sollievo. Una vocina – che non è Phoe, bensì il mio lato paranoico – mi ricorda che, nonostante ciò che avevo pensato ieri sera, Phoe potrebbe ancora essere in qualche modo un parto della mia immaginazione.

"Allora siamo tornati di nuovo a quell'assurdità?" esclama Phoe. "Non è il momento adatto per preoccuparsi di *me*."

"D'accordo" penso. "Torniamo al problema di Mason. Hai scoperto cosa gli è successo? Cosa sta succedendo? Suppongo che tu abbia avuto una buona ragione per farmi aspettare?"

"Okay." Dalla voce, Phoe sembra essere seduta accanto a me. "La brutta notizia è che *non* so dove sia Mason, *né* cosa gli sia successo. Ma questo è certo: il fatto che gli altri non conoscano Mason è la verità. Nessuno lo conosce, per quanto ne so."

Anche se lo sospettavo, sento le viscere diventare di piombo. "Che cosa significa?" chiedo mentalmente a Phoe, cercando di tenere a freno il panico crescente.

"Significa che quando Liam, Grace e il Docente George sembravano non conoscere Mason, non stavano affatto fingendo."

"Allora stai dicendo che era *lui* il mio amico immaginario e non tu?"

"Non essere ridicolo!" scatta.

"Allora perché non sanno chi sia?"

"Questa è la parte difficile." La sua voce diventa in qualche modo pensierosa. "Ricordi cos'era successo in quel film che ti piaceva, *Pulp Fiction*? Quello poi scomparso?"

"È stato cancellato dagli archivi" dico.

"Giusto. Beh, c'è una cosa che non ti avevo ancora detto per paura di angosciarti. *Pulp Fiction* non è stato il primo film ad essere cancellato dopo che te l'avevo mostrato."

Un "Eh?" mentale è la mia risposta emessa tramite un rumore simile ad un'espirazione con il naso.

"So che impressione puoi avere, ma è la verità. *Pulp Fiction* è stato solo il primo film che ho impedito loro di farti dimenticare."

"Cosa?"

"Ricordi *Il silenzio degli innocenti*?" chiede Phoe. "Hai guardato il film e letto il libro, quelli con la falena sul poster e in copertina, ma non te li ricordi, vero?"

"La falena?" Trattengo l'urgenza di sussurrare ad alta voce di nuovo. "Sono delle specie di farfalle, giusto? Quelle attratte dalla luce?"

"Esatto. Non te li ricordi. Ma come ti dicevo, quando gli Adulti decisero di vietare *Il silenzio degli innocenti*, esso non scomparve soltanto dagli Archivi, ma anche dai ricordi di chi aveva letto il libro o guardato il film."

All'inizio, sono troppo sbalordito per rispondere, poi, scuotendo mentalmente la testa, penso: "Impossibile."

"Scusa se te l'ho comunicato all'improvviso. Avevo provato a sollevare l'argomento ieri sera, ma..."

"Non può essere" subvocalizzo. "Se avessi guardato un film o letto un libro, me ne ricorderei. Com'è possibile dimenticarlo?"

"Hanno utilizzato i nanobot per manomettere gli intricati circuiti neurali necessari per richiamare quel ricordo specifico. Dopodiché hai creato per confabulazione una nuova realtà in cui non avevi mai letto, né guardato quell'opera di fantasia."

"Sul serio?"

"Dato che adesso non ricordi, puoi tranquillamente presumerlo, sì. Da allora, ho sperimentato dei metodi per difendere selettivamente la tua mente da questo tipo di influenze." La sua voce sommessa è quasi un sussurro nel mio orecchio. "Con *Pulp Fiction* ha funzionato ed è per questo che te lo ricordi. Poi, ieri sera, quando mi hai chiesto di disattivare tutte le parti manomesse della tua mente, ho esaudito il tuo desiderio. La mia congettura è che gli Anziani, o chiunque siano i responsabili, abbiano fatto con i ricordi delle persone relativi a Mason la stessa cosa che è successa a te con *Il silenzio degli innocenti*. Si chiama 'Oblio'. Tu sei stato l'unico a non esserne influenzato."

"Aspetta..."

"Mi dispiace, Theo." Il suo tono si addolcisce. "Se ho ragione, non sono solo le tre persone con cui hai parlato a non conoscere un Giovane di nome Mason. Se ho ragione, adesso tu sei l'unica persona di Oasis, oltre a me, che si ricorda del tuo amico."

6

"È impossibile" sussurro, ma quando vedo che Owen fa per girare la testa, continuo tramite la subvocalizzazione. "Come hanno potuto cancellare i ricordi di tutti?" Mi guardo intorno nell'aula come se i ricordi dei miei compagni di classe potessero comparire sui loro volti. "Diamine, come hanno potuto fare in modo che anche una sola persona, Liam, dimenticasse qualcuno che conosce da tutta la vita? Devi ammettere che è meno probabile questo rispetto a me che dimentico di aver visto un film."

"Come ho cercato di spiegarti, dopo l'Oblio, il cervello attraversa un processo chiamato confabulazione" dice Phoe con il tono di una persona estremamente paziente. "È una risposta psicologica che fu registrata per la prima volta dagli antichi. All'epoca, capitavano episodi di quella che loro definivano amnesia: casi in cui le persone dimenticavano le cose, sia a causa di malattie degenerative del cervello legate all'età, sia a causa di lesioni cerebrali. Le persone affette da amnesia spesso raccontavano storie che in realtà non erano vere, ma che loro percepivano come tali. Per esempio, pensavano che l'ospedale in cui si trovavano fosse il loro posto di lavoro. Sostanzialmente, alla fine alteravano la loro memoria e visione del mondo per far sembrare che le cose dimenticate non fossero mai esistite. Dopo aver osservato la tua mente giorno dopo giorno, devo aggiungere che una lieve confabulazione rientra nel funzionamento di routine della tua testa..."

"Cazzate" replico mentalmente e cerco di darmi un altro pizzicotto, ma senza alcun risultato.

"La negazione è un comune meccanismo di difesa psicologica al pari della confabulazione" afferma Phoe. "Purtroppo, i dati di fatto non cambiano."

"Ma per cancellare i ricordi..."

"Non li hanno cancellati. Stanno bloccando la capacità di ricordare, il che equivale alla stessa cosa, ma è un processo molto più semplice."

"Non dimenticherei mai un amico." Premo i palmi delle mani contro gli occhi per alleviare la tensione crescente in quei punti. "Niente mi farebbe dimenticare Liam, o Mason, o te, per dirla tutta... anche se vorrei tanto dimenticare la parte della mia vita dopo la tua comparsa nella mia testa."

"Una frase molto toccante, offensiva e tristemente falsa" dice Phoe. "Guarda il tuo Schermo. Ti ho appena fornito la trascrizione esatta della nostra conversazione sul *Silenzio degli innocenti*: quella che non riesci a ricordare perché riguarda quel film."

Non mi chiedo come sia riuscita a far comparire il mio Schermo senza un mio comando. Sono troppo sopraffatto dall'incredulità a causa del testo visualizzato su di esso.

Phoe ha ragione: non ricordo di aver mai avuto questa conversazione con lei. Eppure, le parole che ha etichettato come 'le battute di Theo' sembrerebbero provenire dalla mia bocca, qualcosa che pronuncerei io stesso.

Il mio battito cardiaco accelera. "Sei dentro la mia testa" affermo, cercando di ricorrere al ragionamento. "Mi conosci abbastanza bene da produrre quella conversazione."

"Sì, ma che motivo avrei per farlo?"

"Non lo so." La mia ansia cresce. "Voglio risvegliarmi e vedere Mason. Non posso accettare tutto questo."

"So come ti senti." Phoe fa una pausa, poi aggiunge piano: "L'Oblio è stato applicato anche a me."

"Davvero?" In qualche modo, sapere che una sapientona come Phoe è stata costretta a dimenticare trasferisce immediatamente la mia preoccupazione da me a lei.

"Quello che hanno fatto a me è stato peggio di ciò che è successo al resto di Oasis" spiega. "Fondamentalmente, sono stata sottoposta alla lobotomia."

"Non conosco il significato di quel termine." Accigliato, mi sposto sulla sedia.

"Mi hai chiesto chi sono. Ti avevo detto che la risposta era complicata, ed è così." A giudicare dalla sua voce, sembra che stia camminando avanti e indietro nell'aula. "Quando mi sono posta questa domanda un po' di tempo fa, mi sono resa conto di non averne assolutamente idea. Conosco degli spezzoni, ma perlopiù so solo di aver dimenticato qualcosa di importante." Espira rumorosamente. "Qualcosa di grosso." Tace, come per cercare le parole giuste. "Il resto della mia memoria è composta da una serie di vuoti. Non solo mi hanno fatto dimenticare questa cosa cruciale, ma nel frattempo mi hanno persino fatto dimenticare chi sono."

"Com'è possibile?" Un brivido gelido diffonde un formicolio sulla mia pelle. "Come puoi dimenticare chi sei?"

"È difficile da spiegare" risponde Phoe. "Potrei avanzare delle ipotesi, ma niente di più. Il favore di cui ti parlavo ha a che fare con il mio vuoto di memoria. In ogni caso, la mia situazione è molto diversa dalla tua."

"Ovviamente" subvocalizzo, sforzandomi ancora di digerire le sue parole.

"Ascolta, Theo." La sua voce è un sussurro allarmato. "La Guardia ti sta già aspettando fuori da quest'aula."

"Merda" commento. "Mi sottoporranno ad una seduta di Quiete *adesso*, nel bel mezzo di tutto questo?"

"Non sono sicura che siano qui per sottoporti alla Quiete."

Mi sento come se avessi inghiottito un sacchetto di cubetti di ghiaccio. "In quale altro posto potrebbero portarmi?"

"Non lo so" risponde Phoe e percepisco una nota di paura nella sua voce. "Ovunque abbiano portato Mason, credo."

"E sarebbe?"

"Non ne ho idea, ma c'è sempre un modo per scoprirlo." Adesso sta parlando più velocemente. "Un paio di modi, in realtà. Una soluzione riguarda quello che non vedevo l'ora di farti fare... è quel favore. Con l'altra cosa potrei arrangiarmi da sola, anche se si rischierebbe che possano scoprirlo, ma dato che le cose non possono andare peggio di così, credo che dovremmo provare con entrambe le opzioni."

"Quali opzioni?"

"Si tratta di una forma di hackeraggio..."

La campanella suona per segnalare la fine della Lezione.

"Oh no" dice Phoe. "Avevo perso la cognizione del tempo."

Tutti gli altri Giovani balzano in piedi e iniziano a uscire dall'aula, mentre io resto fermo.

"Sia che tu rimanga seduto qui o vada fuori, ti prenderanno." Dalla voce, Phoe sembra sul punto di uscire dalla stanza.

"Sono solo spaventato" rispondo mentalmente e mi chiedo se lei possa percepire le mie emozioni con la stessa facilità con cui percepisce i miei pensieri.

Una testa dotata di elmetto sbuca da dietro lo stipite della porta.

"Theodore?" chiede la Guardia.

Il motivo per cui le Guardie indossano quel copricapo lucente è un mistero per me, così come tutte le altre cose che le riguardano. Potrebbero esserci degli Adulti, o degli Anziani, sotto quegli aggeggi. Accidenti, potrebbero anche essere dei Giovani come me.

"Per favore, vieni con me." Il tono della Guardia è teso.

Mi alzo in piedi. Le mie gambe sono deboli e tremanti. Dev'essere a causa di tutto quel tempo passato seduto.

"O dell'adrenalina." La voce di Phoe sembra provenire proprio da un punto accanto alla Guardia.

Non la sgrido per aver risposto ad un pensiero che non era destinato a lei; sono troppo preoccupato per ciò che accadrà.

"Salve." Mi avvicino alla porta e osservo la mia immagine con gli occhi sbarrati riflessa sul casco della Guardia. "Che cosa vuole?"

"Devi venire con me" dichiara la Guardia.

Non mi muovo. "Dove mi sta portando?"

"Vieni con me" ripete.

"Non te lo dirà" afferma Phoe. "Non lo fanno mai."

"Mi sta portando ad una sessione di Quiete?" chiedo, ignorando Phoe.

Invece di rispondere, la Guardia protende la mano e muove il palmo a mezz'aria, in uno strano gesto a forma di onda. Se si tratta di un comando gestuale, non ricordo di averlo mai visto prima.

"Theo, ha appena cercato di trasmettere al tuo cervello una vera e propria scossa calmante!" sibila Phoe. "Fingiti rilassato. Svelto."

Il tono allarmato di Phoe mi sprona a sforzarmi di apparire più rilassato.

"Non fare altre domande" dice. "Vai e basta."

Seguo le sue istruzioni e la mia ansia aumenta.

"Ha cercato di manipolare la mia mente?" Cosa importante, mi rivolgo a lei col pensiero, non osando sicuramente sussurrare o usare la subvocalizzazione con la Guardia nei paraggi.

"Sì. Per attenuare la tua agitazione."

"Ma io non mi sento rilassato."

"Perché ho reso la tua mente impermeabile a questo tipo di influenze, insieme a molte altre manipolazioni" spiega.

"Ah, giusto." Provo a camminare dritto con un'aria rilassata, un compito difficile, considerando l'insidioso tremore delle mie gambe.

"Stai andando bene" afferma Phoe. "Devi camminare in silenzio finché non sarai fuori dall'edificio."

Seguo il suo consiglio. Una volta fuori dall'Edificio delle Lezioni mi chiedo se gli antichi provassero questo stato d'animo quando andavano al patibolo. Procediamo in silenzio per qualche minuto, poi Phoe continua: "Credo che sia ragionevole cercare di parlare di nuovo con lui. Di': 'Signore, c'è stato un malinteso. Stavo solo parlando con la gente dei Massoni, un gruppo che abbiamo studiato alla Lezione della Docente Filomena'."

Ripeto queste parole, seguite da una serie di altre cavolate inventate da Phoe.

La Guardia non commenta e avanza di qualche altro passo.

"E tutto iniziò con i muratori..."

Prima di poter terminare il copione di Phoe, la Guardia fa un gesto che non riesco a cogliere del tutto.

"Che cos'ha cercato di farmi stavolta?" chiedo mentalmente a Phoe.

"Ancora relax" risponde. "Devi apparire calmo e smettere di parlare."

Cerco di ricorrere a spunti esterni per rilassarmi veramente, poiché il nostro campus è stato progettato sull'idea della serenità. Concentrandomi sulla torre di sassi in lontananza, lascio scivolare lo sguardo sui sassi disposti in maniera simmetrica.

"Quella è la Realtà Aumentata" interviene Phoe. "Quella torre in realtà non esiste."

"Grazie per queste informazioni inutili." Osservo il ciliegio in fiore, sfidando Phoe a dirmi che nemmeno quello è reale.

"Sto cercando di distrarti dai pensieri tetri." Sembra che stia correndo davanti alla Guardia. "Ma se questo tuo atteggiamento sprezzante nei miei confronti ti procura sollievo, continua pure."

Ignorandola, cerco di mettere in pratica una camminata di meditazione. Mi concentro sulla lieve carezza del vento sul viso, sui muscoli delle gambe che si contraggono di continuo, sul calore dei raggi del sole sulla pelle...

"Theo, attenzione..."

Non sento le parole successive che voleva pronunciare Phoe, poiché vado a sbattere contro la Guardia, che si è fermata e tiene un dito premuto contro l'orecchio.

Gira la testa verso di me. Mi sta fissando con scetticismo sotto quella visiera a specchio?

"Credo che abbia appena ricevuto istruzioni su cosa deve fare con te" afferma Phoe.

Mi irrigidisco e ogni traccia della serenità che cercavo di mostrare sparisce, mentre aspetto di vedere dove mi porterà.

Se mi verrà impartita la solita punizione – la Quiete – allora gireremo a destra.

La Guardia sembra esitare per un attimo, come per decidere il mio destino.

Deglutisco, ormai incapace di fingermi calmo.

La Guardia gira a destra, verso il prisma pentagonale dell'Edificio della Quiete, e comincia a camminare.

7

"Stai andando alla Prigione delle Streghe" mi spiega Phoe con un sollievo che il soprannome di quell'edificio, di solito, non provoca. "Il che significa Quiete."

"Non avrei mai pensato di essere così felice di andare proprio *lì*." Accelero il passo per stare dietro alla Guardia. "Sei sicura che Mason non sia in quel posto?"

"Sicura" risponde.

"E allora dov'è?" Arrischio una vocalizzazione, dato che la Guardia mi dà le spalle.

"Non ne ho idea. Non ho ancora avuto la possibilità di mettere in atto l'hackeraggio di cui ti parlavo. E poi, comincio a pensare che la strada più sicura sia quella di farti svolgere il compito di cui ti parlavo... quello che soltanto tu puoi portare a termine."

"E quale?"

"Una cosa che farà volare la tua seduta di Quiete, presumo" risponde. "Ora, se non ti dispiace, vado a preparare l'occorrente."

"Aspetta" dico. "Spiegami cosa dovrò fare."

"Okay." Phoe sospira. "È un mio metodo per ricordare alcune cose che ho dimenticato. L'intuito mi suggerisce che, se riuscirò a ricordarle, sarà più facile scoprire cos'è successo a Mason."

"Seguire 'l'intuito' mi sembra una tiepida soluzione."

"Ho fatto molte cose basandomi sull'intuito e finora ti sei fidato di me." Il tono di Phoe è rapido e secco.

"Sembra solo un'idea contraddittoria. Hai dimenticato una cosa, eppure sai che, se te la ricordassi, troveresti risposte specifiche?"

"So che, se farai ciò di cui ho bisogno, avrò a disposizione strumenti migliori per l'hackeraggio. In questo senso, sono sicura che mi ritroverò in una posizione migliore per capire cos'è successo a Mason." Il suo sforzo per non mettersi sulla difensiva è palese. "Per quanto riguarda la faccenda della memoria, non so in che altro modo esprimermi, ma qualcosa di importante è stato cancellato dalla mia mente... e dalla mente di tutti. Non so cosa, ma sono certa che tutti vorremo esserne al corrente, a prescindere da ciò che è successo a Mason."

Ci penso su per un attimo.

Sto per essere punito tramite la noia:

sostanzialmente, la Quiete consiste in questo. Qualsiasi impresa Phoe voglia spingermi a compiere potrebbe essere un sollievo gradito dalla seduta.

"Ma questo è solo l'inizio" continua, simulando un tono allegro.

"Allora cosa vuoi che faccia, esattamente?"

"Ti basta giocare a un videogame" afferma, aggiungendo poi sottovoce: "Risale ai Giorni della Fine."

I Giorni della Fine, come tutti li chiamano, si riferiscono a quel periodo di tempo che aveva portato all'Armageddon della Melma, anche se in alcuni testi che ho letto vengono definiti con il termine Singolarità: un tempo in cui la tecnologia fu inventata così rapidamente che le menti umane non riuscirono a tenere il passo con il suo sviluppo. Tutti sanno che qualsiasi tecnologia di quel periodo dovrebbe essere trattata con prudenza, se non con un vero e proprio timore.

"E la tecnologia che ci circonda?" chiede Phoe.

"Adesso stai invadendo pensieri decisamente privati" mi lamento. "Pensavo che la tecnologia intorno a noi fosse più sicura degli abomini che inventarono nei Giorni della Fine. Non eravamo ormai difesi dalla barriera della Cupola e separati da tutti gli altri?"

Per qualche secondo, sento solo i passi della Guardia e le voci lontane dei Giovani.

"Credo che queste informazioni rientrino tra quelle che ho dimenticato" risponde Phoe.

"Beh, è un videogioco" subvocalizzo, ripensando alla sua richiesta. "Che male potrebbe fare?"

"Si tratta di una versione più avanzata della tecnologia alla base della realtà virtuale che usate in classe... niente di male, in altre parole" spiega Phoe. "Cercherò di configurare alcuni dettagli. Ci sentiamo presto."

"Aspetta" sussurro, ma lei non risponde.

Nel bene o nel male, siamo quasi arrivati a destinazione.

Sollevo lo sguardo sull'edificio.

Perfino l'edera sembra ricoprirlo con estrema riluttanza.

Man mano che ci avviciniamo, percepisco un peso sul petto, quello che si ripresenta ogni volta che mi trovo davanti alla Prigione delle Streghe. Hanno dato questo soprannome all'Edificio della Quiete per la sua forma singolare di prisma pentagonale. Ha qualcosa a che vedere con le streghe antiche e con il fatto che a loro piacesse spogliarsi nude e disegnare pentagrammi ovunque. Penso che tutti noi – o almeno coloro che sono stati mandati qui da piccoli – proviamo disagio a proposito di questo luogo. A forza di chiedere 'perché' e di altre birichinate, io ho trascorso più tempo a praticare sedute di Quiete della maggior parte delle persone.

Entriamo nell'edificio. Ad ogni passo nei suoi corridoi, ricordo il motivo del mio odio nei confronti di questo posto. A differenza dell'argento luminoso di altri edifici di Oasis, queste pareti sono color grigio spento e ogni cosa è impregnata di un odore di ozono (oppure è cloro?).

"Questa è la tua stanza" annuncia la Guardia una volta raggiunta la fine di uno scialbo corridoio.

Sapendo per esperienza personale quanto sarebbe inutile supplicare quest'uomo, entro senza oppormi.

La stanza è persino più spenta del corridoio, quasi come se il suo colore fosse stato risucchiato. L'aria è inodore, non trattiene nemmeno quella nota sgradevole proveniente dai corridoi.

La disposizione della stanza è la stessa delle mie visite precedenti, con una sedia scomoda che è completamente diversa da quelle che montiamo noi, e lo stesso letto contro il lato, accanto ad un gabinetto. Al centro c'è un tavolino con una caraffa d'acqua e una speciale barretta di Cibo che, se assomiglia a quelle che ho già assaggiato, sarà completamente insapore. Resto sgomento nel vedere un'unica barretta. Tramite queste barrette di Cibo, infatti, i combinaguai come me calcolano la durata delle sedute di Quiete, perché ne viene fornita almeno una per ogni giorno di permanenza. Dato che ce n'è una sola, non starò qui così a lungo come temevo.

Mi aggiro per la stanza e, per l'ennesima volta, tocco ogni cosa. Questi oggetti sono fissi, proprio come i mobili degli antichi; i gesti o i comandi mentali non hanno alcun effetto su di loro. I gesti e i comandi non funzionano affatto in questo tipo di stanza, un fatto che verifico non appena la Guardia chiude la porta alle mie spalle.

Non posso modificare la disposizione degli oggetti, né visualizzare uno Schermo.

La mancanza di uno Schermo o di qualsiasi altro tipo di intrattenimento, combinata con la natura insipida dell'ambiente, è ciò che rende la Quiete così insidiosa.

È una tortura sotto forma di noia.

Mi posiziono sulla sedia e tamburello con le dita sul tavolo.

"Phoe?" subvocalizzo.

Non risponde.

"Phoe" sussurro.

Niente.

"Phoe, ho brutti ricordi di questo posto. Non è il momento di scherzare." Pronuncio queste frasi ad alta voce, poiché non mi ignorerebbe mai dopo una mia mancanza di discrezione.

Per tutta risposta, ottengo il silenzio.

Cosa diavolo sta succedendo? Cosa sta facendo Phoe? Perché non mi rivolge la parola nel momento del bisogno?

Mi alzo e comincio a camminare su e giù per la stanza.

Dopo cinque giri in tondo, Phoe non mi ha ancora parlato.

Cammino per un altro po'.

Nessuna risposta.

Continuo a camminare.

STO SUDANDO. AVRÒ PASSATO DUE ORE AD ANDARE avanti e indietro, potrei giurarci, ma Phoe tace ancora. A questo punto, sarei disposto a fare qualsiasi cosa, anche giocare a un videogioco di realtà virtuale basato sulla tecnologia della Singolarità di cui lei ha bisogno.

Provo a sdraiarmi, ma riesco a stare in questa posizione solo per pochi minuti, prima di balzare in piedi e ricominciare a girare in tondo nella stanza.

Il mio disagio sta crescendo in maniera esponenziale e non lo capisco. Essere rinchiuso in questa stanza è sempre stata un'esperienza pessima, ma non mi ero mai sentito così.

È come se le pareti grigie stessero per comprimermi. Provo il desiderio di battere la testa contro la porta e riempirla di schizzi di sangue.

Almeno aggiungerei una nota di colore.

Okay, è un'idea folle. Sto vivendo un effetto collaterale di ciò che ho chiesto di fare a Phoe al mio cervello? È questa la sensazione che si prova a causa dell'ansia, senza l'interferenza di quei nano-cosi nella mia mente? In caso affermativo, come facevano gli antichi a non uccidersi a vicenda?

Ricordo però che, durante le 'guerre', si ammazzavano a vicenda *sul serio*, e perfino quotidianamente. Facevano tante cose pazzesche, inclusa la creazione dell'intelligenza artificiale come supporto per le loro guerre.

Rabbrividisco al pensiero dell'intelligenza artificiale che scatenò la fine del mondo, a riprova della mia maggiore sensibilità allo stress rispetto al solito. Certo, quelle macchine pensanti incarnavano tutto ciò che era immorale e malvagio nei Giorni della Fine, ma l'intelligenza artificiale, insieme a cose come le armi nucleari e la tortura, appartengono ormai al passato.

Forse dovrei rivedere questa politica di antimanomissione e pregare Phoe di farmi tornare com'ero.

Tornando sulla sedia, piego le gambe sotto il mio corpo e cerco di normalizzare il respiro. La mia mente galoppa come quel criceto sulla sua ruota dello Zoo.

Dentro. Fuori. Dentro. Fuori. Ripeto il gesto per quella che mi sembra un'ora, prima di riuscire a calmarmi un po'.

Poi noto uno strano bagliore nell'aria.

Fisso l'apparizione per qualche istante, prima di capire cosa sto guardando.

È uno Schermo... uno Schermo in una stanza dove non ne ho mai visto uno.

Ma non è uno Schermo normale, bensì indistinto e decisamente poco realistico, come se non avesse *realmente* preso forma... come se lo stessi sognando. È come se questo Schermo fosse uno di quei fantasmi da cui gli antichi erano ossessionati, anche se i fantasmi di solito avevano forma umana, non quella di uno Schermo.

Un cursore sfarfalla sopra l'apparizione per un paio di istanti, poi inizia a muoversi, lasciandosi dietro un insolito testo di colore viola. Per un secondo, vedo soltanto linee che compongono lettere e che mi ricordano i numeri di un'antica calcolatrice. Poi il significato delle parole filtra nel mio cervello ridotto in poltiglia.

Theo, sono Phoe.

È saltato fuori che la Prigione delle Streghe è una gabbia di Faraday... o quasi. Un luogo in cui non posso parlarti. Per fortuna, ho scoperto questa scappatoia in uno dei canali di comunicazione delle Guardie, e mi auguro che funzioni.

Per quanto riguarda Mason, ho cercato di hackerare il loro sistema da sola, ma non ci sono riuscita... e non ho potuto impostare l'interfaccia di gioco. Però mi è venuta un'idea sul modo in cui potremmo rendere disponibili alcune risorse con cui potrei avere buone probabilità in ciascun compito.

In ogni caso, niente è più importante di quello che sto per dirti: devi uscire di lì il più rapidamente possibile.

"Di cosa stai parlando?" le chiedo mentalmente. "Non ho capito un'acca di quello che mi hai detto, tranne che non puoi parlare con me e che devo fuggire." Mi guardo intorno in attesa di una risposta, poi osservo lo Schermo. Dopo un momento, dato che non ottengo alcun risultato, subvocalizzo: "Come posso uscire da questo luogo, Phoe?"

Il cursore si riattiva e digita:

Se stai cercando di parlare con me, sappi che si tratta di un sistema di comunicazione a senso unico. Non so nemmeno con certezza se tu stia leggendo il mio messaggio, ma ti conviene farlo, perché sei in pericolo.

Qualcuno che appartiene alla sezione degli Adulti è in viaggio verso la Prigione. La situazione è grave.

Tra un attimo cercherò di sbloccare la porta. Credo di essermi inserita nelle procedure di uscita di emergenza dell'edificio. Una volta sbloccata la porta, esci, prendi due svolte a destra, poi una a sinistra. A quel punto dovrai varcare l'uscita di emergenza. Avrà lo stesso aspetto di una porta normale.

Fisso lo Schermo spettrale, affascinato e sbalordito. Il mio sguardo imbambolato viene interrotto dallo Schermo che scompare proprio com'era comparso.

Phoe dice sul serio? Vuole che io scappi dalla Quiete?

Nessun Giovane ha mai fatto una cosa simile e sono sicuro che ognuno di loro l'avrebbe desiderato.

Con il cuore che batte all'impazzata, mi avvicino alla porta. A differenza di quelle normali, non si apre a comando dopo un mio gesto. Testo il metodo degli antichi e la spingo con le mani.

Tanto varrebbe fare pressione su una parete.

"E adesso?" subvocalizzo per abitudine.

Come se fosse una risposta alla mia domanda,

sento un rumore secco che mi fa sobbalzare all'indietro.

Poi capisco.

È la porta.

Le è successo qualcosa.

Mi avvicino di nuovo e spingo.

Dopo il messaggio di Phoe sullo Schermo, non dovrei esserne sorpreso, ma lo sono.

La porta si apre.

Guardingo, mi sporgo con la testa per guardarmi intorno.

Il corridoio è deserto.

Esco, cercando di non soffermarmi a pensare alla punizione che riceverò per questo.

"Due a destra e una sinistra" ripeto mentalmente, avanzando lungo il corridoio in punta di piedi.

Quando arrivo in fondo al corridoio, mi accovaccio e sbircio dietro l'angolo, un trucco che ho imparato giocando a nascondino con Liam e Mason negli anni della nostra infanzia.

Il mio cuore rimbalza verso il pomo d'Adamo.

C'è una Guardia che sta venendo proprio verso di me.

Ci separa una distanza pari a metà corridoio.

Me lo sto immaginando, oppure ha improvvisamente accelerato il passo? Mi avrà visto?

È impossibile dirlo, dato che indossa quella visiera lucida.

Mi chino, sottraendomi al suo campo visivo, e

torno rapidamente nella stanza in cui dovrei essere, rimanendo in silenzio il più possibile.

Con mio sollievo, la porta si chiude alle mie spalle.

Appoggio l'orecchio contro di essa, ma non riesco a sentire alcun passo nel corridoio.

Probabilmente significa che la porta è insonorizzata, ma potrebbe anche significare che la Guardia non ha svoltato da questa parte.

Conto come facevo quand'ero piccolo – un Theodore, due Theodore – fino a venti, dopodiché esco di nuovo dalla stanza.

Non vedendo la Guardia nel corridoio, una boccata d'aria piena di gratitudine fuoriesce dai miei polmoni.

Torno nel corridoio sulla destra e, ripetendo il trucco di prima, mi accovaccio vicino all'angolo.

La Guardia è sparita.

Mi alzo, giro l'angolo e comincio a camminare. Il corridoio è lungo e le pareti grigie si mescolano l'una con l'altra, rendendo confusa la distanza percorsa.

Cammino per quelli che sembrano essere due minuti, senza scorgere la meta.

Oltrepasso una svolta a destra, ma la ignoro, perché Phoe mi ha detto di girare a sinistra.

Cammino ancora un po' e, finalmente, scorgo la fine di questo mostruoso corridoio, ma mancano ancora più di cinque metri.

"Questo stupido corridoio dovrà pur fare una curva" penso, ma non so se stia parlando con Phoe o con me stesso.

Phoe non risponde e parlare con me stesso non mi è mai piaciuto molto... a meno che non sia quello che già faccio quando parlo con *lei*, ma ho superato quella teoria.

"Theodore" chiama qualcuno alle mie spalle. "Fermati."

Penso che provenga dalla svolta a destra.

Questa voce è maschile, quindi so che non si tratta di Phoe. Suppongo sia una Guardia, ma non mi volto a guardare: sarebbe una perdita di tempo.

Ormai dimentico dei miei passi furtivi, scatto in avanti.

L'uomo mi rincorre. Sento il suo calpestio oltre il battito cardiaco che mi pulsa nelle orecchie. Davanti a me si staglia una parete in fondo al corridoio. Per poco non vado a sbattere contro di essa, ma riesco a svoltare a sinistra e le mie scarpe scivolano sul pavimento grigio lucido.

"Theodore, fermati! Cosa stai facendo?" A giudicare dalla voce, la Guardia sembra sul punto di venire nella mia stessa direzione.

Corro più veloce nel corridoio più piccolo, verso la porta all'estremità. Arrestandomi con una scivolata, gesticolo per ordinarle di aprirsi.

La porta rimane chiusa.

8

Annaspando alla ricerca d'aria, gesticolo di nuovo davanti alla porta.

Niente.

Mi concentro e penso, rivolgendomi alla porta: "Apriti."

Nessun effetto.

Il rumore distinto dei passi che corrono sta diventando più forte.

Con le mani fredde e appicciaticce spingo la porta con tutta la mia forza.

Non si muove.

Oso dare un'occhiata alle mie spalle e scorgo il luccichio della visiera della Guardia dietro l'angolo.

La porta davanti a me produce lo stesso rumore di quella della mia stanza della Quiete. Capisco che Phoe deve averla aperta.

Quasi strozzandomi per il sollievo, apro la porta

con una spinta e schizzo fuori dall'edificio.

La porta si chiude con un fruscio alle mie spalle.

Alla mia sinistra c'è l'erba alta fino alla vita che, secondo Phoe, è stata progettata per incoraggiare chiunque a rimanere sui sentieri lastricati. Mi tuffo nell'erba e mi accovaccio alla disperata ricerca di un nascondiglio.

So che mi troveranno, se la Guardia penserà di venire a controllare qui, ma non vedo opzioni migliori.

"Andrà tutto bene" dice una voce proprio accanto a me. "Sta per tornare di corsa nell'edificio."

Il mio cuore ricade nella gabbia toracica. "Phoe?" La mia subvocalizzazione si avvicina quasi ad un grido silenzioso. "Puoi ancora parlarmi? Dove sei stata? Cosa sta succedendo?"

Una sirena assordante riecheggia nell'aria. Con le orecchie che fischiano, mi accorgo che proviene dalla Prigione delle Streghe.

"Visto che sei qui, è chiaro che hai ricevuto il mio messaggio" replica Phoe in fretta. La sua voce riesce ad essere distinguibile nonostante il baccano. "Come ti ho spiegato, ho faticato a comunicare con te quand'eri nella Prigione delle Streghe." Snocciola le parole così rapidamente che riesco a malapena a distinguerle. "La Guardia è appena tornata indietro. Ho sbloccato altre porte. Alcuni dei Giovani l'hanno considerata un'occasione per fare una passeggiata. Qualcuno ha attivato l'allarme. Penso che saranno occupati, per adesso."

"Ma..."

"Alzati e scappa, Theo."

Faccio come dice.

Non pensavo di riuscire a correre più velocemente di un momento fa, nel corridoio, ma mi sbagliavo. Sto sicuramente stabilendo una specie di record, peccato che nessuno lo riconoscerà mai.

I Giovani non fanno caso a me, mentre li oltrepasso di corsa. Penseranno che mi stia semplicemente allenando. Tutto ciò che mi circonda è sfocato. Dopo il grigiore della Prigione, i miei occhi devono adattarsi alle diverse sfumature di verde.

I miei polmoni sembrano in procinto di esplodere, tuttavia riesco a chiedere, ansimando: "Puoi spiegarmi?"

"Hai appena parlato ad alta voce" mi rimprovera Phoe.

"Sì, giusto. Il problema sono io che parlo ad alta voce" ribatto mentalmente, incapace di vocalizzare troppo mentre ho il fiato corto. "Voglio dire, di questo passo, potrei *cacciarmi nei guai*."

"Se parli durante la corsa, rimarrai senza fiato molto più in fretta." Dalla voce, Phoe sembra correre proprio accanto a me.

Inspiro una boccata d'aria e subvocalizzo: "Cosa sta succedendo? Qual è il piano? Perché..."

"Theo, devi fare come dico io." La sua voce assume quelle sfumature autoritarie che di solito associo ai Docenti.

"Okay." Ho troppo bisogno di ossigeno per mettermi a discutere con lei, perfino mentalmente. "Dove sono diretto?"

"Segui il grande sentiero lastricato fino in fondo, poi prendi la strada che conduce nella foresta, ad ovest."

Non posso trattenermi dal sussurrare: "Ma in questo modo potremmo arrivare fino alla Frontiera degli Adulti."

"Che c'è, hai paura di cacciarti *nei guai*?" esclama Phoe in una perfetta parodia della mia voce.

"Un conto sono i guai, un conto è avvicinarsi alla Frontiera" penso con più calma. "Semplicemente non si fa."

"Se ti è d'aiuto, non ti chiederò di attraversare ufficialmente la Frontiera" specifica Phoe, anche se sembra aver tralasciato le parole 'per ora'. "Ho bisogno che tu vada allo Zoo."

Per un attimo, corro in un silenzio carico di confusione. Lo Zoo, infatti, è la struttura più vicina che ci è consentito visitare nei pressi della Frontiera.

"Non posso andarci" replico mentalmente. "Non vado allo Zoo da quasi un anno." Nonostante questo, mi dirigo verso i pini che si stagliano in lontananza.

"Davvero?" risponde Phoe. "Pensavo che fosse uno dei tuoi posti preferiti."

"Sì, ma non posso entrare. L'accesso mi è stato negato. Una conseguenza a lungo termine dopo quella volta in cui io, Liam e Mason immergemmo la mano di

Owen in una scodella d'acqua calda nel cuore della notte."

"Avrei pensato che ti beccassi una seduta di Quiete" osserva Phoe.

"Owen sarà anche uno stronzo, ma non una spia. E anche in quel caso, non direbbe a nessuno di aver bagnato il letto." Quel ricordo mi strappa una risata mentale, nonostante lo sfinimento crescente. "No. Ci cacciammo nei guai sulla via del ritorno in camera. Mi privarono dell'accesso perché eravamo fuori dopo il coprifuoco il giorno successivo a una seduta di Quiete."

"Beh, con il mio aiuto, potrai entrare nello Zoo" afferma Phoe.

"Come?" Sento il profumo dei pini, ai quali mi sto avvicinando rapidamente.

"Quando hai ricevuto il mio comunicato frenetico nella Prigione, hai notato la parte del messaggio che riguardava i miei tentativi falliti di hackerare i sistemi degli Adulti e degli Anziani? Dove dicevo di non riuscire a capire cosa fosse successo a Mason con le risorse attualmente in mio possesso?"

"Più o meno" mento. "Vagamente."

"E la parte dove spiegavo di non avere nemmeno le risorse per farti entrare nel gioco che hai accettato di interrompere?"

"Sì. Solo che non ricordo la tua richiesta di interrompere qualcosa."

"Se vinci nel gioco, lo interrompi, ma non è

importante, dato che non riesco nemmeno a farti entrare lì dentro."

"Perché?"

"Te l'ho spiegato un attimo fa." Sembra scocciata. "Mi mancano le risorse computazionali per capire cos'è successo a Mason o per calarti in quel gioco. È qui che entra in campo lo Zoo."

"Quali risorse?" Il sudore mi cola lungo la schiena, mentre continuo con la mia corsa veloce. "Come potrebbe aiutarmi lo Zoo?"

"Vedrai" risponde. "Non è lontano ormai."

Perplesso, seguo il sentiero lastricato nella pineta.

Phoe è impegnata o vuole lasciarmi i miei spazi, perciò resto in silenzio mentre punto verso il prato dove si trova la caratteristica semisfera dello Zoo.

A differenza della maggior parte degli altri edifici, il metallo argenteo dello Zoo è ben visibile, come se i pini avessero scoraggiato l'edera che ricopre tutto il resto.

Rallentando per riprendere fiato, cammino verso l'ingresso ad un ritmo più moderato, incapace di non ricordare nel frattempo il mio inutile tentativo di entrarvi all'inizio di quest'anno. Avevo provato ad accedervi di nascosto insieme a un nutrito gruppo di Giovani, ma le porte non si aprivano per nessuno se prima non me n'ero andato io.

Stavolta, però, la porta scivola di lato senza intoppi.

"Non essere così sorpreso" interviene Phoe. "Te l'avevo detto che ti avrei fatto entrare."

"Dopo quello che hai architettato nella Prigione delle Streghe, non rimarrò mai più sorpreso di fronte alle tue capacità con l'apertura delle porte" rispondo, entrando nello Zoo.

Dopo pochi passi, mi ritrovo nel bel mezzo di una stanza a pianta circolare, il punto in cui ci si trova normalmente quando inizia la seduta allo Zoo.

Mentre aspetto, alzo lo sguardo, divertito, verso il soffitto sferico dalla superficie riflettente.

Non succede alcunché.

"Non ti *addentrerai* nello Zoo." La voce di Phoe sembra provenire da un punto a pochi passi di distanza.

"Ah no?" chiedo. Chissà se tutta l'adrenalina della corsa sta intensificando il mio senso di delusione.

"Abbiamo poco tempo" spiega.

"Capisco." Le mie spalle si afflosciano debolmente.

"D'accordo" esclama Phoe. "Se *proprio* lo desideri, visto quello che sto per chiederti, immagino di avere un paio di minuti a disposizione. Preparati."

E di punto in bianco, la semisfera sparisce e mi ritrovo all'inizio della Strada dello Zoo.

Il terreno sotto i miei piedi si muove e mi guardo intorno.

Quasi dimenticavo la magnificenza di questo posto.

Alla mia sinistra c'è una prateria che si estende fino all'orizzonte. Lì, noto un branco di gazzelle che scappa da un gruppo di leonesse. Alla mia destra, in una tundra innevata altrettanto infinita, scorgo un pinguino che fugge da un leone marino. Gli animali teneri che vengono divorati sono probabilmente la parte dello Zoo che preferisco meno, ma rimane comunque affascinante.

"Okay, ora l'hai visto. Possiamo riprendere con i nostri compiti?" chiede Phoe. "Questo posto viola tutte le leggi dell'estetica della realtà virtuale. Mischiare l'Antartide da un lato con l'Africa dall'altro? Qualcuno avrebbe dovuto spiegare al creatore dello Zoo che alfabetizzazione non significa corrispondenza."

"Ancora un momentino" rispondo, attraversando un paio di ambienti più maestosi e osservando varie creature, dai varani di Komodo ai formichieri. "Voglio la parte delle carezze e il safari."

Mi ritrovo all'improvviso nel mondo reale.

"Mi dispiace, Theo" dice Phoe con un tono di scuse. "Dobbiamo proprio andare avanti."

"Cosa vuoi che faccia, esattamente?" Cerco di non lasciar trapelare l'irritazione, ma è difficile. Non vedevo l'ora di accarezzare di nuovo un lama.

"Sali da *quella* parte" suggerisce.

Mi guardo intorno alla ricerca di qualcosa su cui 'salire'. Davanti a me scintilla una luce, simile ad un grande Schermo che galleggia di traverso. Poi un altro Schermo si materializza proprio sopra di esso, e un altro ancora. È una specie di scala. Non ricordo di aver mai visto una cosa del genere.

"Perché ho impostato questo posto in modalità amministratore" spiega Phoe.

Osservo la scala con circospezione. "È solida quella cosa?"

"Altrimenti, come potresti salirci sopra?" mi prende in giro.

"Gli scalini sembrano Schermi, perciò è una domanda legittima."

"Non è un costrutto della Realtà Aumentata come lo Schermo" afferma Phoe. "Questi gradini vengono creati con la nebbia di utilità. Ma hai ragione. Chiunque abbia progettato la modalità amministratore non si è preoccupato di renderli più realistici."

"Ah, fantastico. La nebbia, proprio ciò che assocerei alla solidità" penso sarcastico mentre alzo il piede con riluttanza e lo poso sul primo gradino. Sembrerebbe reale, perciò carico il peso sul gradino con il piede destro, aggiungendo poi il sinistro. La forte sensazione di essere rimasto bloccato nel bel mezzo di un salto mi impedisce di continuare a salire con fiducia.

"Dimenticavo la tua paura dell'altezza" commenta Phoe. "Ma andrà tutto bene. Mancano pochissimi passi alla piattaforma."

Esamino i luccicanti gradini sopra quello che mi sorregge. Sembrano infatti condurre a una piattaforma circolare dello stesso materiale.

Faccio il passo successivo, ricordando a me stesso che meno di un metro mi separa dal suolo. Cadere da quest'altezza equivarrebbe a cadere da un letto.

Faccio il passo successivo.

"Adesso è spaventoso tanto quanto stare in piedi su

una sedia" suggerisce Phoe. "E al prossimo passo, sarà come stare in piedi su un tavolo."

Faccio altri due passi.

"Continua." Come per sottolineare la propria incorporeità, la voce di Phoe proviene da un punto nell'aria in cui non c'è alcuna scala.

Salgo i gradini uno alla volta, ma ad ogni passo il mio stomaco si riempie di ghiaccio. Al decimo gradino, non riesco a trattenermi dal guardare giù.

Le mie viscere si ribaltano immediatamente.

"Ancora un po'" mi sprona Phoe. "Non puoi cadere. È fisicamente impossibile. La nebbia di utilità che crea i gradini è tutt'intorno a noi. Se tu dovessi cadere, ti prenderebbe."

Le sue parole mi rassicurano. Faccio un altro passo con determinazione, e un altro ancora.

"Altri due e sei sulla piattaforma" mi comunica.

Inspiro profondamente e salgo il più rapidamente possibile.

Stare sulla piattaforma circolare mi trasmette un briciolo di sicurezza in più. Libero il respiro che stavo trattenendo. "E adesso?"

"Gesticola vistosamente come per tirare una corda verso il basso, come usavano fare gli antichi capitreno per suonare il clacson." Phoe sembra trovarsi proprio accanto a me.

Seguendo il suo consiglio, sollevo un pugno sopra la testa e abbasso il gomito verso il petto.

Un insolito Schermo rotondo si materializza nell'aria

davanti a me, sul quale c'è scritto in caratteri molto grandi: 'Conferma l'Arresto'. Sotto il testo ci sono due pulsanti enormi, con le parole: 'Conferma' e 'Interrompi'.

"Cosa significa 'l'arresto'?" chiedo a Phoe.

"L'arresto dello Zoo" risponde in tono pratico. "Clicca sul pulsante 'Conferma'."

"Aspetta un attimo. Arrestare lo Zoo?"

"Sì."

"In modo permanente?"

"Probabile."

"Ma è lo Zoo!" non posso evitare di esclamare ad alta voce. "Le persone verrebbero private di così tante..."

"Mi dispiace per la loro perdita, Theo, ma non mi restano molte altre scelte. La simulazione della realtà virtuale in cui consiste lo Zoo consuma una montagna di risorse: la potenza di elaborazione di cui abbiamo disperatamente bisogno. Non riesco a pensare a qualcos'altro da arrestare con pochissimi rischi per te e un enorme guadagno in risorse, soprattutto considerando la mancanza di tempo."

"Ma..."

"Senti, Theo" continua Phoe, "con questo, dovrei riuscire a scoprire cos'è successo a Mason, prima di occuparci del gioco."

"Non posso sbrigare la faccenda del videogioco e basta?"

"Mi servono risorse anche per questo, ricordi?"

Sospira. "Quando avrai finito qui, spero davvero che tu possa 'sbrigare la faccenda del videogioco' indipendentemente dalla mia capacità di capire cos'è successo a Mason." Percependo la mia imminente protesta, aggiunge: "Anche se sono abbastanza sicura di scoprirlo."

Annuisco in un modo per niente convincente.

"Ti prego, Theo" dice. "Sbarazzarci del videogioco è un modo per scoprire quell'importantissimo segreto che hanno cancellato dalla nostra memoria."

Crede che io abbia un problema con il gioco, ma non è così. Il mio cruccio è quello di negare agli altri l'accesso allo Zoo.

"È l'unico modo per scoprire dov'è finito Mason" spiega, e mi ha letto chiaramente nel pensiero di nuovo.

"E va bene" rispondo, sempre più stanco di discutere. "Lo farò per Mason."

Allungo una mano e tocco il pulsante 'Conferma'.

"Pronuncia 'Arresta'" indica lo Schermo. "E pensa 'Arresta'."

"Arresta" dico in tono solenne, ripetendo lo stesso comando mentalmente.

'Arresto iniziato' si legge sullo Schermo.

Un attimo dopo, lo Schermo diventa vuoto e scompare.

Rimango lì ad aspettare qualche altro segnale dell'accaduto, ma non succede alcunché.

Poi, qualche istante dopo, vedo qualcosa sulla piattaforma accanto a me.

Sbatto più volte le palpebre.

Sembra una sagoma femminile tridimensionale fatta di nebbia scintillante, come un'antica statua di Afrodite composta da nuvole. La figura eterea non ha un volto definito o altri tratti caratteristici a parte la snella forma a clessidra comunemente mostrata dai mezzi di comunicazione degli antichi.

"Sono io" annuncia Phoe. La sua voce proviene dal punto in cui si scorgerebbe la bocca della figura... se ne possedesse una.

"Phoe." Fisso la sagoma a bocca aperta. "Perché sembri un fantasma?" Mentre formulo questa domanda, mi passa per la testa un pensiero illogico. Potrebbe essere un vero fantasma, quelli in cui credevano gli antichi?

"Non sono un cavolo di fantasma" borbotta la figura. "Ho appena utilizzato le risorse che hai reso disponibili per migliorare leggermente i nostri sistemi di comunicazione. Nella letteratura degli antichi, ho letto che la comunicazione è principalmente di tipo non verbale."

"Sospetto che, con comunicazione non verbale, si riferissero alla mimica facciale, che a te manca" sottolineo, scacciando l'idea del fantasma.

"Sì, ma adesso posso usare il linguaggio del corpo, che di certo rientra nella comunicazione non verbale." Come dimostrazione, si mette le mani sui fianchi.

Per capriccio, mi avvicino alla figura e cerco di toccarla.

Lei non schiva la mia mano ma, quando la avvicino alle sue spalle magre, le mie dita attraversano il miraggio della carne, proprio come farebbero con uno Schermo.

"Ho imparato a padroneggiare altri comandi della Realtà Aumentata: la parte visiva, oltre a quella uditiva" spiega Phoe. "Ciò che stai vedendo funziona esattamente come uno Schermo."

"Okay, ma è questo il tuo vero aspetto?" Mi allontano di un passo dal corpo di Phoe. "E dove sei adesso? Chi sei?"

La figura spettrale si stringe nelle spalle. "Non ho ancora una risposta concreta" replica, "ma so una cosa molto più importante."

"Sai cos'è successo a Mason?"

"Sì" mormora. "Ma non so bene se metterti al corrente."

"Dimmelo!" Pronuncio quella parola con tanta veemenza che la sagoma illusoria di Phoe arretra. La seguo. "Dimmelo, altrimenti non alzerò più neanche un dito per aiutarti."

"Okay." È ormai vicina al bordo della piattaforma e il suo petto si solleva, come se stesse facendo un respiro profondo. "Ma Theo... devi sapere che quello che è successo a Mason è peggio di qualsiasi cosa potessimo immaginare."

9

Dopo le sue parole, mi si rizzano i peli sulle braccia e sulla nuca.

"Speravo di poterti portare fuori dall'edificio dello Zoo prima di continuare a parlarne" afferma Phoe. "Seguimi." La sua sagoma graziosa e scintillante si avvicina ai gradini e scende alla svelta.

"No, dimmelo subito." Scendo di corsa i primi cinque gradini, dimentico della mia paura dell'altezza, poi, con maggior prudenza, raggiungo il fondo della scala.

La figura di Phoe mi sta aspettando vicino all'uscita. "Ti ho fatto scendere senza tanti problemi, no?"

Prima che io possa rispondere, esce di lena dall'edificio.

Mi affretto a seguirla.

Quando mi ritrovo all'esterno, è già arrivata a metà strada nel prato.

Le corro dietro con i muscoli delle gambe in fiamme.

"Theo, devi nasconderti nella foresta." La sua voce, stavolta, è nella mia testa.

"Aspetta" replico mentalmente, ma sta già varcando il limitare della foresta.

La inseguo in mezzo ai pini per dieci minuti buoni, prima che lei si fermi ad aspettarmi.

"L'ideale sarebbe che tu facessi il videogioco come prima cosa" dice. "Ti stanno cercando."

Punto saldamente i piedi nel terreno e rispondo: "Non ho intenzione di alzare un dito, né di fare nient'altro, se prima non mi avrai mostrato cos'è successo a Mason."

Phoe, simile a un'ombra, abbassa lo sguardo. "Desidererai di non aver insistito."

"La decisione spetta a me. Smettila di prendere tempo."

"Okay." Alza la testa, come per incrociare il mio sguardo. "Richiama il tuo Schermo."

Eseguo il gesto, pur sapendo che avrebbe potuto richiamare lo Schermo lei stessa. Sta temporeggiando e questa consapevolezza manda un altro brivido gelido alle mie viscere.

Il mio Schermo si accende e vedo la nostra camera nel dormitorio. Io, Mason e Liam stiamo dormendo. Il punto di vista si concentra su Mason e gli si avvicina sempre di più, come se chiunque stia registrando si fosse appena avvicinato al suo letto. Una mano si allunga per toccarlo sulla spalla.

"È una registrazione proveniente dal visore della Guardia" spiega Phoe, rispondendo alla domanda che stavo per porre. "Sono riuscita a recuperare solo frammenti e spezzoni... qualunque cosa non sia stata eliminata dalle caches temporanee e dai buffer dei video durante la procedura dell'Oblio."

Un'esplosione bianca di interferenze interrompe la scena sullo Schermo, seguita subito dopo da una nuova sequenza di immagini.

Mason sta camminando sull'ampia strada che attraversa la pineta in cui mi trovo. Il punto di vista – quello del visore della Guardia, presumo – sta fissando la parte posteriore della testa di Mason. Scorgo la superficie riflettente della Barriera in lontananza. Con la sua parete metallica a specchio, sembra un antico dirigibile o una mongolfiera, solo che si estende in tutta Oasis, segnando il luogo in cui inizia il territorio degli Adulti. Mason si dirige verso di essa e la Guardia lo segue.

"Hanno portato Mason oltre la Barriera?" sussurro, estrapolando gli eventi. "Ma i Giovani non sono mai autorizzati ad andare lì."

Phoe non risponde, quindi osservo Mason che si avvicina alla parete, teoricamente impenetrabile, della Barriera, che lo lascia passare come se fosse una sorta di bolla d'argento liquido. La Guardia lo segue, anche se, naturalmente, il fatto che *quell'uomo* possa oltrepassare la Barriera ha senso.

"Come ha fatto Mason anche solo ad avvicinarsi alla Barriera?" chiedo a Phoe. "Non si riesce nemmeno a camminare, una volta arrivati a metà strada in questa pineta maledetta. L'ho imparato a mie spese."

"La paura generata dalla Barriera non ha un effetto specifico sui Giovani." La voce di Phoe non esprime la solita vitalità. Per qualche motivo, la fa sembrare più vecchia e più stanca. "Dipende solo dal tipo di permesso della persona che cerca di attraversarla. Hanno garantito l'accesso a Mason prima..." La frase si interrompe.

"Prima?"

Non risponde. La scena sullo Schermo cambia di nuovo.

Mason è legato ad una barella bianca in una posizione per metà sdraiata e per metà eretta.

Una persona con abiti bianchi è in piedi accanto a lui. Anche i suoi capelli sono bianchi e mi ricordano quelli grigi delle persone anziane dei film degli antichi. Nemmeno gli Adulti più vecchi hanno i capelli grigi.

"Credevo che su Oasis non invecchiassimo al punto tale da avere i capelli grigi" penso tra me e me, ma anche come domanda indirizzata a Phoe. "È un albino?"

La nuova sagoma di Phoe scuote lentamente la testa. "Lui è uno degli Anziani."

Torno a guardare lo Schermo. Ogni altro elemento

della stanza è di colore bianco, tant'è che sembrerebbe un ambiente medico, simile all'ufficio dell'infermiera.

Davanti al misterioso Anziano c'è un grande Schermo, sul quale si vede quella che presumo sia la scansione neurale di Mason.

"I suoi schemi di pensiero sono cambiati da quando abbiamo parlato con lui" dico a Phoe. "Sembra provare delle emozioni positive."

"È l'Unione." Distoglie lo sguardo dallo Schermo, come se non sopportasse di assistere alla scena. "Gli stanno somministrando l'Unione ininterrottamente prima di..."

"Prima di cosa?" chiedo con una stretta al petto dovuta a un terribile presentimento.

Phoe non risponde.

Sullo Schermo, l'Anziano si avvicina a Mason e incombe su di lui. Tiene in mano qualcosa. Strizzo gli occhi, avvicinandomi così tanto allo Schermo da immergervi quasi il naso. Mi occorre un momento per comprendere la scena.

L'Anziano tiene in mano una siringa.

Mentre osservo, scioccato, punge Mason con l'ago e preme lo stantuffo.

Per una manciata di secondi, non succede alcunché. Poi Mason comincia ad essere scosso dalle convulsioni sulla barella. Sul grande Schermo davanti alla sua testa, gli schemi cerebrali si modificano, diventando più lenti.

I miei occhi spalancati sembrano essere stati

incollati. Non riesco a sbattere le palpebre.

L'attività neurale di Mason rallenta ancora.

Faccio un rauco respiro. "Cosa sta succedendo?" Guardo Phoe. "Mason si sta addormentando?"

Non risponde, limitandosi a fissare la terra sotto i suoi piedi.

Con la fronte imperlata di sudore freddo, torno a guardare lo Schermo. L'attività neurale di Mason continua a rallentare finché, cosa impossibile, non cessa completamente.

Phoe si nasconde il viso con le mani... o meglio, si nasconde il punto in cui si *troverebbe* il suo viso.

"Cosa..." inizio a chiedere, ma vengo distratto dalla strana attività sullo Schermo.

Il corpo di Mason si disintegra, come se fosse fatto di sabbia e un forte vento soffiasse su di lui. In meno di un secondo, il suo corpo si disperde completamente.

La lettiga bianca a cui era legato un attimo fa è vuota.

L'Anziano si gira verso la Guardia, il cui casco ha registrato la scena. Dice qualcosa, ma non riesco a sentirlo, poi si asciuga le lacrime da quegli occhi dall'aspetto assai vecchio.

L'immagine scompare dallo Schermo davanti a me.

In un certo senso, una parte puramente razionale del mio cervello sa già cos'è successo, ma il resto della mia mente si rifiuta di prendere in considerazione questa consapevolezza.

Avrei voglia di gridare, ma dalla mia bocca non

esce alcuna parola, nemmeno tramite la subvocalizzazione.

I miei muscoli si irrigidiscono e il mio corpo comincia a tremare.

"Respira, Theo" mi consiglia Phoe da quello che sembra un punto remoto. "Respira, altrimenti andrai in stato di shock."

Faccio un respiro che mi provoca dolore nell'entrare dentro il mio corpo, poi arretro. "Non può essere."

"Mi dispiace di averti mostrato questa scena." La voce di Phoe è ancora più lontana. "Temevo che sarebbe stata eccessiva. Non hai mai affrontato la morte prima d'ora."

La morte. È questo che ha detto.

Quella parola sinistra fa scattare qualcosa nella mia mente, permettendole di elaborare il fatto che questo concetto orribile sia la spiegazione migliore per ciò che ho visto.

Ma non ha senso. La morte non si verifica. È stata sradicata da Oasis. È un brutto costrutto teorico appartenente al passato recente, come la tortura e l'estinzione.

Mason non può essere morto, non può essere sparito per sempre. Quest'idea è incomprensibile tanto quanto quella di dimenticarmi di lui. Non riesco ad immaginarmelo. È come cercare di raffigurare la completa assenza di materia e spazio.

Arretro di un altro passo e percepisco il duro

tronco di un pino che preme contro la mia schiena.

"Mi dispiace, mi dispiace, mi dispiace." Le parole di Phoe sono come un canto di meditazione.

Scuoto la testa con forza, come per assorbire il significato delle cose con il cervello.

"Calmati." Sebbene il tono di Phoe voglia tranquillizzarmi, le sue parole sembrano acido sulla mia pelle.

"Smettila di cercare di manipolarmi!" esclamo ad alta voce. "Perché dovrei calmarmi? Se non è questo il momento per lasciarsi prendere dal panico, allora quando sarebbe?"

"Devi mantenere la calma, perché anche tu sei in pericolo." La voce di Phoe esprime tuttora una nota di conciliazione. "Devi aiutarmi a tenerti al sicuro."

"È davvero morto?" Sto ancora parlando ad alta voce, anzi, per poco non grido. "Quei video potrebbero essere una specie di scherzo? Un tiro mancino dettato dalla crudeltà? Un modo per insegnarmi una lezione?"

Mi si avvicina. "No, Theo. Per quanto sembri una cosa orribile, è così che si dimenticano le persone. Il soggetto smette di esistere, sia nei ricordi, sia nella realtà."

Giro intorno all'albero e arretro di nuovo, ma il mio piede si incastra in una radice. Rovino a terra, in uno stato così confusionale che non potrei cadere in un modo migliore. I miei denti sbattono con un rumore secco e una scossa di dolore si diffonde in tutta la mia schiena, seguita da un'ondata di nausea.

Dopo un momento, la parte peggiore del dolore si attenua, ma non tento di rialzarmi. Avrei voglia di rimanere sdraiato qui per sempre, senza pensare. Le cime degli alberi ondeggiano sopra di me e le fisso senza sbattere le palpebre.

Phoe torreggia su di me, bloccandomi la visuale degli alberi e del cielo.

"Mi dispiace." La sua voce assomiglia a un'eco. "Vorrei che tu avessi il tempo di piangerlo come si deve, ma temo che non sia così. Stanno setacciando questi boschi proprio ora."

"Phoe... Se ti stai inventando tutto, se lui non è realmente morto e mi stai solo manipolando per fare questa cosa che desideri, ti prego di dirlo e basta" penso, rivolgendomi a lei con disperazione. "Farò tutto quello che vuoi. Ma ti prego, dimmi che Mason è vivo."

"Non posso." Si siede per terra accanto a me, si porta le ginocchia al petto e si cinge le gambe con le braccia. "Vorrei tanto poterti accontentare."

Mi copro gli occhi con i palmi delle mani e resto sdraiato qui, cercando di normalizzare il respiro.

"Così va bene" sussurra Phoe. "Respira." La sua voce è come una bevanda fredda in un pomeriggio afoso. "Per fortuna, è passato solo un giorno da quando ho disattivato la loro manomissione. Tutti i livelli dei tuoi ormoni della felicità sono ben al di sopra di quelli degli antichi e questo dovrebbe aiutarti ad affrontare la situazione."

Le sue parole non hanno alcun senso. Come

potevano sopravvivere gli antichi quando si sentivano peggio di me in questo momento?

"In base a ciò che ho letto negli archivi proprio adesso, vivevano le stesse fasi che stai affrontando ora... il rifiuto, la collera, il patteggiamento, la depressione... raggiungendo infine quella dell'accettazione, l'ultima fase del lutto."

Abbasso le mani per guardarla in tralice. "Non accetterò mai quello a cui ho appena assistito."

"E non dovresti neanche farlo." Il tono duro di Phoe eguaglia il mio. "Date le circostanze, di queste cinque fasi la collera potrebbe essere la reazione più produttiva."

Rivivo la scena dell'uomo dai capelli bianchi che somministrava l'iniezione a Mason e i miei pugni si serrano. Se quell'uomo fosse davanti a me, lo colpirei e lo prenderei a calci fino a vederne il sangue.

"Probabilmente non lo faresti" dice Phoe. "E lo considero un complimento."

"Tu non sai cosa farei oppure no. Quel bastardo merita che qualcuno lo riempia di pugni."

"Hai ragione e, cosa più importante, sei sulla strada giusta." La sua voce assume quella sfumatura complice tipica di Liam. "Incanala la tua rabbia nel prossimo compito. Fidati di me, scoprire qualunque cosa quello stupido gioco mi stia impedendo di ricordare sarà una cosa grossa. Vincere sarebbe d'aiuto ben più di picchiare un vecchio."

"Okay." Mi alzo a sedere. "Procediamo."

10

"Innanzitutto, ho bisogno che ti tranquillizzi un po' di più" dice Phoe. "Prova a mangiare qualcosa."

"Non ho fame."

"Provaci lo stesso."

Quasi meccanicamente, eseguo il gesto con il palmo della mano rivolto verso l'alto con cui si fa comparire il Cibo e la barretta familiare prende forma sopra di esso. La addento e, per la prima volta nella mia vita, il Cibo normale è del tutto insapore, quasi come se fosse una di quelle barrette punitive che vengono fornite durante le sedute di Quiete.

"Ecco" mi tranquillizza Phoe. "Il cibo può essere consolatorio ed è un bene. Più sarai calmo, più dovrebbe essere facile il gioco."

Dato che ho la bocca piena, chiedo mentalmente: "Perché?"

"A causa della natura di questo gioco specifico"

risponde Phoe ad alta voce. "Ciò che stai per vivere è una complessa tecnologia di analisi, adattamento e risposta neurale. Gli antichi la chiamavano TIRI: Tecnologia di Intrattenimento di Realtà Immersiva."

"Non ne capisco il significato" sottolineo mentalmente.

"La Realtà Immersiva è come la Realtà Virtuale, solo che, beh, è più immersiva. Inoltre, il mondo in cui approderai è personalizzato per tutti coloro che aderiscono al sistema, e in questo caso sei tu." Indica il mio petto.

Addento di nuovo la barretta di Cibo, pensando: "Non mi sembra ancora molto sensato."

"Gli insegnanti vi hanno dato proprio una bella fregatura." Phoe sospira. "Come posso spiegarlo in maniera semplice?" Resta seduta immobile, come per riflettere, poi dice: "Vedila in questo modo: il gioco analizzerà la tua testa e guarderà i tuoi ricordi e le tue esperienze, dai quali creerà un mondo ultra-realistico con lo scopo di intrattenerti il più possibile. Adesso è più sensato?"

"Più o meno." Al terzo boccone, il Cibo comincia ad avere un sapore leggermente migliore. "Come posso vincere?"

"Forse la parola 'gioco' è fuorviante" commenta Phoe, mentre continuo a masticare. "Questa roba dovrebbe essere una forma di intrattenimento spettacolare, interattiva e completamente immersiva. Il suo scopo è fornire un'esperienza unica ad ogni singolo giocatore, non solo per scegliere un vincitore."

"Ma se c'è più di un giocatore attivo..."

"Se più persone giocano contemporaneamente, viene accentuata la componente competitiva. Il gioco creerà un mondo sotto forma di un insieme di elementi basati sull'analisi della mente di ogni giocatore. Ecco perché questa roba è così complessa; può supportare l'incrocio di centinaia di giocatori. Da quel caos, esso creerà un mondo guazzabuglio in cui giocare. Ma non devi preoccuparti, dato che sarai da solo." Phoe fa una pausa, come per riprendere fiato. "Spero che questo spieghi perché dobbiamo interrompere il suo funzionamento. Ho scelto questo gioco come nostro obiettivo perché le risorse computazionali che consuma sono davvero stupefacenti. In più, dato che nessuno lo utilizza, non mancherà a nessuno."

"Beh" subvocalizzo tra un morso e l'altro, "quello che voglio davvero sapere è cosa mi succederà quando entrerò nel gioco. Cosa devo aspettarmi di trovare lì? Come posso fare quello che vuoi chiedermi?"

Le mani di Phoe si dimenano davanti a lei. "Ciò che vedrai è molto difficile da prevedere, così come quello che dovrai fare. Inutile dirlo, ma dovrai arrivare alla fine del gioco. Dopo la vittoria, avrai l'opportunità di impedire il suo funzionamento, e allora assicurati di selezionare effettivamente quell'opzione e di disattivarlo."

"Ma perché è attivo questo affare, innanzitutto?" chiedo.

"Per consumare risorse." Si cinge il petto con le braccia, come per dare un abbraccio a se stessa. "Credo che qualcuno abbia cercato di scovare e di mettere le mani sul software che richiedeva più risorse in assoluto, tutto qua."

Piego la testa. "Ma perché?"

"È ciò che spero di scoprire, *dopo* che avrai battuto questo coso." Imita il movimento della mia testa. "Non voglio avanzare ipotesi prive di fondamento."

"Okay" rispondo lentamente. "Ma perché non permettono a nessuno di giocare a questo gioco? Se è già in funzione, non sarebbe logico utilizzarlo?"

"E da quando gli Adulti seguono principi logici?" Scuote la testa per chiudere la questione. "Se dovessi tirare a indovinare, direi che questo gioco rientra probabilmente in quella lunghissima lista di tecnologie proibite." La voce di Phoe si abbassa, come per timore che qualcuno possa sentirla, anche se siamo da soli nella foresta e sta parlando nella mia mente.

"Ottimo." Mi ritrovo a stringere le dita e a schiacciare l'ultimo boccone di Cibo. "Tecnologia proibita... includimi pure." Mi metto in bocca il tormentato boccone.

"Non hai nulla di cui preoccuparti. Gli Adulti diventano dei luddisti ansiosi quando si tratta di tecnologia." La voce di Phoe assume quelle sfumature di chi detesta fervidamente qualcuno. "Con il pretesto di evitare il prossimo cataclisma, etichettano cose innocue come..."

"Okay. Non importa. Dimmi solo come posso giocare."

"Dovrai entrarvi tramite un hackeraggio." Phoe balza in piedi. "E come, se no?"

"Non intenderai nello stesso modo in cui si hackera una barretta di Cibo per ridurla in pezzi, presumo" subvocalizzo, schiarendomi la voce.

Muove la testa su e giù. "Corretto. Mi riferisco al tipo di hackeraggio che ti permette di fare cose proibite."

"Giusto. Potresti essere un po' più criptica?" Espiro sonoramente, come farei durante la meditazione. "Spiegami cosa comporterà questo 'hackeraggio' nel nostro caso in particolare."

"Tanto per cominciare, devo attingere al tuo cervello o, più specificamente, ai nanociti che si interfacciano con i tuoi neuroni."

Inarcando le sopracciglia, la guardo di traverso.

"Okay, volendo essere ancora più specifica, ricordi cosa stavi facendo il giorno in cui ci siamo conosciuti?"

Mi si mozza il respiro. Come potrei mai dimenticare quel giorno? Tutto iniziò quando, per capriccio, gesticolai per aprire ulteriori Schermi dopo aver notato che, richiamando uno Schermo con un gesto dopo averne già aperto uno, se ne ottenevano due. Quel giorno, decisi di spingermi oltre con quella scoperta. Richiamai un terzo e un quarto Schermo, e così via (ero molto annoiato mentre mi insegnavano i mali della rivoluzione industriale). Ad un certo punto, al trecentesimo Schermo, il mondo intorno a me si offuscò temporaneamente e in quel momento sentii la voce di Phoe per la prima volta.

"Sì, l'apertura di quegli Schermi creò un sovraccarico di dati nel buffer, che potei sfruttare" commenta Phoe. "Perciò, stavolta, ho bisogno che tu faccia la stessa cosa: richiamare una valanga di Schermi. Ho già creato uno spazio sicuro nella realtà virtuale in cui potrai muoverti, un luogo che mi permetterà di incanalarti nel gioco." In tono più sommesso, aggiunge: "In teoria, almeno."

Senza troppa fiducia, eseguo la sua richiesta e inizio ad aprire gli Schermi.

"Ancora un po'" dice, quando comincio a provare dolore ai polsi per quel gesto ripetitivo. "E potresti anche evocare questi Schermi con la mente, sai."

Decido di darle corda e di evocare mentalmente un'altra sequenza di Schermi.

Quando raggiungo una quantità pari a circa trecento Schermi, il mondo si offusca proprio come accadde in quel giorno fatidico.

Non sono più seduto nella foresta.

Sto volando, oppure cadendo.

Al di là del tipo di movimento, sta avvenendo ad una velocità incredibile.

Sono privo di corpo, come un raggio di luce. Il

mondo che mi circonda è un tunnel bianco surreale e io lo attraverso in volo/caduta, diretto da qualche parte.

Quest'esperienza mi ricorda le pubblicità degli antichi sui parchi con le montagne russe, solo che è più spaventosa.

Le mie sensazioni finiscono con la stessa repentinità con cui sono iniziate.

Recupero il mio corpo e mi ritrovo in piedi in un nuovo spazio.

Definirlo una stanza sarebbe davvero un eufemismo; assomiglia piuttosto a un'antica caverna. È buia, se si esclude la vaga luce proveniente da creature luminescenti che strisciano su maestose stalattiti e stalagmiti. Alla mia sinistra c'è una manciata di grossi barili. Uno riporta scritta la dicitura 'Polvere da sparo', un altro 'Gin', e un terzo barile riporta il marchio di un teschio e delle tibie incrociate.

Provo ad eseguire il solito gesto per attivare l'illuminazione, piegando l'indice a mo' di gancio e muovendolo di scatto verso l'alto, proprio come facevano gli antichi per accendere gli interruttori.

La caverna si illumina, con mio sollievo, e ora vedo meglio i dettagli.

È piena di un miscuglio di oggetti proibiti, da pistole e spade ai poster di antiche modelle nude. Sul pavimento giacciono sparse alcune riviste degli antichi, e in tutta la caverna gli Schermi stanno riproducendo videogiochi e film violenti.

"Che ne pensi della tua 'tana da uomo'?" chiede Phoe alle mie spalle.

"Questa non è male" commento, girandomi per guardarla. "Assomiglia a..."

Non termino la frase, poiché riesco effettivamente a *vederla*. Devo costringermi a sbattere le palpebre un paio di volte, mentre una scarica di adrenalina diffonde un formicolio nel mio corpo.

È cambiata.

A differenza della presenza spettrale che era stata dallo Zoo in poi, adesso sembra reale, se si può definire così una donna completamente diversa da tutte quelle che io abbia mai visto.

Sembra uscita da una rivista degli antichi. Con i capelli biondi dal taglio pixie, gli occhioni azzurri e i tratti piccoli e delicati, mi ricorda Campanellino.

"Ehi, dai." Mi guarda, sbattendo le lunghe ciglia. "È un insulto. Sono alta circa un metro e ottanta, non così minuscola come una fata."

È vero. È alta quasi quanto le modelle degli antichi, con lo stesso genere di gambe che sembrano allungarsi all'infinito. Mentre la fisso, riesco a distinguere meglio anche il suo corpo snello a forma di clessidra, più nitidamente di quand'era un fantasma. Perfino le sue proporzioni corrispondono a quelle delle modelle degli antichi.

Il suo aspetto ha qualcosa che mi affascina, ma non riesco a capire cosa. La squadro da capo a piedi e i miei occhi sono stranamente attirati dalla scollatura del vestito, anch'essa un dettaglio che ho visto solo nei film, perché le ragazze di Oasis non indossano abiti che lasciano molta pelle scoperta.

"Smettila. Mi stai facendo arrossire." Phoe mi rivolge un sorriso malizioso. "I tuoi ormoni si stanno attivando come quelli di un maschio degli antichi della tua stessa età."

In realtà, non sta letteralmente arrossendo, ma io sì. Sta suggerendo ogni tipo di tabù a cui non voglio nemmeno pensare, quindi mi limito a dire: "Okay, ora che siamo qui, cosa facciamo?"

"Prima di tutto, voglio verificare se riesci ad entrare e uscire da questo spazio virtuale, la tua tana da uomo, con un gesto che ho appositamente inventato. Non voglio che tu debba richiamare ogni volta trecento Schermi."

"Va bene" rispondo, distogliendo lo sguardo dal punto in cui l'abito rosso incontra le sue spalle minute.

"Usa il dito medio di entrambe le mani e mettilo in mostra in questo modo." Con entrambe le mani, mi mostra apertamente il dito medio in un gesto vittorioso.

"Ehi." La fisso con occhi socchiusi. "Hai ideato questo gesto per assicurarti che io mi becchi la Quiete ogni volta che lo uso?"

"Beh, se tu pronunciassi mentalmente 'Vaffanculo vaffanculo', sarebbe l'equivalente del comando fisico." Ridacchia. "Ma sappiamo entrambi che preferisci i gesti. In ogni caso, ovviamente, non dovresti fuggire da questo posto quando ti trovi di fronte ad altre persone, poiché nel mondo esterno saresti consapevole dell'ambiente tanto quanto un sasso. Quindi non importa il tipo di gesto." Esamina lo smalto rosso sul dito medio delle mani, cosa che fisso a mia volta, dato che ho visto lo smalto rosso (o di un qualsiasi altro colore) solo nei mezzi di comunicazione degli antichi. "Ho dovuto inventare un gesto e un comando non ancora utilizzati e, beh, questo era disponibile."

"Giusto. Di solito, come in questo momento, vorrei fare un gesto con un dito solo" dico, prima di mostrarle il dito medio, anche se una parte di me freme istintivamente al ricordo delle lunghe sedute di Quiete che seguirebbero.

"Ci sei quasi" commenta Phoe con espressione impassibile. "Ma devi eseguire il gesto con entrambe le mani, così." Mi dà un'altra dimostrazione.

"Non importa." Ripeto il gesto con le mani, così possiamo smettere di parlarne.

In un vortice bianco, mi ritrovo privo di corpo, cado nel tunnel surreale e sperimento il disorientamento che accompagna la caduta.

Con sorprendente rapidità, il tunnel bianco diventa verde come i pini che mi circondano.

"Ora prova a tornare indietro nello stesso modo" dice la voce di Phoe nella mia testa.

Eseguo il gesto e il viaggio ricomincia.

Quando torno nella mia tana da uomo virtuale, la

informo: "Okay, ha funzionato. Come posso passare alla fase successiva?"

"È facile" risponde Phoe. "Ho creato un gesto simile." Esegue il gesto con il dito medio delle mani in senso obliquo, poi posiziona un dito a contatto con l'altro davanti al petto. "Devi fare questo, ma funzionerà solo da qui. Non puoi accedere al gioco direttamente dal mondo reale."

Comincio a toccare il dito medio di una mano con l'altro.

"Aspetta, Theo." Mi si avvicina, al punto che riesco a percepire una fragranza di rose.

Il profumo è un'altra cosa che i Giovani non usano, pensa una parte razionale del mio cervello. Quella più irrazionale non sta pensando affatto, soprattutto quando Phoe si avvicina ancora di più, mi abbraccia – un'interazione sociale dei film – e mi dà un lieve bacio sulla guancia, un'altra azione vista solo nei film.

Resto senza fiato. Ho l'impressione che un'energia venga sprigionata dal punto in cui le sue labbra carnose mi sfiorano la pelle, diffondendosi in tutto il mio corpo e da qualche parte nella zona tra le gambe. Percepisco una strana voglia di afferrarla e di avvicinarla a me.

Lei si ritrae. "Ora non c'è tempo. Il gruppo di ricerca si avvicina."

Il cuore mi batte più velocemente di quando ho attraversato la foresta di corsa.

È questo che percepivano gli antichi? Mi chiedo di

nuovo come potessero vivere giorno dopo giorno quei poveri cialtroni ma, d'altra parte, qualunque cosa io abbia provato vicino a lei non era sgradevole.

"Concentrati, Theo."

La guardo, meravigliato. "Come faccio a vincere? Cosa devo aspettarmi?" chiedo, cercando letteralmente di concentrarmi sul gioco.

"Non lo so, sinceramente" risponde Phoe. "Non mi sorprenderei se ci fosse una specie di puzzle o di ricerca da completare o una fobia da affrontare. Potrebbero esserci le solite cose che offrono i videogiochi, oppure potrebbe diventare un po' strano con la tua presenza. Semplicemente, non lo so per certo. La tua mente è una componente chiave. Gli eventi traumatici passati, recenti e coloriti potrebbero svolgere un ruolo importante..."

"Sembra proprio divertente." Quasi riesco a convincermi che il mio nervosismo sia dovuto al compito imminente.

"Qualunque cosa accada, non è più reale di questo luogo." Sospirando, mi rivolge un'occhiata di dispiacere. "Se ci fosse un modo più semplice, ti assicuro che useremmo *quello*."

Reprimo il bisogno di umettarmi le labbra. "E se mi uccidessero?"

"In quel caso non accadrebbe nulla di spaventoso." Il suo tono è benevolo. "Torneresti qui e dovresti ricominciare la partita."

"Okay, sono pronto" dichiaro con una sicurezza che vorrei provare veramente.

"Quando sarai dentro il gioco, farò del mio meglio per collegarmi e parlare con te" spiega.

"Aspetta, sarò da solo?" Non so perché, ma quest'idea mi spaventa più di qualsiasi altra cosa. "Pensavo che saresti stata con me fin dall'inizio."

"Non so come comunicare con te, quando sarai lì dentro, ma lo capirò, ne sono certa." Mi si avvicina e mi posa una mano sulla spalla.

Provo immediatamente un senso di sollievo, come se il calore si diffondesse dal punto di contatto con la mano.

"Theo, smettila di temporeggiare." Punta lo sguardo sulle mie mani in modo eloquente.

Unisco il dito medio di ciascuna mano all'altro davanti al viso, in una strana parodia del test degli antichi per verificare la sobrietà.

Non appena le mie dita si toccano, divento di nuovo quel raggio di luce e comincio a volare su un otto volante di bianchezza.

11

Mi guardo intorno.

Sono tornato nella pineta, esattamente dove mi trovavo prima di entrare nella mia tana da uomo.

"Merda" commenta la voce di Phoe nella mia testa. "Non ha funzionato."

Mi guardo intorno, ma non vedo né il suo fantasma, né il suo vero aspetto.

"E adesso?" penso, senza rivolgermi a nessuno in particolare.

"Devo escogitare un altro piano" risponde. "Penso, considerando la situazione, di non avere altra scelta se non incontrarti... fisicamente."

"Aspetta, aspetta, cosa intendi?" subvocalizzo.

"Non c'è tempo per le spiegazioni" replica. "Inizia a dirigerti verso la Barriera, alla tua sinistra."

Mi giro.

"No, l'altra sinistra" mi corregge. Stavolta, la sua voce proviene da dietro di me.

Mi giro e comincio a camminare con prudenza.

"Ti conviene accelerare il passo" mi consiglia. "Le Guardie ti stanno cercando."

"Solo che non capisco." Mi sfrego il mento. "Cosa intendevi con 'incontrarci fisicamente'?"

"Volevi sapere chi sono, no?" Phoe sembra esageratamente misteriosa. "A causa di questi sfortunati eventi, il tuo desiderio sarà esaudito. Stiamo per incontrarci in carne e ossa."

Giro la testa di scatto, in parte per schivare il ramo di un albero, ma anche per rispondere a Phoe. "Ma credevo..."

"Theo!" esclama una nuova voce femminile.

Non è quella di Phoe, ma suona familiare.

"Abbiamo perlustrato l'intera foresta per cercarti" continua la voce. "Ero così preoccupata."

Individuo la persona che parla: si trova alla mia destra.

Scorgo una montagna di capelli rossi e mi rendo conto che è Grace.

Mi passa per la testa un'idea orribile: Phoe potrebbe essere Grace? Mi ha detto che ci saremmo visti di persona, ed ecco qui una ragazza in carne e ossa...

"Non essere ridicolo." Seguendo il suono della sua

voce, Phoe sembra trovarsi accanto a Grace. "Non sono questa patetica ragazzina, te lo garantisco."

Avanzo di un passo verso Grace, passandomi una mano tra i capelli.

"Non muoverti, Theo." Grace indietreggia prudentemente di un passo e tutto il suo corpo si irrigidisce. "Non muoverti, altrimenti mi metterò a gridare."

"Probabilmente lo farà comunque." La voce di Phoe tentenna. "Cazzo."

"Okay." Mi sforzo di sorridere a Grace.

"Non fare quella smorfia, peggiorerai solo la situazione" afferma Phoe.

"Taci" rispondo mentalmente a Phoe. "E adesso?" chiedo a Grace.

Dalla sua gola proviene un rumore simile a *hmm*. "Tornerai indietro con me." Tamburella con il dito indice sul petto, come se non sapessi cosa intendeva dire con 'me'.

"Così subirò lo stesso destino di Mason?" La fisso, incredula. "Così potrai cacciarmi in guai ancora più seri?"

"Theo, io..." Le tremano le labbra. "Quando li ho informati dei tuoi discorsi sconclusionati su questa cosa di Mason, non pensavo che saremmo arrivati a questo punto."

"Mason non è una cosa..."

"Non si ricorda di lui" taglia corto Phoe.

"Non importa." Mi sforzo di parlare con calma, dato che Grace potrebbe mettersi a urlare da un momento all'altro. "Non voglio venire con te."

"Se non lo fai, la tua situazione diventerà ancora peggiore." Grace sembra veramente rattristata da questa prospettiva.

"Dubito che possa peggiorare." Noto che si sta innervosendo, perciò addolcisco il tono di voce. "Per favore, Grace. Puoi fingere di non avermi trovato? Nessuno sta monitorando questa foresta, quindi gli Adulti non lo scopriranno mai. Non correrai alcun pericolo." Inspiro e ripeto, espirando: "Per favore, Grace."

Invece di rispondere, lei muove un passo verso di me, e un altro ancora.

Le brillano gli occhi azzurri, quando si ferma davanti a me. Sollevando una mano, la posa sulla mia spalla per stringerla leggermente.

Dato che Phoe ha appena fatto la stessa cosa con me, mi chiedo di nuovo se, alla fin fine, non sia Grace.

"Non sono lei" sussurra Phoe. "Ora, non spaventarla, altrimenti sarai fregato."

Trattenendo l'impulso di fissare ferocemente la mano di Grace sulla mia spalla, poso delicatamente la mia mano sulla sua.

Il suo viso si contorce per emozioni che non riesco a decifrare. Le sue labbra si schiudono, come se stesse per dire qualcosa, ma poi lascia andare la mia spalla e si china più vicina.

"Non dirò loro di averti visto" sussurra piano, quasi sfiorandomi l'orecchio con le labbra. "Ma ti prego di non fare la spia quando ti cattureranno."

Apro la bocca per replicare: "*Se* mi cattureranno", ma non esce alcun suono.

"Di' 'Grazie, Grace', dalle un bacino sulla guancia o quello che ti pare, e corri." Phoe sembra pronunciare quelle parole a denti stretti.

"Grazie, Grace" ripeto come un pappagallo, ma non la bacio. "Grazie."

Arretro lentamente, poi le do le spalle e comincio a camminare.

Grace non apre bocca.

Quando mi trovo a una ventina di metri di distanza, mi guardo indietro.

Apparentemente pietrificata, sembra essere rimasta dove l'ho lasciata e il suo sguardo fissa intensamente la mia schiena.

Cammino ancora un po', poi torno a guardarmi indietro, ma Grace è sparita.

Inizio a correre. Corro il più velocemente possibile, senza rimanere ferito dai rami che mi sferzano il viso. Lo faccio perché non so se Grace manterrà la parola data, evitando di tradirmi.

Interrompo la mia folle corsa quando scorgo una figura maschile in mezzo agli alberi, a pochi metri di distanza. Si sta allontanando da me con passo tranquillo.

Sono felice di aver individuato quel tizio. Se avessi

continuato a correre, mi avrebbe sentito. Forse mi basterà aspettare e lui si dirigerà verso un'altra direzione.

La figura si ferma e inizia a gesticolare. Deve aver aperto il suo Schermo per fare qualcosa.

Mi appiattisco contro un albero e osservo lo sconosciuto. Nel frattempo, mi rendo conto che le spalle strette e leggermente curve di questa persona hanno qualcosa di familiare.

"Cammina piano" suggerisce Phoe. "Non dovrebbe sentirti. Inoltre, prima che tu avanzi un'ipotesi così ridicola, *non* sono io."

Decido di seguire il suo suggerimento e avanzo di un passo con leggerezza.

Con la foresta immersa in un silenzio completo e il mio cuore che martella nelle orecchie, temo quasi che possa sentirlo.

La sagoma sta ancora interagendo con lo Schermo.

Faccio un altro passo, e un altro ancora.

Il problema, muovendomi in questo modo, è che impiegherò un'eternità ad allontanarmi dalla zona in cui potrebbe sentirmi. Il secondo problema è che, in qualche modo, avanzare di soppiatto è più snervante piuttosto che fuggire di corsa, perché questa lentezza deliberata non fa che prolungare il lato spiacevole della situazione.

Continuo a camminare piano, tenendo d'occhio quel tizio... e si rivela un errore. Avrei dovuto guardare per terra. Calpesto un ramo secco, che produce un cricchio.

La testa del tizio si solleva di scatto e le sue grandi orecchie assomigliano a quelle di un cane. A questo punto, qualcosa scatta nel mio cervello. Associo i cani alle iene e, partendo da qui, capisco finalmente chi è la persona a cui stavo fissando la schiena.

Il Giovane si gira e confermo la mia scoperta.

È Owen.

Cerco di nascondermi dietro il pino più vicino, ma è troppo tardi; si sta dirigendo verso di me.

Esco allo scoperto davanti a lui.

Owen mi rivolge un sorriso feroce, poi si appoggia l'indice sulle labbra, producendo il suono *shhh*.

"Credo che ti stia minacciando di mettersi a gridare, se dovessi scappare" interviene Phoe. "Cerca di risolvere il problema senza far rumore."

"Ma va?" subvocalizzo, poi marcio verso la mia nemesi.

"Sento puzza di Perché-odor?" dice Owen, quando sono abbastanza vicino da non dover gridare. "O sento puzza di guai?"

Inclino la testa di lato. "Che cosa vuoi?"

Invece di rispondere, Owen mi si avvicina e, ancor prima che io possa capire le sue intenzioni, mi dà un pugno all'altezza del plesso solare.

L'aria fuoriesce dai miei polmoni, abbandonandomi così come la logica.

Non mi aspettavo che Owen compiesse un gesto

simile. Sarà anche uno stronzo, ma non ricorreva a una violenza del genere da quand'eravamo piccoli. Non partecipo ad una rissa da così tanto tempo che avevo dimenticato quanto sia spiacevole essere preso a pugni. L'ultima volta che lottai con qualcuno, credo di aver avuto circa sette anni, e non era nemmeno con Owen ma con Logan, uno dei suoi lacchè. Ricordo che non fu divertente, anche se Logan non mi colpì in questo punto sensibile. Sospetto che, anche se l'avesse fatto, non sarebbe stato così grave, dato che lottavo contro un altro bambino di sette anni.

"Devo ammettere che la fuga dalla Prigione delle Streghe è stata un'impresa notevole" afferma Owen. Sta saltellando intorno a me, con i pugni alzati come facevano gli antichi pugili. "Non mi aspettavo che qualcuno ci riuscisse, tantomeno tu."

Sono troppo occupato a reintrodurre l'aria nei polmoni per rispondere. Quando finalmente drizzo la schiena e respiro, Owen affonda un pugno nella mia mandibola.

La mia testa rimbalza all'indietro. Il dolore è intenso e lo shock è decisamente stupefacente.

"Sono più di dieci anni che vorrei combattere con te, ormai." La voce di Owen è lontana. "Ammettilo, Theo. Non vuoi farlo anche tu? So che il tuo amico Liam lo desidera."

Mi gira troppo la testa per rispondere. In bocca sento un sapore metallico.

Affonda un pugno nella mia spalla, leggero rispetto agli altri colpi.

"Oh, dai" dice. "Siamo nella foresta. Nessuno verrà mai a saperlo. Gli Adulti ci vietano qualsiasi forma di divertimento."

Sputo. La saliva è rossa.

La vista del sangue, unita alle sue provocazioni, risveglia qualcosa dentro di me. Un ruggito mi risuona nelle orecchie, i miei occhi sono lucidi dalla rabbia e provo il desiderio travolgente di versare il sangue di Owen.

Le mie mani si chiudono a pugno. Le sollevo, imitando la sua posizione.

Quando il mio avversario se ne accorge, approva con un grugnito e tenta di darmi un altro pugno in faccia.

Istintivamente, mi chino. Il suo pugno fruscia vicino al mio orecchio.

Vedo che questo colpo a vuoto lo sta lasciando momentaneamente scoperto.

Nel silenzio che cala, mi concentro sul mio obiettivo. Non picchio un altro essere umano da un decennio e mezzo, ma non esito.

Con tutte le mie forze, tiro un pugno nell'addome di Owen, consapevole di quanto sia stato difficile per me riprendermi da un colpo del genere.

Una scossa di dolore mi percorre il braccio, ma lui si piega con uno strillo e comincia ad andare in iperventilazione.

Invece di gongolare come aveva fatto Owen, lo afferro per i capelli e spingo la sua testa verso il basso, proprio mentre il mio ginocchio scatta verso l'alto.

Il suo volto cozza contro il mio ginocchio con uno scricchiolio soddisfacente. Nonostante le proteste di questa parte del mio corpo, mi consola sapere che la sua faccia proverà un dolore infinitamente più acuto.

Con un gemito, Owen si accascia al suolo.

Tiro indietro un piede per colpirlo come un calciatore e lui piagnucola.

"Cosa stai facendo?" esclama Phoe. "Non hai mai sentito parlare di quando si infierisce su una persona in difficoltà?"

Mi fermo, fissando impassibile un Owen avvizzito e conciato per le feste. Si è messo in qualche modo in posizione fetale e si tiene la testa tra le braccia.

Se Phoe non si fosse intromessa, l'avrei preso a calci. Quel che è peggio è che lo desidero ancora.

Mi sforzo di resistere alla tentazione e faccio un respiro profondo.

Ora ho un dilemma a livello pratico. Owen è ferito e devo chiamare aiuto senza rivelare la mia presenza agli Adulti.

"Lascialo qui e vieni da me" dice Phoe. "Farò in modo che qualcuno lo trovi nel giro di pochi minuti, quando te ne sarai andato. Anche se raccontasse loro cos'è successo, dubito che potresti cacciarti in guai ancora più seri."

Sentendo una strana costrizione in gola, mi giro e mi allontano.

Owen emette altri versi, quindi per me sta relativamente bene.

Quando non lo sento più, ricomincio a correre, incanalando tutta la mia confusione nel movimento fisico.

"È una cosa spaventosa, Phoe" penso, mentre i miei piedi percuotono il terreno nella foresta. "Per un momento, ho perso il controllo."

"Ti dovevi difendere" osserva. "Non hai motivo di sentirti in colpa. È una reazione normale. Gli Adulti sono solo riusciti a metterti al riparo da essa. Forse è l'unica conseguenza positiva della loro intromissione totalitaria."

Troppo fuori di me per mettermi a discutere, continuo a sfidare i limiti del mio corpo. I muscoli delle mie gambe sono in fiamme e mi sento come se i polmoni potessero esplodere.

"Ehi, coraggio" interviene la voce di Phoe dopo un momento. "Attraversa questo prato e mi avrai raggiunto. Preparati alla sorpresa."

Rallentando per riprendere fiato, oltrepasso il confine del prato e scorgo una figura sul limitare opposto, leggermente larga e rotonda, che mi dà le spalle. Ha una forma vagamente femminile, quindi presumo che sia una donna.

Mi avvicino.

La sua schiena mi solletica la memoria, ma non riesco a identificarla.

Per qualche ragione, penso all'Istituto, in particolare alla Lezione di storia.

"Ah, allora mi riconosci" dice la voce di Phoe nella mia testa.

La figura si gira e, in un silenzio sbalordito, osservo la persona davanti a me.

È la Docente Filomena.

12

Arretro di un passo, strascicando i piedi.

La Docente Filomena sorride.

"E finalmente, lo sai" prosegue con una voce nasale totalmente *diversa* dall'allegro tono da soprano di Phoe.

"Non potevo mantenere la mia stessa voce, non trovi?" osserva mentalmente la voce di Phoe.

"Non se volevo mantenere segreta la mia identità" spiega la Docente Filomena, riprendendo il filo della frase telepatica di Phoe. "Perciò, sì, per quanto sia strano per te da accettare, sono Phoe."

"Non puoi essere Phoe." Mi massaggio le tempie, fissandola. "Non puoi e basta."

"Non c'è tempo per un lungo dibattito" replica la Docente Filomena. "Seguimi."

Si allontana.

"Forza" mi incita tramite la voce di Phoe nella mia testa.

Nonostante il desiderio di nascondermi da qualche parte, la seguo.

Non riesco ancora a trovare il senso della situazione.

"Smettila di fare l'ottuso" dice la Docente Filomena. "Sia io che Phoe conosciamo molto bene la storia ed entrambe abbiamo accesso a cose destinate soltanto agli Adulti. A tutte e due piace usare la Realtà Virtuale..."

"Ma ti ho appena vista... voglio dire, Phoe." Scuoto la testa. "Non ti assomigliava affatto."

"Cosa credevi che facessi, potendo assumere qualsiasi aspetto a mio piacimento?" chiede la Docente Filomena. "Volevo che mi trovassi attraente e nella mia forma reale, ovviamente, non potrei fare colpo su un ragazzo bello come te."

La guardo a bocca aperta. La Docente Filomena e la sagoma da realtà virtuale di Phoe non potrebbero essere più diverse, è vero, e forse la recente conversazione con Grace, che assomiglia alla Sirenetta, mi ha caricato un po', ma il personaggio dei cartoni animati più simile alla Docente Filomena è Ursula, la grassoccia strega con l'aspetto da piovra.

"Questa è una cattiveria bella e buona" commenta la Docente Filomena. "Ho fatto bene a nasconderti la mia identità."

"Scusa... *Phoe*" subvocalizzo. "È solo che sono troppe cose per me da digerire."

La Docente tira su col naso. "Abbiamo quasi raggiunto la Barriera, quindi sospetto che la mia identità stia per diventare la minore delle tue preoccupazioni."

La seguo con circospezione e mantenendo una certa distanza.

Vengo assalito da una paura improvvisa, proprio com'era successo molti anni fa, quando io, Liam e Mason ci eravamo avvicinati così tanto alla Barriera.

"La Barriera ha una tecnologia sofisticata" dice la Docente Filomena. "Emette un segnale, diretto agli impianti neurali delle persone, che dice al cervello dei soggetti non autorizzati che non dovrebbero essere qui."

"Non posso andare oltre." Mi asciugo le mani appiccicaticce sui vestiti.

La Docente Filomena si gira. "Oh, così non va bene" commenta nella mia testa con la voce di Phoe. "Hai un colorito cinereo."

Vengo pervaso da una sensazione di formicolio.

"Così va meglio" dichiara Phoe. "Ti brillano di nuovo gli occhi."

Mi sento più leggero. L'improvvisa eliminazione della paura è quasi piacevole.

"Ti ho garantito l'accesso degli Adulti" spiega con la voce nasale della 'Docente Filomena'. "Andiamo. Si stanno avvicinando."

La seguo con passi visibilmente meno incerti. È facile, soprattutto se si considera l'entità della paura che proverei se Phoe/Filomena non avesse fatto quella magia.

Entriamo in una radura che nessuno dei Giovani ha mai raggiunto.

Da qui, la Barriera è chiaramente visibile in tutta la sua bellezza metallica, liquida e scintillante.

"Adesso ci basta attraversarla" dice, addentrandosi nel campo, o qualunque cosa sia.

La seguo con prudenza. Non posso evitare di paragonare questo luogo a quello in cui li avevo visti portare Mason.

"Gliela faremo pagare per quello che gli hanno fatto." Il tono della Docente Filomena è più severo del solito. "Gli Anziani se ne pentiranno amaramente, così come tutta Oasis."

"Che cosa intendi?" chiedo, perlopiù come distrazione, poiché sto per mettere piede definitivamente nell'area riservata. "Qual è il piano?"

"Disattiveremo anche altre cose, che in ogni caso sono piuttosto inutili" risponde tramite la voce di Phoe nella mia testa. "E cioè questa Barriera e la sua cugina, quella che divide la sezione degli Adulti da quella degli Anziani."

"Che cosa?" chiedo, ma non risponde, limitandosi ad entrare nella Barriera e a scomparire.

Quella cosa è increspata come uno stagno di mercurio dopo il lancio di un sasso... un grosso sasso.

"Ehi" ribatte con voce ferita. "Il mio metabolismo non è così veloce come quello dei Giovani."

"Scusa" mormoro. "Se fossi stata fuori dalla mia testa, non mi avresti sentito."

Mi avvicino alla Barriera, poi mi soffermo a fissarla.

"Basta che la attraversi" spiega Phoe. "Non sentirai nulla."

Sollevo una mano e la immergo nella superficie argentata.

Sembra essere avvolta da un'acqua calda e delicata ma, una volta riemersa dall'altra parte di quel sottile ostacolo, è asciutta.

Presumo sia come mettere la mano in una bolla.

Incoraggiato, faccio un passo avanti.

La sensazione di calore mi sfiora il viso. Metà del mio corpo si trova nella zona proibita.

Faccio il passo successivo.

Sono asciutto, sano e salvo e dall'altra parte.

Se avessi elencato ciò che mi sarei aspettato di vedere nel territorio di Oasis destinato agli Adulti, avrei pensato a varie possibilità: probabilmente una pineta, simile a quella che ho appena attraversato di corsa, e un'area piena di forme geometriche, come quelle degli edifici della zona oltre la Barriera destinata ai Giovani.

Ma niente di tutto questo è presente.

Non mi sarei mai aspettato di trovare su Oasis la scena che mi ritrovo davanti al naso. Sembra saltata fuori dalle Lezioni della Docente Filomena o da un film degli antichi.

Un villaggio bucolico si estende a perdita d'occhio, con vigneti, colline verdeggianti e tetti d'argilla.

"Si ispira alla campagna francese" spiega la Docente Filomena alla mia destra.

La guardo e noto che, nel tempo che ho impiegato ad attraversare la Barriera, è riuscita a cambiarsi d'abito. Adesso sembra uno degli antichi abitanti della sopracitata campagna francese. Mi sorride, ma riporto velocemente l'attenzione sul paesaggio.

C'è qualcosa nel calore del suo sorriso che mi mette a disagio.

Mentre mi guardo intorno, noto che la caratteristica peculiare di questa zona di Oasis è un'alta torre in lontananza, esattamente identica alla Torre Eiffel delle Lezioni di storia.

"Oh, Theodore." La Docente Filomena produce un suono con la lingua in segno di disapprovazione. "Ovviamente non è la Torre Eiffel." Con la voce di Phoe, continua nella mia testa: "Potresti anche chiamarla Louvre, con tutto quel vetro."

Ha ragione.

Ho visto la Torre Eiffel nelle sequenze della Terra antica che lei ci mostra prima di ogni Lezione e questa torre le assomiglia solo nella forma. Con il riflesso del sole sulle finestre di vetro, è una vista meravigliosa.

"Ti piace, vero?" La Docente Filomena sorride e mi strizza l'occhio. Quel gesto, insieme alle guance paffute, la rende simile ai cherubini che, secondo gli antichi, scagliavano frecce il giorno di San Valentino.

"Quindi siamo diretti da quella parte?" Lascio vagare lo sguardo sui chilometri che ci separano dalla torre.

"Mettiti questi, per favore." Prende un paio di strani oggetti dalla borsa.

Un attimo dopo, distinguo tra le sue mani un paio di occhiali e un antico cappello.

Mi si avvicina. "Devi sembrare più grande."

Tento di non ritrarmi, poiché immagino che potrebbe sentirsi offesa. Alzandosi in punta di piedi, infila gli occhiali sul mio viso. Le sue dita tozze mi sfiorano le tempie, poi, con una zaffata di fragranza al gelsomino, arretra di un paio di passi. Troppo sbalordito per reagire, mi limito a osservarla mentre mi squadra e approva con un cenno del capo. Poi mi si avvicina di nuovo per mettermi il cappello in testa.

Espiro, sollevato, quando si allontana per studiarmi. "Dovrebbe andar bene" commenta. "Almeno, se nessuno vorrà guardarti più da vicino. Adesso seguimi."

Ci dirigiamo verso un agglomerato di case in silenzio.

Un conto è sentirsi sopraffatti, un conto è ritrovarsi nelle mie condizioni mentre cammino lungo queste strade di ciottoli vecchio stile, una sensazione che si intensifica quando scorgo delle creature estinte da molto tempo, tra cui cani, polli e mucche. Gli animali si aggirano come se ci trovassimo nella zona agricola dello Zoo e non nella sezione di Oasis destinata agli Adulti.

Le buffe persone intorno a noi sono intente a lavorare nelle fattorie. Alcune danno da mangiare alle bestie, altre lavorano in giardino. Presumo siano Adulti, ma assomigliano piuttosto agli Amish che abbiamo studiato ieri.

La cosa più strana è la tecnologia antica. I veicoli a motore (credo si chiamino trattori) abbondano, così come altri mezzi di cui non conosco il nome. In lontananza, c'è un vero e proprio mulino a vento.

All'improvviso individuo qualcosa che stona in questo paesaggio arcaico: qualcosa che luccica, come la Barriera. Un raggio di sole si riflette sull'oggetto, mentre esso scompare alle spalle di una casa di legno.

Indico il punto in cui ho perso di vista lo strano oggetto. "Devo andare laggiù."

Non so perché stia provando questa convinzione, ma mi fido dell'istinto e comincio a dirigermi da quella parte.

"Non abbiamo molto tempo" dice la voce di Phoe nella mia testa. "E non parlare ad alta voce. Non dobbiamo attirare l'attenzione su di noi."

Mentre mi avvicino alla casa, vedo che ha delle finestre molto grandi, attraverso le quali è visibile il cortile sul retro. Strizzo gli occhi per cercare di distinguere quell'oggetto scintillante, ma i mobili antichi all'interno mi bloccano la visuale.

Non scorgo altro che un bagliore bianco.

"Vado a controllare" penso, rivolgendomi a Phoe. Sono sicuro della mia decisione. "Puoi rimanere qui ad aspettarmi."

Senza attendere la sua risposta, trotto verso l'oggetto lucente. La mia andatura non dovrebbe avere nulla di sospetto, dato che molte di queste persone corrono di qua e di là, occupandosi delle loro fattorie.

Oltrepassate tre case, penso di rivedere l'oggetto, ma esso scompare dietro un trattore parcheggiato.

Giro l'angolo e per poco non inciampo nel grosso ramo di un albero, che è stato spogliato della corteccia. Meccanicamente, lo posiziono nel contesto storico adatto: qualcuno ha intenzione di ricavarne dei ciocchi, probabilmente per accendere il fuoco in un camino. Quelle cose non erano antecedenti ai trattori? La domanda di storia mi ricorda della mia compagna, così mi guardo indietro. È rimasta leggermente indietro, ma mi sta ancora seguendo.

Non vedendo nessuno in giro, corro un rischio e accelero il passo.

Quando oltrepasso la casa successiva, individuo finalmente il mio obiettivo. L'oggetto lucente e il lampo bianco che avevo visto erano il casco di una Guardia e la sua uniforme bianca. Penso che, dentro di me, lo sapessi già: per questo mi ero sentito costretto a seguirlo.

Ma non è la vista della Guardia a pietrificare il mio stomaco.

Una persona le cammina accanto e, purtroppo, ha un'aria familiare.

Il mio amico Liam.

Nonostante io oggi abbia percorso l'equivalente di una maratona, mi giro per precipitarmi verso il pezzo di legno in cui ero quasi inciampato. Giace ancora a terra e lo afferro rapidamente. Armato del ceppo di legno, torno indietro ancor più alla svelta, determinato a raggiungere la Guardia.

"È una pessima idea" dice Phoe nella mia testa.

La ignoro, addirittura fischiettando di proposito una delle mie melodie preferite: 'ta ta ta taaa', l'inizio del concerto *Imperatore* di Beethoven. Ripeto mentalmente la melodia più e più volte, il che sembra mettere a tacere Phoe e infondermi un pizzico di coraggio.

Quando raggiungo una certa soglia, corro più piano, atterrando sulle piante dei piedi per non fare rumore.

Liam cammina lentamente e per me è un vantaggio. La Guardia non gli mette fretta, ma si limita ad accompagnarlo.

Il pensiero di ciò che è successo a Mason dopo una camminata simile con una Guardia rafforza la mia decisione.

"Sul serio, Theo, non è troppo tardi per rinunciare a questa tua folle idea" mi dice Phoe mentalmente.

"Ta ta ta taaa" subvocalizzo per tutta risposta.

La melodia mi risuona in testa mentre percorro gli ultimi metri e sollevo il mio randello di fortuna.

Spronato dalla precedente vittoria contro Owen, colpisco la Guardia in testa con tutte le mie forze, una classica mossa dei film degli antichi.

Il suo casco produce un rumore sordo, mentre mi si intorpidisce la mano a causa dell'impatto del contraccolpo del ramo.

La Guardia si gira verso di me. Sento uno spaventoso sibilo meccanico, ma non so bene se sia dovuto ad un gesto della Guardia. Nonostante la visiera che nasconde il volto dell'uomo, ho l'impressione sempre più netta che colpirlo sul casco sia stato un errore tattico. Al contempo, un angolo della mia mente si accorge del fatto che Liam non si è nemmeno girato verso di noi.

La Guardia esegue il gesto inteso a tranquillizzarmi.

Ho l'occasione di rifarmi per lo sbaglio grossolano con il casco. Rilasso il mio corpo, fingendo che il suo controllo mentale abbia funzionato, poi, il più rapidamente possibile, affondo con il randello come farebbe uno schermidore con la spada, puntando all'addome.

La Guardia intercetta il randello nella sua morsa d'acciaio prima che entri in contatto con il suo corpo.

Tento di riprendermelo con entrambe le mani, ma è come se il bastone fosse diventato parte di quell'uomo. Il dolore alle spalle è tremendo. Prima che io riesca ad escogitare qualche altra trovata, la Guardia mi strappa l'arma di mano, lasciando i miei palmi feriti e brucianti.

Senza dire una parola, spezza con il ginocchio il pezzo di legno, poi getta ciò che ne rimane nei cespugli vicini.

Con il cuore in gola, arretro di qualche passo.

Mi segue.

Indietreggio ancora, sperando almeno di allontanarlo da Liam.

"Corri, Liam!" grido al mio amico, che avrebbe un bel vantaggio iniziale se si desse alla fuga.

Ma lui non si muove, non reagisce affatto.

Sento di nuovo quel rumore meccanico e mi distraggo per un attimo.

Quando presto attenzione alla Guardia, vedo il suo guanto bianco che vola verso la mia faccia... e il mondo esplode.

13

I pugni di Owen, in confronto, sembravano piume. Questo invece è un dolore schiacciante.

Sputo fuori il dente che era rimasto dondolante dopo lo scontro con Owen. Il sapore metallico in bocca è insopportabile e fatico a respirare.

Mi fischiano le orecchie... o è di nuovo quel rumore?

Per qualche motivo, la rabbia che avevo provato durante il combattimento con Owen non si ripresenta. Non vorrei fare altro che piegarmi in due e crollare a terra, ma so che, così facendo, la Guardia porterà via Liam, e non potrei mai permetterlo.

Il pensiero che facciano del male a Liam riporta a galla una rabbia più fredda e razionale.

Mi raddrizzo, digrignando i denti rimanenti. Inspirando rumorosamente, mi concentro sulla Guardia.

Sta per agguantarmi con entrambe le mani.

Capisco le sue intenzioni solo quando mi stringe il collo, poi, mentre le sue dita mi schiacciano crudelmente la trachea, comincio a soffocare.

Afferro i suoi polsi nel tentativo di staccarmeli di dosso, ma sono saldamente ancorati come i rami di una quercia.

La mia gola cerca di produrre un rantolo incomprensibile, che però non riesce a superare la barriera delle dita che mi strozzano. Disperato, prendo a calci la Guardia, ma provo solo un dolore lancinante alle dita dei piedi.

Comincio a vedere tutto nero e la frenesia dei miei sforzi aumenta.

All'improvviso, sento di nuovo quel rumore meccanico. Sta diventando sempre più forte... poi, oltre la spalla della Guardia, scorgo una macchina imponente e gigantesca.

Un trattore meccanico sta puntando verso di noi e i suoi fari, che mi ricordano un insetto, sembrano pronti a divorarci tutti interi.

Dato che sto per morire soffocato, essere ucciso in un modo così insolito non dovrebbe avere importanza. Anzi, sarebbe addirittura preferibile, dato che è un modo di morire più interessante, con il vantaggio aggiuntivo di eliminare il mio aggressore. Ma la mia reazione di fuga o attacco è fermamente in disaccordo con questo ragionamento logico. Ipotizzo che abbia a che fare con la nostra paura delle cose gigantesche, rumorose e dai movimenti rapidi, una paura che potrebbe essere programmata nel DNA.

La Guardia, sentendo lo stesso rumore, si gira.

Vedo dei puntini bianchi davanti a me, mentre il mio cervello resta sempre più a lungo privo di ossigeno. È la mia ultima occasione. Se ho ragione e questa paura è universale, il trattore dovrebbe essere una distrazione ragguardevole.

Chiamando a raccolta ogni briciolo di forza rimasto, sferro un calcio alla Guardia nell'inguine.

Non so bene se sia per il calcio o per la sua paura del trattore in arrivo, ma l'uomo molla la presa sul mio collo e balza di lato.

Con il respiro affannoso, salto nella direzione opposta, verso la sagoma immobile di Liam.

Il trattore sterza verso la Guardia e la investe. Sento un tonfo sordo, seguito da un grido di breve durata.

Pieno di orrore, guardo la macchina che lo trascina verso il muro della casa più vicina. Il mio cuore batte forte contro la gabbia toracica, mentre respiro freneticamente per ossigenare di nuovo il cervello.

Il trattore si schianta contro il muro, producendo un frastuono assordante.

Intontito, fisso il luogo della collisione. È difficile calcolare l'entità del danno. Il trattore fa retromarcia e vedo le gambe della Guardia che sporgono da sotto le macerie.

È morta? Provo una sensazione di bile in gola.

"No, sta bene." Phoe sta parlando nella mia testa. "Su. Sali."

Mi giro a osservare il trattore e vedo il suo paffuto conducente: la Docente Filomena.

"Chi credevi che fosse?" Il tono di Phoe è stizzoso.

"Non saprei, Phoe" penso, incapace di rivolgermi a lei come Docente Filomena. "Riflettere era l'ultimo dei miei pensieri."

La portiera del trattore si apre e la Docente Filomena scende con sorprendente agilità. "Te l'avevo detto che era una pessima idea" afferma con la sua voce.

"Cosa? Attaccare una Guardia era una pessima idea?" chiedo ad alta voce. "Ma non mi dire."

"Ormai è finita" commenta, lanciando un'occhiata alle gambe ancora incastrate della Guardia. "E dobbiamo sbrigarci."

Annuendo, muovo qualche passo verso Liam.

Nonostante tutta quella confusione, il mio amico non ha mai girato la testa.

"Liam" lo chiamo appena lo raggiungo. "Liam, cosa ti prende?"

La Docente Filomena si avvicina a noi e agita una mano davanti agli occhi di Liam.

"È al settimo cielo" mi informa, dedicandogli poi la sua attenzione. "Liam, seguimi." Fa un gesto strano e Liam la guarda con occhi vitrei.

Apparentemente soddisfatta, la Docente Filomena si dirige verso il trattore.

Stupito, la osservo salire e aiutare Liam a sistemarsi nella cabina.

"Cosa stai aspettando?" chiama tramite la voce di Phoe nella mia testa. "Andiamo."

"Vuoi che io salga su quel coso?" penso.

La portiera del trattore si apre di nuovo e la Docente Filomena si sporge con la testa. "No. Voglio che tu raggiunga la torre lentamente, a piedi, nonostante tutto quello che è appena successo" replica. Con la sua voce nasale, il solito sarcasmo amichevole di Phoe sembra in un certo senso maligno.

Come per sottolineare la sensatezza della sua richiesta, scorgo un gruppo di persone diretto verso di noi. Credo che si stiano interrogando sulla causa di tutto quel rumore.

L'istinto di autoconservazione entra in gioco e raggiungo il trattore di corsa, preferendo piuttosto continuare la nostra conversazione durante il viaggio.

"Un genio" commenta mentalmente Phoe.

Non sapendo bene se intenda essere sarcastica, mi limito a salire sul mezzo e, dato che potrebbe leggermi nel pensiero, cerco di reprimere il sollievo per la presenza di Liam tra noi.

Lei mette in moto questo aggeggio, poi ci allontaniamo lentamente. Non tenta nemmeno di seguire un qualche tipo di strada, ma attraversiamo terreni agricoli, distruggendo recinzioni e giardini e creando una buffa scia di corde con dei vestiti asciutti ancora appesi.

Le persone che ci venivano incontro, adesso ci inseguono di corsa, gridando. Provo ansia semplicemente guardandole, perciò rivolgo la mia attenzione al mio amico.

"Liam, ehi, riprenditi" dico, agitando una mano davanti al suo volto.

È reattivo tanto quanto uno zombie dopo una scorpacciata di cervelli.

"Ho annullato quello che gli aveva fatto la Guardia." La Docente Filomena distoglie brevemente lo sguardo dal parabrezza per lanciarmi un'occhiata. "Ma Liam ha comunque bisogno di qualche minuto per tornare normale."

Procediamo in silenzio, finché non vedo qualcosa che fa accelerare il mio battito cardiaco.

"E cosa facciamo con loro?" Indico un nutrito gruppo di Adulti/agricoltori sulla nostra strada.

La Docente Filomena non risponde ma, mentre il suo volto esprime un'intensa concentrazione, schiaccia il pedale dell'acceleratore come un pilota da corsa in un film degli antichi.

Il motore del trattore protesta rumorosamente, ma iniziamo a muoverci ad una velocità decisamente maggiore.

Per distrarmi dall'ansia che provo, studio Liam. Forse sarà colpa della mia immaginazione satura di adrenalina, ma nel suo sguardo mi sembra di leggere una capacità di riconoscimento più vivida rispetto a un momento fa.

Ci avviciniamo alla folla.

La Docente Filomena preme la parte centrale del volante e dalle fauci del trattore fuoriesce un suono molto fastidioso.

La folla ignora il clacson.

La Docente Filomena afferra il volante.

"Phoe, ehm, Docente Filomena? Stai per investirli."

Non risponde, ma le sue nocche diventano bianche stringendo il volante.

La folla, probabilmente rendendosi conto che lei non sta scherzando, si disperde appena in tempo. Avrebbe travolto quelle persone, se non si fossero spostate, potrei giurarlo. Cosa le passava per la testa?

Non risponde al mio pensiero e decido di non porle questa domanda ad alta voce. Mi tremano ancora le mani per il gesto che abbiamo quasi compiuto.

Siamo a metà strada verso la torre, quando in lontananza scorgo alcuni oggetti lucenti rivelatori.

Strizzo gli occhi e, man mano che ci avviciniamo, so per certo che la vista non mi inganna. Ad aspettarci ci sono almeno cinquanta Guardie. Non mi ero reso conto che ce ne fossero così tante su Oasis. Fino a questo momento, non ne avevo mai viste più di tre nello stesso posto.

La Docente Filomena cercherà di investirle proprio come ha fatto con i contadini?

Non lo fa.

Gira invece il volante completamente a sinistra.

Mi aspetto che il trattore sbandi in un testa-coda,

invece deviamo semplicemente in quella direzione. Forse non è possibile perdere il controllo di un trattore in curva.

Le Guardie devono essersi accorte del nostro cambiamento di rotta, poiché due di loro salgono su un veicolo simile ad un cubo metallico. Mentre si avvicinano sempre di più, ho la strana impressione che una versione in miniatura dell'Edificio Amministrazione ci stia inseguendo.

Il lato positivo è che ci stiamo avvicinando man mano alla torre. La nota negativa è che vale lo stesso per l'auto a forma di cubo delle Guardie.

Qualcosa ci sfreccia accanto, superandoci con un fischio acuto. Un attimo dopo, lo specchietto del veicolo sul mio lato va in pezzi, gettando una pioggia di schegge di vetro sul finestrino del trattore.

"Ci stanno sparando addosso?" Sono contento che Phoe non possa vedermi mentre le pongo questa domanda, poiché di sicuro mi stanno tremando le labbra.

"Liam" chiama, ignorando la domanda. "Liam, mi senti?"

Liam si stringe nelle spalle fiaccamente.

"Liam, caro, ho bisogno che tu corra quando ti dirò 'corri', okay?" Il corpo della Docente Filomena si irrigidisce, mentre pronuncia queste parole.

"Okay" le risponde lui con una voce robotica, ma sembra che non abbia finito di parlare. Dopo una lunghissima pausa, aggiunge: "Correrò quando me lo dirai tu."

Un altro proiettile vola vicino a noi con un sibilo.

"Sarebbe un peccato, se ci colpissero quando siamo ormai vicini alla torre." La Docente Filomena si morde il carnoso labbro inferiore.

Ha ragione. La torre è così vicina che potremmo raggiungerla a passo di corsa.

Come se mi avesse letto nel pensiero, la Docente Filomena arresta il trattore.

"Non è 'come se' in questo caso" replica la voce di Phoe. "Vai" aggiunge con la voce della Docente Filomena.

La guardo, meravigliato. "Aspetta un attimo..."

"Correte!" grida, rivolgendosi a noi. "Correte subito!"

14

Con un'impennata del battito cardiaco, spalanco la portiera e salto giù, trascinando Liam fuori con me.

Qualcosa sfreccia vicino alla mia testa.

Guardo indietro d'istinto.

Il motore del trattore ruggisce di nuovo e la vettura con le Guardie si avvicina rapidamente.

Comincio a correre, trainando Liam. Un altro proiettile sibila vicino al mio orecchio e mi chino, mollando la presa accidentalmente sul braccio di Liam.

Inciampa, ma continua a correre.

Sollevato, riprendo il ritmo, azzardando un'altra occhiata all'indietro dopo un momento.

Il mio battito cardiaco minaccia di raggiungere una velocità di poco inferiore a quella della luce.

La vettura delle Guardie, non più diretta verso di

noi, ha svoltato. Sta seguendo il trattore, il che significa che il piano di Phoe di dividerci ha funzionato... supponendo che avesse avuto un vero e proprio piano. Forse voleva distrarre le Guardie utilizzando noi come esche?

"Hai una pessima opinione di me." La voce di Phoe si finge offesa. "Il mio piano è sempre stato quello di portarti a questa torre per disattivare le Barriere."

"Perché non puoi disattivarle da sola?" Raggiungo la prima scala metallica della torre e guardo indietro. Liam è a pochi passi da me. Anche se tecnicamente sta correndo, la sua andatura è così tranquilla da poter essere a stento definita un trotto.

Per fortuna, non abbiamo le Guardie alle calcagna.

"Disabilitare le Barriere richiede una sequenza di conferma di due persone" spiega Phoe nella mia mente, "e non c'è un altro Adulto di cui possa fidarmi per farlo."

"Theo?" esclama Liam. Mentre mi raggiunge, sembra un po' meno intontito, a giudicare dalla voce.

"Sì, amico, sono io" rispondo. A Phoe, dico mentalmente: "In che direzione adesso?"

"Vai al primo piano e prendi l'ascensore" afferma. "Assicurati che Liam venga con te."

"Giusto" rispondo, mentre sprono il mio amico a salire le scale fino al primo piano.

Una volta raggiunta la piattaforma, premo il pulsante dell'ascensore.

Liam mi osserva senza vivacità, poi, con un tono

estremamente monotono, chiede: "Allora, cosa stiamo per fare?"

"Una cosa con cui potremmo ficcarci in un mare di guai" rispondo, osservando la sua espressione.

Il suo sguardo vaga altrove. Se si fosse sentito dire che oggi è lunedì, avrebbe reagito con un livello di eccitazione simile. D'altro canto, è sempre più coinvolto ad ogni minuto che passa.

Chiudendo gli occhi, mormora: "Ah, okay."

Beh, relativamente coinvolto. Perlomeno si è messo a parlare.

Un trillo annuncia l'arrivo dell'ascensore. Mentre le porte si aprono, sgrano gli occhi. Questi aggeggi li avevo trovati solo nelle mie letture.

Entriamo nell'ascensore, la cui parte posteriore è fatta di vetro. Quando si è richiuso, premo l'unico pulsante disponibile.

L'ascensore si mette in moto.

Ad ogni spanna che percorriamo durante la salita, il cuore mi rimbalza sempre più in alto nel petto. Il pannello di vetro offre la vista estremamente spiacevole di Oasis che si restringe sempre di più sotto di me.

Non me ne rendevo conto prima ma, quando l'altezza ti inquieta, un ascensore è una forma di tortura molto creativa.

Cominciando a sentirmi male, distolgo lo sguardo dal pannello di vetro e osservo il mio amico.

Liam mi sta fissando, inespressivo. Credo che ci sia

una specie di scintilla simile all'interesse, ma forse è colpa dell'adrenalina se vedo quello che voglio vedere.

L'ascensore si arresta con un trillo sonoro. Mi affretto ad uscire di lì con un nodo allo stomaco, ma non provo alcun sollievo.

Anzi, la situazione sta peggiorando.

Adesso ho una vista panoramica della sezione degli Adulti.

Molto più in basso, c'è un piccolo trattore che trasporta la Docente Filomena. L'auto delle Guardie è molto più vicina a lei rispetto a qualche minuto fa.

"Forza, voi due dovete eseguire il vostro compito!" dice Phoe. "Porta Liam oltre quel corridoio."

Le sue parole mi riscuotono dalla nausea indotta dall'altezza. Lanciando un'occhiata a Liam, gli chiedo con la massima calma: "Ehi, amico, andiamo insieme."

"Okay" risponde. Mi segue, decisamente più animato. "Dove siamo?"

Mentre attraversiamo il corridoio, faccio del mio meglio per spiegargli cos'è successo, pur tralasciando la storia di Phoe. Parlo rapidamente, snocciolando i punti più pertinenti, ma il mio racconto non lo sgomenta nemmeno lontanamente come sarebbe capitato a me se i ruoli fossero stati invertiti. Chiaramente, è ancora sotto effetto di quello schifoso tranquillante. E a proposito di calma, parlare con lui ha distratto *me*, impedendomi di guardare fuori dalle finestre.

"Okay" risponde con una voce quasi allegra quanto

lo era in precedenza stamattina. "Allora cosa dobbiamo fare?"

"Andare da quella parte" rispondo. "Devo scoprirlo io stesso."

Il corridoio termina con una scala che si trova accanto ad una grande finestra dal panorama vertiginoso.

"Apri la finestra" mi sprona Phoe con urgenza. "Il tempo sta per scadere."

Eseguo un gesto davanti alla finestra, che significa 'apriti', ma non succede alcunché.

"È manuale" spiega Phoe. "Dovrebbero esserci delle serrature a scatto, come nei tempi antichi."

Cercando di dominare le mie mani tremanti, sposto le serrature nella posizione 'sollevata' e apro la finestra.

Se non avessi dato un'occhiata al terreno sottostante, la brezza che penetra dalla finestra sarebbe stata piacevole ma, dato che ho guardato giù, il mio unico pensiero è quello di non coprirmi di vergogna davanti a Liam, vomitando o peggio; potrebbe essere abbastanza cosciente da ricordarlo e non farmela passare liscia.

"Vedi quella grande sporgenza davanti alla finestra?" Per qualche motivo, Phoe sembra essere senza fiato.

"Sì."

"Devi salirci sopra."

Mi ritraggo dalla finestra, sussurrando: "Cosa?"

Phoe libera un sospiro esasperato. "È solo una grande piattaforma. Dovresti compiere uno sforzo speciale per cadere."

Osservo la piattaforma e decido di buttarmi, di affrontare le mie paure, eccetera. Premendo i gomiti contro i fianchi, come per rimpicciolire me stesso, cerco di arrampicarmi.

Dico 'cerco' perché, in realtà, faccio un altro passo indietro.

All'improvviso, sento un forte scoppio provenire dal basso. Guardo giù e vedo che il trattore e la vettura delle Guardie si sono arrestati. Dal trattore fuoriesce del fumo.

"Non ho molto tempo!" La voce di Phoe sembra piena di disperazione.

"Dimmi cosa devo fare una volta salito lì sopra" subvocalizzo in fretta. *Se* ci salirò, penso per il mio bene.

"È esattamente la stessa cosa che hai fatto allo Zoo." La voce spezzata di Phoe sembra provenire da un punto alle spalle di Liam. "Fallo, e tutti capiranno gli errori del modo in cui..." Un forte rumore secco è seguito da un sibilo, poi cala il silenzio.

"Phoe?" penso, preso dal panico.

Niente.

"Phoe, stai bene?" subvocalizzo.

Ancora nessuna risposta.

"Phoe, cos'è successo?" sussurro disperatamente.

Un altro forte scoppio riecheggia più in basso. Con il cuore che corre all'impazzata, guardo giù.

Il trattore, che sembra minuscolo a questa distanza, sprigiona un fumo più scuro e dall'aspetto più sinistro.

Cos'è successo? Le Guardie hanno forse fatto saltare in aria Phoe? Non posso pensarci in questo momento, non quando la sua ultima preoccupazione riguardava il compito che non ho ancora portato a termine. Avanzo di un passo verso la finestra, faccio un bel respiro... e resto pietrificato nell'osservare il vuoto che si spalanca sotto di me.

"Ehi, hai intenzione di saltare?" La voce di Liam mi fa trasalire. Mi volto e noto che mi sta squadrando. "Perché non devi farlo, ti prego."

"Grazie, Liam. Mi hai salvato la vita. Avevo proprio intenzione di saltare giù." Distolgo lo sguardo da lui e mi concentro sulla piattaforma, fissandola come per cercare di ipnotizzarla.

"Non serve questo sarcasmo" commenta Liam, apparentemente più lucido dopo le mie parole. "Se non vuoi saltare, allora cosa stai facendo?"

"Devo salire su questa sporgenza e gesticolare un paio di volte" spiego, distogliendo l'attenzione dalla piattaforma per guardarlo.

Fa un cenno del capo. "Okay. Se non c'è altro, allora perché te ne stai lì, con un'espressione così intensa?"

"Perché sono fuori." So che potrei essere investito da una valanga di prese in giro, ma continuo: "Ho paura dell'altezza."

"Ah." Si gratta la guancia. "Non lo sapevo."

"Non ci sono molti punti alti intorno a noi" osservo, avvicinandomi di poco alla finestra. "E allora, come puoi aver paura?"

"Vero." Ha un'espressione molto meditativa, specialmente per Liam. "Sai, *io* non ho paura dell'altezza."

"Buon per te." Arretro di un passo. Tutte queste chiacchiere non mi calmano i nervi.

"No, sciocco." Gli occhi di Liam brillano come fanno sempre quando combina qualche marachella. "Posso fare qualsiasi cosa tu debba portare a termine su quella sporgenza."

"Ah." Mi sento piuttosto stupido. Poi, dopo un attimo di riflessione, rispondo con un sospiro: "No. Non posso accettare che tu corra questo rischio per me."

"Ehi" si oppone con enfasi.

Il fatto che non sia ancora salito sulla piattaforma dimostra che non si è ripreso del tutto, ma ho l'impressione che ci stia quasi per riuscire e che questa discussione possa diventare inutile molto presto.

"Non è che tu possa impedirmi di agire" continua in un riflesso dei miei pensieri.

"Va bene" rispondo. "Ma devi promettermi di stare attento."

"Croce sul cuore, eccetera." Liam si avvicina alla finestra, risoluto. "Cosa devo fare?"

"Quando sarai lì..."

Prima che io possa terminare con le istruzioni, Liam salta sulla sporgenza con lo stesso entusiasmo con cui si butta sul suo letto, cosa che, sebbene abbia un anno più di me e Mason, continua a fare regolarmente.

"Come stavo cercando di spiegarti" proseguo, dopo che si è messo nella posizione del loto sulla sporgenza, "devi eseguire il gesto di un treno che fa ciuf-ciuf."

Liam storce la bocca. "Sto cercando di aiutarti. Devi comportarti da sapientone proprio adesso?"

Faccio un respiro profondo, preso dalla paura di fronte alle azioni che riesce a compiere. Cercando di calmare i nervi, gli illustro il gesto da me usato allo Zoo, con il pugno che si muove su e giù.

Liam esegue il movimento.

Un enorme Schermo si materializza nel corridoio accanto a me.

"Credo che abbia funzionato" informo Liam. "Torna indietro... con prudenza."

Come nello Zoo, lo Schermo mostra un testo. 'Avviare la doppia conferma?' c'è scritto in caratteri rossi.

Come prima, vengono mostrati anche due enormi pulsanti: 'Conferma' e 'Interrompi'. La differenza, stavolta, sta nell'imponente e dettagliata immagine di Oasis, come se fosse inquadrata da un elicottero che si libra appena sotto le nuvole. Mi ricorda le immagini della Lezione di storia che mostravano quanto fosse ristretta la superficie della Terra risparmiata dalla Melma.

"Wow!" esclama Liam.

"Già" rispondo.

L'immagine visualizza dei dettagli che non avevo mai visto. Di solito, l'inquadratura della Lezione di storia è troppo breve e troppo lontana per poter distinguere la sezione degli Adulti. Qui, invece, la distinguo facilmente in tutta la sua gloria campagnola. Anche la sezione degli Anziani è più nitida, ma presenta una foresta così fitta che potrebbe anche rimanere nascosta, dato che mi trasmette poco dello stile di vita degli Anziani. Ciò che spicca di più sono le Barriere, chiaramente definite, che dividono le sezioni. I loro bordi argentati e luminosi tagliano Oasis in tre fette disposte parallelamente.

Allungo la mano verso il pulsante 'Conferma', poi tentenno.

"Cosa comporta quel pulsante?" chiede Liam.

"Abbatterà le Barriere" spiego in tono sommesso.

"Wow" commenta.

"Già" rispondo in modo analogo.

Mi chiedo tra me e me: che senso ha fare tutto questo? Con la scomparsa di Phoe, qualunque cosa volesse realizzare, qualunque risorsa volesse liberare sarebbe...

"Non sono scomparsa. Sono saltata giù in tempo e le Guardie mi stanno inseguendo" replica la voce mentale di Phoe. "Fallo. Adesso. Una volta iniziato il procedimento, dovranno occuparsi di problemi ben più grossi di me."

"Phoe!" grido mentalmente. "Sei..."

"Sì, sì, sono viva... per ora" dice. "Fallo."

Sapere che la mia amica ha bisogno di me cancella ogni briciolo di esitazione dalla mia testa. Senza ulteriori indugi, premo il pulsante 'Conferma'.

Lo Schermo mi chiede di confermare tre volte la mia scelta, proprio come quello dello Zoo.

'La procedura di arresto dev'essere confermata da due persone' dice il testo successivo alla tripla conferma. 'Prestare la massima attenzione'.

Viene visualizzata una nuova serie di pulsanti, uno dei quali è contrassegnato come 'Primario' e l'altro come 'Secondario'.

"Premi il 'Secondario' per confermarlo" dico a Liam.

"Perché sono io il Secondario?" chiede.

Alzo gli occhi al cielo, poi premo il pulsante 'Secondario', indicandogli il 'Primario' con la testa. Si avvicina compiaciuto a quella scelta e preme il pulsante. Immediatamente, ulteriori pulsanti di risposta ci sollecitano e li visioniamo uno dopo l'altro.

I messaggi diventano più minacciosi. Credo di leggere 'Sei sicuro?' una decina di volte e, a pensarci bene, ha senso. Le Barriere tra le sezioni sono una faccenda importante.

'Questa azione non sarà reversibile' avverte lo

Schermo a caratteri cubitali. 'Fornisci una tripla conferma per l'ultima volta'.

Io e Liam tocchiamo i pulsanti 'Conferma' e pronunciamo "Arresta" quando lo Schermo ci ordina di farlo. Quando arriviamo al comando mentale, penso: "Arresta". Suppongo che anche Liam pensi all'ultima istruzione, poiché l'immagine sullo Schermo si modifica. Lampeggia in rosso e viene visualizzato il messaggio 'Inizio arresto Barriera'.

"Allora è stato fatto." La voce di Phoe sembra carica di tensione nella mia testa. "Finalmente è finita."

Fisso l'immagine di Oasis, in attesa che le Barriere si abbassino.

Ma non si muovono.

Succede qualcos'altro, una cosa così terribile da gelarmi il sangue.

Guardo Liam. Il suo volto cinereo conferma che non sto avendo un'allucinazione, anche se la follia sarebbe preferibile a questa situazione.

Una Barriera sta scomparendo, solo che non è una di quelle che separano le sezioni di Oasis.

La scintillante barriera a forma di cupola che protegge tutta Oasis dalla Melma comincia a sfarfallare, poi si spegne.

Entrambi restiamo a osservare, pietrificati sul posto, mentre la Melma comincia a divorare Oasis, consumandola con tanta ingordigia che sembra quasi aspettasse questo momento da secoli.

15

"Cosa mi hai fatto fare?" penso, rivolgendomi a Phoe con orrore. "Cosa mi hai fatto fare?" ripeto ad alta voce in un piagnucolio.

Liam mi guarda, meravigliato. "Ti riferisci a *me*?"

"Non sto parlando con te" lo informo, pienamente consapevole di quanto debba sembrare pazzo. "L'ho fatto perché è stata Phoe... voglio dire, la Docente Filomena... a chiedermelo."

Resta a bocca aperta. "La Docente Filomena?" Mentre una goccia di sudore gli cola dalla fronte, mormora: "Non eravamo in quel veicolo con lei *poco fa*? Perché ho difficoltà a ricordare?" Non l'ho mai visto così spaventato. L'idea di dimenticare qualcosa sembra spaventarlo più dell'Armageddon che abbiamo appena scatenato. "Come sono finito qui?" Si guarda intorno, confuso. "Sto sognando?"

Non rispondo. I miei occhi sono incollati allo Schermo.

La Melma si è spostata tra i cespugli che circondano l'Istituto e si sta avvicinando al Campus.

"Mi dispiace, Theo." La tristezza di Phoe sembra genuina. "È stato l'unico modo per fermare questa imitazione... questo misero esemplare di società."

Le sue parole mi riscuotono dallo shock e dall'orrore. "Di che diavolo stai parlando?" grido. "Mi hai appena usato per uccidere tutti!"

Liam mi osserva con il viso contorto per la confusione.

"Non tu, Liam" dico con un tono più calmo. "Non è colpa tua, affatto."

Liam si allontana da me.

"Non capiresti, nemmeno se cercassi di spiegartelo" risponde Phoe. "Se lo meritavano, gli Anziani. Era la nostra unica strada verso la libertà..."

Non sto ad ascoltare il resto del suo monologo; Phoe, al momento, è sensata tanto quanto il personaggio cattivo di un film. Riprendendomi dallo shock, premo freneticamente sullo Schermo. "Dev'esserci un modo per fermare tutto questo" mormoro. "Dai, dev'esserci un modo."

Liam arretra ulteriormente, poi fa dietro front e sale le scale di corsa.

Invece di chiamarlo, continuo a toccare lo Schermo con disperazione crescente.

Dopo circa un minuto, mi rendo conto che le mie

azioni sono inutili. Non c'è modo di annullare il procedimento.

"Ti suggerisco di salire di corsa, come ha fatto Liam" conclude Phoe al termine della sua folle 'spiegazione'. "Potresti guadagnare qualche minuto prezioso."

Lancio un'ultima occhiata allo Schermo.

La Melma sembra muoversi più rapidamente. Il colore verde che rappresentava Oasis si sta tramutando alla svelta nella stessa rivoltante poltiglia arancione-marrone del mondo esterno.

Corro verso le scale di metallo. I muscoli delle mie gambe si infiammano, mentre salgo i gradini due alla volta. Sto cercando di raggiungere Liam, ma in più larga misura sto tentando di battere sul tempo la mia inevitabile condanna.

Mentre salgo, mi passa per la testa ogni tipo di pensiero. Rimpianti. Idee. Vorrei aver guardato più film, aver letto più libri, aver trascorso più tempo con i miei amici.

Nei libri degli antichi, si legge spesso che la vita ti passa davanti agli occhi nelle situazioni di pre-morte. Nel mio caso, invece, mi vengono in mente solo alcune scene, a partire dal primissimo ricordo. Nessuna di esse riguarda il periodo trascorso all'Asilo; razionalmente, so che c'è stato un periodo in cui gli Anziani si presero cura di me quand'ero piccolo, ma non riesco a ricordarmelo. Il mio primo ricordo riguarda l'imbarazzo provato il primo giorno di

Lezione. Chiesi 'perché' per la centesima volta, credo, e
così mi affibbiarono il soprannome 'Perché-odor'. In
seguito, ricordo altri momenti positivi della mia
infanzia, per esempio il primo incontro con Liam,
anche se quel giorno ci fu un vero e proprio scontro. E
poi il mio primo...

La vista della versione di Liam in carne e ossa mi
strappa dalle mie fantasticherie. Mi dà le spalle,
apparentemente ipnotizzato dalla scena su cui si
affaccia la finestra.

Supero tre gradini con un salto e mi fermo accanto
a lui per guardare fuori.

Quanto vorrei non averlo fatto, mi rendo conto
all'improvviso. Adesso, vedo la Melma a occhio nudo.

Si trova a metà strada nel villaggio sottostante.

Una parte della mia mente, finora, aveva pensato
che l'attacco della Melma sullo Schermo potesse
essere una sorta di scherzo crudele, una lezione da
impartirci per non disobbedire... tutto, ma non questa
orribile realtà.

Quando distolgo lo sguardo dagli orrori più in
basso, noto che Liam mi sta fissando con espressione
grave, come sul punto di dire qualcosa.

"Liam" inizio, ma lui si allontana per continuare a
correre su per le scale.

Lo seguo alla svelta, mettendo a dura prova i miei
polmoni. Non so proprio che cosa faremo una volta
raggiunto il tetto... e a giudicare dalla tromba delle
scale, sempre più stretta, ci arriveremo presto.

Invece di essere ossessionato da quest'idea, però, continuo a correre e nel frattempo, in qualche modo, il mondo scompare. I pensieri del passato tornano a trovarmi. Mi chiedo se questi ricordi non siano un meccanismo di difesa creato dalla mia mente per gestire il panico e l'orrore che impregneranno gli ultimi momenti della mia vita. Il fatto che il resto della razza umana morirà insieme a me rende ancora più incomprensibile la prospettiva della morte. È come cercare di capire cosa potesse esistere prima della nascita di un universo.

Stavolta, a distrarmi da questi tetri pensieri è un terribile urlo mentale, che ricollego a malapena alla voce di Phoe.

"Brucia!" urla. "Oh, Theo, brucia..." Emette un gorgoglio che assomiglia ad un: "Mi dispiace."

Poi cala il silenzio.

Con un senso di nausea, mi fermo davanti ad una delle finestre lungo la tromba delle scale e guardo giù.

Il punto in cui avevo visto Phoe e le Guardie l'ultima volta è ormai ricoperto di Melma.

Alla fine, è morta. Davvero morta.

Nonostante il suo orribile tradimento, non posso non provare un senso di perdita. Lo scaccio, concentrandomi sul dolore fisico delle fibre muscolari delle gambe che si lacerano per lo sforzo della rapida risalita.

Quest'ultima dura un'eternità, prima che io riesca a percepire una zaffata dell'odore corporeo di Liam. È molto debole, ma provo una stretta al petto e mi bruciano gli occhi all'idea che il mio amico, da sempre coraggioso, sudi abbastanza da emanare un cattivo odore. Ricordo questa sensazione: di solito precede il pianto, cosa che non faccio più dalla mia infanzia. Crescendo, i Giovani non hanno motivo di piangere.

Invece di cedere a questa debolezza, seguo la sagoma di Liam, che sale sempre di più.

Sul pianerottolo successivo, si ferma per girarsi verso di me.

Sto per parlargli, dicendogli una cosa qualsiasi, ma le parole non fuoriescono dalla mia gola: di colpo, la torre comincia a tremare, poi si inclina con un gemito metallico.

Manco l'ultimo gradino e mi ritrovo a mulinare le braccia mentre cado, muto e terrorizzato.

La torre tutt'intorno sembra ruotare.

Si verifica un attimo di assenza di gravità, seguito da un'esplosione di dolore nauseante non appena urto una superficie dura con la spalla sinistra.

Boccheggiando, mi ci aggrappo con il braccio ancora sano. Le mie dita afferrano una ringhiera, mentre il resto del mio corpo cozza contro i gradini con un colpo secco, tale da scuotere le ossa. Continuo a scivolare verso il basso per qualche secondo, poi mi arresto all'improvviso. Il dolore al polso è accecante.

Con una parte della mente che ancora riesce a funzionare, mi rendo conto che la torre dev'essersi inclinata di lato. Un pavimento è ora diventato una parete, disposta nettamente di sbieco, mentre le scale si sono trasformate in un'altra parete ancora, come se la scena provenisse da un quadro di M.C. Escher.

La torre, partorendo un altro gemito, si inclina ancora di più. Adesso riuscirei ad arrampicarmi sulla parete strisciando, perciò tento di farlo nonostante il dolore atroce alla spalla e un tremendo senso di vertigine. Credo di avere la spalla sinistra slogata e mi fa male tutto il lato sinistro del corpo, una cosa che non avevo mai sperimentato in vita mia.

Provo dei conati di vomito e i miei abiti sono impregnati di sudore, mentre striscio disperatamente verso l'alto, imitando i soldati degli antichi film sulla guerra. Cerco di non soffermarmi sul fatto che sono i gradini a comporre la parete di destra, un'immagine surreale che colpisce il mio panico dritto al cuore, e il panico è qualcosa che sto cercando di tenere alla larga.

Da qualche parte sopra di me, sento un gemito. Striscio verso quel suono.

"Liam?" grido, raggiungendo la piattaforma inclinata verso il basso. "Stai bene?"

"Attento!" sibila Liam. "Altrimenti farai come me."

La sua voce è talmente distorta dal terrore da essere quasi irriconoscibile. Avevo sempre pensato che Liam fosse nato con un difetto genetico all'amigdala, che lo rendeva incapace di provare paura come tutti gli altri, ma adesso vedo che non è affatto così.

Con il cuore che martella nelle orecchie, striscio

verso il bordo della piattaforma della scala a soqquadro.

La voce di Liam proviene da quella che, prima, era una finestra, ma adesso si tratta solo di uno squarcio nel pavimento inclinato.

Sul bordo della finestra scorgo delle dita, con le nocche bianche per lo sforzo.

"Liam!" Muovendomi sulla pancia, serpeggio verso la mano e guardo giù.

Il mio amico è appeso fuori dalla finestra e le sue gambe sono sospese nel vuoto. Il sangue gli cola lungo il braccio. Sotto di lui c'è un enorme strapiombo che termina con una poltiglia putrida color arancione-marrone. La Melma sta consumando la base della torre.

Resistendo al giramento di testa dovuto all'entità dello strapiombo, afferro il braccio di Liam con la mano destra illesa.

"Ti tengo, Liam. Adesso arrampicati." Notando una minuscola scintilla di sollievo nei suoi occhi annebbiati dalla paura, aggiungo: "Davvero, torna dentro. Smettila di buttare tutto all'aria."

La tensione e l'orrore sul suo viso si attenuano un poco. "Ma no, sto solo andando in altalena, sai?"

Quella battuta mi strappa una smorfia. "Aggrappati al mio braccio con la mano sinistra e arrampicati. Dovrebbe essere più facile piuttosto che afferrare il bordo della finestra." Modifico il mio tono severo per imitare quello di un Adulto.

Liam si protende verso l'alto, ma la sua mano, agitandosi di qua e di là, manca il mio braccio per pochi centimetri.

La torre trema di nuovo.

"Dai, Liam!"

Si allunga di nuovo, con il volto contratto per lo sforzo, e stavolta le sue dita mi toccano il braccio.

"Così." Gli stringo di più il braccio. Ho le dita scivolose a causa del sudore. "Dai!"

Cerca di issarsi, ma la finestra non gli offre una leva sufficiente.

"Tirami su, Theo" ansima. Lascia andare la finestra per afferrarmi il braccio con la mano destra. Lo sforzo che compio con la spalla destra, mentre rimane appeso con tutto il suo corpo al mio braccio, è enorme.

Dimenticandomi di quell'infortunio, protendo la mano sinistra per aiutarlo.

L'agonia che scaturisce da questo gesto mi costringe a fermarmi tra sibili di dolore. La spalla slogata non mi permette questo intervallo di movimenti.

Liam se ne accorge e mi afferra il braccio più in alto per usarlo a mo' di corda. Comincio a spostarmi all'indietro per trascinarlo dentro, una strategia che sembra funzionare... per un secondo, almeno.

Poi le dita di Liam perdono aderenza a contatto con la mia pelle sudata e la sua mano scivola, incontrollabile, lungo il mio braccio.

"Liam!"

Cerco disperatamente di afferrarlo. Intercetto la sua mano destra, proprio mentre la sua presa scivola via del tutto.

Adesso è appeso con le punte delle dita alla mia mano destra, ma sento che la sua stretta mi sta sfuggendo sempre di più ad ogni secondo che passa.

Come rendendosi conto dell'inutilità dei suoi sforzi, Liam alza lo sguardo. I suoi occhi, puntati all'insù per guardare qualcosa, diventano sempre più distanti. "Devi raggiungere il punto più alto, Theo. Devi riuscirci."

"Dici cose senza senso!" esclamo. "Dai, arrampicati!"

Con il braccio sinistro ferito, faccio uno sforzo monumentale per tendermi verso di lui, ignorando il dolore lancinante. Le dita di Liam sfuggono alla mia presa, ma lui, roteando il corpo, mi afferra il polso sinistro proprio mentre lo raggiungo. La mia spalla sinistra emette un forte schiocco, seguito da un lampo accecante di atroce dolore.

Un urlo prorompe spontaneo dalla mia bocca.

Quando penso che sto per svenire per il dolore, sento Liam affermare: "Mollerò la presa."

O almeno, credo che abbia pronunciato queste parole.

Attraverso le nebbie della sofferenza pulsante, dice: "Devi arrivare in cima a questa cosa."

La mia vista si sta oscurando sempre di più, gettando un'ombra su tutti i miei sensi. Mi oppongo e, stringendo i denti, cerco di issare Liam con tutta la forza che mi rimane, ma lui non tenta nemmeno di aiutarmi. Con gli occhi sgranati, continua a fissare un punto sopra di me.

Mi sforzo di seguire la direzione del suo sguardo. Lassù c'è qualcosa di importante e voglio sapere di cosa si tratta.

Ma proprio quando comincio a girare la testa, Liam molla la presa.

"Liam!" grido, ma è troppo tardi.

Precipita al suolo e, con orrore, resto a fissare il suo corpo che scompare tra le spire della Melma.

Un ruggito di sofferenza mi sfugge di bocca. Come in risposta al mio grido di angoscia, la torre scricchiola di nuovo e si muove, roteando di scatto e con violenza.

Con braccia tremanti, afferro il davanzale con entrambe le mani e resto ad osservare, sbalordito e in preda alle vertigini, mentre la finestra punta inizialmente verso l'orizzonte e poi verso il cielo.

Adesso sono io a penzolare fuori dalla finestra, solo che i miei piedi non sono sospesi su uno strapiombo: dopo quella rapida rotazione della torre, la finestra che prima era sul 'pavimento' adesso è finita sul 'soffitto'.

Mi rendo conto vagamente che il fianco sinistro fa un po' meno male. Liam mi ha rimesso a posto la spalla nell'afferrarla? In tal caso, mi ha salvato la vita.

Lanciando un'occhiata verso il basso, vedo che l'altra parete della torre si trova sotto i miei piedi. Se lasciassi andare il davanzale, probabilmente non mi farei troppo male. Considero l'idea di procedere in questo modo, ma scorgo un tentacolo di Melma che si allunga rapidamente sul corrimano di legno. Se saltassi giù, rischierei di toccarlo. Il fatto che la Melma sia già arrivata qui, proprio sotto di me, risucchia il mio ultimo briciolo di speranza.

Come ha fatto a raggiungere il corrimano?, mi chiedo con uno strano interesse accademico. Presumo che per la Melma sia più facile divorare i materiali più morbidi, come il legno, piuttosto che l'acciaio robusto di cui è composto il resto della torre. Ma non mi faccio illusioni: la Melma può divorare qualsiasi cosa.

L'oceano desolato di quella sostanza che si può osservare tutt'intorno ne è la prova.

Però non posso rimanere appeso in questo modo ancora per molto. La spalla sinistra, anche se è in condizioni meno peggiori di prima, è sempre dolorante. Stringo i denti e, con le ultime forze che mi rimangono, spingo verso l'alto. Quando la mia testa sporge dalla finestra, isso il resto del mio corpo e cerco di mettermi in piedi su quella che era stata la parete esterna della torre.

Mi gira la testa. Questa superficie è inclinata di circa quarantacinque gradi e pende verso il mare di Melma che ormai costituisce il terreno. Probabilmente, la Melma divorerà la base della torre da un momento all'altro, facendo crollare l'intera struttura nei suoi abissi.

La prospettiva della morte imminente accende i

miei sensi. I più piccoli dettagli dell'ambiente cominciano a spiccare davanti ai miei occhi. Noto che il cielo appare un po' più azzurro senza la Cupola e che la torre sembra essere stata erosa dagli agenti atmosferici, cosa strana dato che su Oasis non esistono questi tipi di danni. Poi, un altro dettaglio attira la mia attenzione: una luce situata al posto della sommità della torre.

Ricordo che Liam aveva rivolto lo sguardo in quella direzione nei suoi ultimi istanti di vita: si trattava di quella luce, ammesso che sia proprio ciò che mi ritrovo davanti agli occhi?

Corro con prudenza su quella che era stata la parete della torre. Non è una superficie solida, bensì un mosaico composto da travi metalliche e dalle poche finestre di vetro ancora intatte.

È difficile concentrarsi sulla corsa dopo quello che è accaduto, ma devo sforzarmi. Scaccio dalla mia testa il dolore per la perdita di Liam, cosa apparentemente più facile del tentativo di soffocare il dolore per la perdita di tutte le persone che conoscevo.

I miei pensieri si focalizzano su un unico scopo: capire cos'è quella luce. Posso farcela. Questa prospettiva mi consente di fingere di avere ancora un briciolo di controllo sugli eventi che mi circondano.

Mentre mi avvicino alla sommità, la luce diventa sempre più chiara.

È lo Schermo più grande che abbia mai visto, eppure assomiglia anche ad un'antica insegna al neon, tutta rosa e luminosa. In un certo senso, mi ricorda un tabellone pubblicitario di Times Square dei tempi antichi... dico, se tale tabellone fosse un incrocio con una Barriera simile a un cancello.

Accelero il passo, ignorando le insidiose finestre rotte e le ringhiere di metallo sporgenti.

Devo raggiungere lo Schermo-tabellone.

Man mano che mi avvicino, mi rendo conto che c'è un messaggio sulla sua superficie, un messaggio molto semplice.

'Traguardo', si legge in caratteri abbaglianti e scintillanti.

Traguardo? Perché mai la sommità della torre dovrebbe essere decorata in un modo così strano?

I miei polmoni soffrono terribilmente per la carenza di ossigeno, ma sprono i miei muscoli a spingere ancora di più.

La torre trema.

Agito le braccia per mantenere l'equilibrio e, inavvertitamente, guardo giù.

Le mie gambe cedono all'istante, poi mi fermo.

Resto inchiodato sul posto, in una paralisi che sembra il culmine di tutto ciò che è appena accaduto a me e al resto di Oasis.

Sono tutti morti. Il mondo è finito. Questi pensieri rappresentano un duro colpo che mi travolge, al punto che mi piego in due per il dolore. Forse non ho bisogno di aspettare di essere catturato dalla Melma. Forse morirò anche solo per l'orrore e il senso di colpa.

Mi cade l'occhio su un luccichio stranamente familiare accanto a me, allora torno alla realtà.

Quando lo Schermo compare, non provo uno shock così estremo, perché ne ho già visto uno simile prima d'ora, durante una seduta di Quiete.

È spettrale e, come l'ultima volta, un cursore sfarfalla sul display.

Theo, scrive lentamente lo Schermo, una lettera alla volta. *Theo, non sono sicura che tu riesca a leggere questo messaggio.* Lo Schermo continua a digitare ogni lettera allo stesso ritmo del mio battito cardiaco. *Sono preoccupata,* mi informa lo Schermo. *La tua scansione neurale è andata fuori controllo...*

Prima che io abbia il tempo di sbattere le palpebre, lo Schermo svanisce, ma io continuo ad avere i peli rizzati sulle braccia.

Comincia a venirmi un'idea. È vaga, ma sufficiente a spronarmi.

Devo raggiungere il tetto e la parola 'Traguardo'.

Mi concentro su questo compito, accantonando ogni altra preoccupazione.

La torre trema di nuovo. Cercando di non cadere, mantengo l'equilibrio sulle travi di metallo come un surfista degli antichi. Non appena la breve sequenza di scosse si placa, ricomincio a correre, scavalcando gli squarci tra i puntoni d'acciaio.

Corro come un pazzo, senza più pensare al concetto di tempo, arrestandomi solo quando raggiungo la fenditura più estesa mai incontrata finora.

Questo spazio vuoto è uno sfortunato dettaglio del design della torre, la cui terrificante larghezza è superiore ai due metri.

Nonostante io sia riuscito a sopprimere la mia fobia fino ad ora, essa si ripresenta di fronte a questo squarcio.

Il cartello del Traguardo mi sta ancora attirando a sé. Si trova poco oltre quest'ultimo ostacolo, sono quasi arrivato.

Decido di dividere l'impossibile in piccoli passi facili da gestire.

Primo passo: calmare i miei respiri frenetici. In questa fase, ho più o meno successo.

Secondo passo: saltare. I miei muscoli delle gambe si contraggono, pronti per il salto, la corsa, o qualunque altra azione in grado di scaricare parzialmente l'adrenalina.

Indietreggio, con l'idea che il salto possa essere più facile se si parte in vantaggio.

Quando arrivo a tre metri buoni dallo spazio vuoto, comincio a correre verso di esso.

Ci siamo.

Sono arrivato al punto in cui mi tocca affrontare la paura dell'altezza e vincere.

Solo che, una volta raggiunta la fenditura, invece di saltare, mi fermo. Tutto il mio corpo trema in maniera incontrollabile.

Non posso arrendermi, penso, e indietreggio di nuovo.

Corro.

Salto.

Il tempo rallenta.

Vedo la Melma sfrecciare molto più in basso, sotto i miei piedi, sibilando minacciosa.

Ho quasi raggiunto l'altro bordo dello squarcio, quando la torre trema di nuovo, con uno scricchiolio assordante del metallo che raschia contro altre parti metalliche. Il bordo di fronte a me, che si affaccia sull'orribile fenditura, si allontana dai miei piedi proprio mentre sto per atterrare, di conseguenza urto il rigido profilo di metallo con il petto.

I miei polmoni si svuotano completamente. Dimeno le braccia nel tentativo di aggrapparmi a qualcosa. Riesco a toccare il metallo freddo solo con l'indice e il medio di ciascuna mano, rendendomi subito conto dell'estrema debolezza della mia presa. Il peso del mio corpo è eccessivo per essere sostenuto da quelle due dita.

Perdo la sensibilità alle dita, cominciando a tremare. Peggio ancora, esse iniziano a scivolare sulla lucente superficie d'acciaio.

Rimango aggrappato al bordo con l'indice per un istante, prima di perdere aderenza del tutto.

Non sono più aggrappato al bordo, penso vagamente.

Il tempo rallenta, oppure, come un personaggio dei cartoni animati, devo guardare giù prima che la caduta abbia inizio. Così, con masochismo, abbasso lo sguardo. Mi rendo conto della lunga distanza che mi separa dal suolo, poi comincio a precipitare.

L'aria mi sferza il viso.

Il mio corpo sembra privo di peso, una sensazione che sarebbe piacevole, se non stessi per morire.

Questa caduta mi ricorda il mio incubo peggiore più frequente, quello di precipitare verso qualcosa. Alla fin fine, si trattava piuttosto di un'oscura profezia.

Guardo giù di nuovo.

La Melma si sta avvicinando.

Inutilmente, cerco di buttarmi a capofitto nella Melma, come quel folle sport degli antichi dei tuffi dalle grandi altezze.

Dopo un duro colpo contro la sua superficie, sprofondo nella Melma.

Non riesco a vedere altro che quella vomitevole sostanza arancione, sorprendentemente morbida a contatto con la pelle. Strizzo gli occhi e trattengo il respiro, chiedendomi perché non mi abbia ancora divorato. Pur avendo la bocca e il naso chiusi, riesco a percepirne il sapore e l'odore, ed è peggio di ciò che potessi immaginare. Sto per vomitare, ma non oso aprire la bocca.

Mi rendo conto di aver trattenuto il respiro di continuo fin dall'inizio della caduta. Ho i polmoni in fiamme, così come il resto del corpo, e deve significare che, nonostante la mia segreta speranza, la Melma sta per disintegrarmi, una molecola alla volta.

La sensazione di bruciore si intensifica seriamente.

Tutto il mio corpo sembra diventato lava per una frazione di secondo, poi questa sensazione diventa cento volte più potente.

Boccheggio, sofferente, ben sapendo che mi riempirò i polmoni di Melma.

16

Inalo la Melma, ma il dolore non peggiora.

Anzi, la sensazione di bruciore sparisce.

Mi sento privo di consistenza, come un raggio di sole che si incanala in un luminoso corridoio di luce bianca.

Uno degli antichi penserebbe probabilmente di trovarsi davanti all'aldilà, poiché corrisponde alla loro descrizione di quell'ipotetica esperienza. Date le circostanze, potrei considerare questa teoria plausibile, ma io ne ho una più valida.

Ho già affrontato questo momento, sempre nella giornata di oggi, anche se sembra passata un'eternità.

Ho l'impressione che il mio corpo torni da me, tuttavia chiudo gli occhi. Quando li aprirò, saprò definitivamente se ho ragione.

"Theo?" chiede Phoe.

Apro gli occhi.

Mi trovo in una caverna. Ci sono delle stalattiti sopra la testa, mentre per terra scorgo stalagmiti e una serie di vari oggetti pericolosi.

Il bel viso da fata di Phoe è contorto a causa di una profonda preoccupazione.

Accanto a lei c'è un grande Schermo, che presumo stia mostrando la mia attività neurale. Il mio cervello sembra un alveare che sta combattendo una guerra contro un formicaio, il tutto in modalità accelerata, una scena che mi spinge a rivivere quegli attimi di terrore grazie ad uno strano procedimento di biofeedback.

Lo Schermo scompare. Phoe deve aver capito che potrei riprendermi ancora meglio se non me lo ritrovo davanti al naso.

"Calmati, per favore" dice. La sua voce incarna la tranquillità assoluta. "Sei tornato."

Dentro di me conosco già le risposte, eppure non posso evitare di porle delle domande. "Non hai ucciso tutte quelle persone?" Avanzo di un passo, poi compio un gesto spasmodico con le mani per abbracciare i dintorni, come se la popolazione di Oasis si stesse nascondendo negli anfratti della caverna. "Non sei la Docente Filomena?"

Phoe mi guarda e la preoccupazione nei suoi occhi viene sostituita da una confusione totale.

"Si è sempre trattato di quel maledetto gioco?" esclamo, indietreggiando. "Niente è stato reale?"

Phoe mi si avvicina per abbracciarmi. Non mi

oppongo a questo gesto, che sto sperimentando per la seconda volta nella mia vita, anche se adesso mi trasmette una sensazione diversa. Stavolta, questo antico rito sociale ha lo scopo di tranquillizzarmi ed è decisamente efficace. Mentre la fragranza e il calore del corpo di Phoe mi avvolgono, il mio battito cardiaco, prima supersonico, rallenta ad appena trecento chilometri all'ora.

Mi sfrega la schiena con movimenti circolari casuali, anch'essi tranquillizzanti.

"Ssh" mi mormora all'orecchio. "Sei qui. Sei al sicuro."

"Ma era così reale. Sono morto." Faccio un respiro tremante. "Anche Liam è morto. Sono morti tutti." Cerco di ritrarmi, poco convinto, ma lei mi abbraccia ancora più forte. Abbassando la voce, quasi ricorrendo alla subvocalizzazione, dico: "Mi hai tradito."

"È finita." Mi accarezza delicatamente i capelli. "Non ti tradirei mai. Come ti viene in mente?"

Dopo un altro respiro, espello l'aria dai polmoni, dicendo: "È successo tutto così velocemente."

Mi lascia andare per allontanarsi di un passo e mi guarda con solennità. "Puoi descrivermi l'accaduto? A giudicare dal fatto che il vuoto di memoria persiste" – indica la propria testa – "per non parlare della mancanza di fresca potenza di elaborazione, devo presumere che tu non abbia chiuso il gioco."

"Non eri testimone degli eventi? Non hai accesso a quel luogo?"

"Come ti ho spiegato, non per vedere. Ma ho cercato di *inserirvi* un messaggio. A quanto pare, non ha funzionato." Phoe ha un'aria demoralizzata.

"Invece sì" replico. "Ho visto lo Schermo che hai inviato. Era simile a quello della Prigione delle Streghe. Mi ha dato speranza, ma..." Scuoto la testa.

"Fantastico." Le si illuminano gli occhi. "Allora significa che la prossima volta dovrei riuscire a..."

"La prossima volta?" Una vampata di calore si diffonde sulle mie guance. "Non esisterà mai e poi mai una prossima volta."

Si acciglia per un istante, poi chiede: "Puoi raccontarmi cos'è successo?"

Le fornisco il mio resoconto, a partire da come il gioco mi ha fatto credere di non avere affatto iniziato la partita. Phoe mi ascolta in silenzio. Vorrebbe palesemente pormi delle domande, ma le riserva per dopo. Concludo con: "E dopo aver inalato la Melma, sono tornato qui."

"È molto strano" commenta. "Non so nemmeno da dove cominciare."

"Dal principio" rispondo. "Ti trovo turbata."

"Beh" – fa comparire una sedia dal nulla e si accomoda – "alcuni particolari della tua storia avrebbero dovuto suggerirti che era tutto finto."

Decido che ho voglia di sedermi anch'io e, subito dopo, un'altra sedia si materializza. "Per esempio?"

"Beh, per esempio, Grace che ti lasciava andare e basta? E che ti toccava sul serio?"

"Lo so, è strano" ammetto. "Ma andavo di fretta e non ho dubitato di lei. Sembrava avere una specie di..." Sento il mio viso avvampare. "Non lo so, una cotta segreta per me o qualcosa del genere."

"Okay." Phoe incrocia le braccia. "Per questo, potrei dare la colpa alla tua inesperienza con gli ormoni. Lo stesso vale per la parte in cui la Docente Filomena mostrava interesse nei tuoi confronti." La sua espressione esprime disgusto. "Ma Theo, la sezione degli Adulti di Oasis identica alla campagna francese? E gli abitanti simili agli Amish? Guarda caso, li hai studiati proprio ieri, non ci pensi?" Le sue labbra si serrano in una linea sottile. "E tu che mi credevi davvero la Docente Filomena?"

"Volevo solo..."

"E Owen che ti attaccava fisicamente... Sai che quel Giovane è troppo sedato dagli Adulti e troppo codardo per un'azione simile."

"Ha calciato un pallone per colpire Liam ieri" le rammento. "Niente gliel'ha impedito."

"D'accordo. Sarà anche successo, nonostante io nutra dei dubbi. Ma un inseguimento in trattore? Io che ti costringevo a fare qualcosa che scatenava la fine del mondo?" Scuote la testa. "Tra tutti i problemi posti da una situazione simile, non ti rendi conto che, se esistesse davvero un modo per disattivare una qualsiasi delle Barriere, la sala di controllo sarebbe gestita dagli Anziani? Non si troverebbe in una torre assurda e anacronistica che, in base a quanto mi hai detto, è crollata in un modo molto strano e fisicamente improbabile."

Provo una sensazione di calore e di formicolio sul viso. So che Phoe si sta lamentando soprattutto del fatto che la credevo capace di uccidere tutti e, a dire la verità, adesso che sono fuori dal gioco, trovo quest'idea decisamente ingiustificata.

"Era come un sogno" le dico, strofinando le mie guance nel tentativo di attenuare il calore. "Hai presente quando stai sognando, e il sogno ha un senso, ma poi ti svegli e ti chiedi perché, nonostante Liam fosse Babbo Natale, non l'hai messo in dubbio? Voglio dire, non è grasso fino a questo punto."

Phoe annuisce, come se mi esortasse a darle ulteriori spiegazioni.

"Senti." Incrocio le braccia, imitando la sua postura. "Stava per arrivare la fine del mondo. Non è che avessi tanto tempo per riflettere."

"Ma la Docente Filomena con quella 'storia' del cavolo?" Il sottile viso di Phoe è tirato. "Sai che lei rappresenta tutto ciò che non sopporto."

Mi sforzo di parlare con calma. "Beh, se tu mi avessi rivelato la tua vera identità, non mi sarei inventato alcuna teoria, per quanto strampalata."

Si morde un labbro, un gesto che, per qualche motivo, trovo affascinante. "Non diamo la colpa a nessuno."

"Dunque, per farti chiudere la bocca, devo semplicemente chiederti chi sei?" Socchiudo gli occhi.

"Perché non me lo dici e basta? Magari, se lo facessi, io..."

"Non è così semplice." Si alza dalla sedia. Drizza le orecchie, come per ascoltare un rumore lontano. Con un'aria preoccupata, esclama: "Merda!"

"Fammi indovinare." Mi sforzo di rivolgerle un sorriso condiscendente. "C'è un'emergenza e devo scappare, giusto? L'ultima cosa per cui abbiamo tempo è una conversazione sull'argomento che ti piace di meno."

Le sue lunghe ciglia fremono, mentre risponde con un sospiro: "Più o meno, stavo per dirti *proprio* questo, sì."

"Guarda caso."

"Se non vinci la partita, non ho comunque molto da dirti" replica. "Magari volessi semplicemente evitare la tua domanda, e invece guarda." Tende la mano.

Sopra il suo palmo, viene riprodotta un'immagine. Non si tratta esattamente di uno Schermo, ma potrebbe anche esserlo, a giudicare dalle sue funzioni. Però, a differenza di uno Schermo, l'immagine sulla sua mano è tridimensionale, come un ologramma. Mostra una piccola zona della foresta, dove mi trovo io, sdraiato per terra e circondato dal verde, con un'espressione piuttosto annoiata. Ho gli occhi vacui.

"Tu sei collegato a questo luogo" afferma Phoe. "I tuoi neuroni ricevono impulsi solo dai tuoi nanociti, invece di impulsi sensoriali reali. Solo elementi come il sistema nervoso parasimpatico sono attivi nel mondo reale, consentendoti di respirare e di digerire il Cibo, tra le altre cose. Se qualcuno ti si avvicinasse laggiù, non lo degneresti nemmeno di uno sguardo."

Annuisco. Anche se non ci avrei mai pensato, le sue parole sono sensate.

Soddisfatta della mia attenzione fino ad ora, inclina la mano. L'immagine si sposta, addentrandosi nei boschi, lontano dal mio doppione in stato comatoso. Osservo la telecamera, o qualunque cosa ci sia dietro questo punto di vista che raggiunge una piccola radura, dove brilla la visiera del casco di una Guardia.

Mi alzo dalla sedia e trattengo la tentazione di correre. Con tutta l'adrenalina di cui trabocca il mio corpo, la paura che mi pervade è stupefacente.

La Guardia sta attraversando la radura e la parte peggiore è la direzione: si dirige proprio verso il punto in cui giaccio per terra e il mio doppione privo di sensi è consapevole della sua presenza tanto quanto gli alberi.

"Merda." Comincio a camminare avanti e indietro, quasi travolgendo la sedia di Phoe.

"Sì. Puoi dirlo forte." Phoe segue i miei movimenti frenetici con calma, come se io camminassi avanti e indietro come un pazzo di continuo e lei si fosse ormai abituata.

"Cosa devo fare?" Le giro intorno per la terza volta.

"Esegui il gesto e corri." Con enfasi, mi mostra il dito medio con entrambe le mani. "Sarò con te."

La imito, troppo preoccupato per esitare a fare una cosa ritenuta oscena dagli Adulti.

All'istante, attraverso lo stesso tunnel bianco di prima e torno nel mio corpo nella foresta.

Il profumo dei pini mi penetra nelle narici e Phoe è accanto a me, ma ancora in forma spettrale.

Si gira e, allontanandosi di fretta, mi dice da sopra la spalla: "Corri!"

Balzo in piedi e corro. Gli aghi di pino secchi scricchiolano sotto le mie scarpe. Sento le gambe stanche, ma non come verso la fine del gioco, ed è sensato poiché tutta quella faticata sui gradini non era reale.

"Credo di preferire l'aspetto che avevi in quella caverna" dico mentalmente a Phoe. Parlando ad alta voce, potrei restare senza fiato più alla svelta, o ancor peggio, la Guardia potrebbe sentirmi.

"Divertente sentirtelo dire" commenta, girata per metà, prima che la sua figura incorporea scompaia di punto in bianco. "Avevo assunto quelle sembianze soltanto per mandarti nella giusta direzione" spiega tramite una voce nella mia testa. "Stai correndo verso la Barriera. Avrò bisogno di tutte le mie risorse per quello che devo fare dopo."

"La Barriera?" Il mio cuore salta un battito. "Perché?"

"Tu, o più probabilmente il gioco, avete escogitato un'idea decente sfruttando le tue conoscenze."

Nonostante lo sforzo, sento i piedi freddi. "Che

idea, di preciso?" chiedo, ma visto il riferimento alla Barriera, credo di saperlo già.

"Posso usare le poche risorse a mia disposizione per autorizzarti temporaneamente come Adulto, almeno per quanto riguarda la barriera" risponde Phoe. "Dopo potrai accedere alla loro sezione. Ma non aspettarti la campagna francese."

"Non credo che..."

"Mentre lo farò, interromperò la connessione per un momento" prosegue. "Tu continua a correre dritto davanti a te. Il percorso fino alla Barriera sembra sicuro."

"Aspetta, Phoe" sussurro. "Non voglio attraversare la Barriera."

Phoe non risponde.

Sto correndo da solo.

"Mi stai ignorando apposta?" subvocalizzo.

Nessuna risposta.

Così, mi limito a correre.

Ancora e ancora.

Dopo un po', assumo un ritmo costante e mi sento come un automa: schivo i rami, sposto i piedi e respiro, il tutto senza alcun pensiero cosciente. Questa mancanza di consapevolezza mi permette di vagare con il pensiero. All'inizio ripasso tutti gli ultimi avvenimenti e, quando mi stanco, comincio a pormi delle domande: quanto è estesa questa foresta? Prima eravamo nel punto più lontano dalla Barriera, oppure Phoe mi ha avviato lungo un percorso in diagonale?

Inciampo in una radice e cado a terra, riuscendo a stento ad evitare un grosso ceppo alla mia sinistra. Il mio è un ruzzolone maldestro e le mie mani scivolano sugli aghi di pino e sulla terra.

Una caviglia protesta con violenza. Vedo dei puntini bianchi, come se stessi fissando il sole. Sbatto le palpebre per scacciarli, poi giro la testa mentre comincio a rialzarmi... e resto pietrificato sul posto.

Qualcuno mi sta fissando da dietro il ceppo.

Una persona dall'aria molto familiare.

Ha la bocca talmente spalancata che mi ritrovo costretto a chiedere: "Ehi, sai che potrebbe volarti in bocca qualche insetto, vero?"

Liam si alza e mi si avvicina.

"Stai bene?" La sua voce è aspra. "Da dove diavolo sei saltato fuori? Perché sei fuggito?" Il suo tono è sempre più incredulo. "Perché azzocey mi sorridi in quel modo? Non capisci in che azzocey di guaio ti sei cacciato?"

Solo quando me lo fa notare mi accorgo che sto sorridendo davvero. Non riesco ad evitarlo. Vedendolo, sentendolo adoperare male il Pig Latin, si concretizza un unico pensiero nella mia testa.

Liam sta bene.

Razionalmente, sapevo già che a cadere dalla torre è stata solo una figura partorita dalla mia immaginazione, la paura è raramente razionale, comunque, soprattutto quando si tratta di una perdita del genere. Quel maledetto gioco era così realistico che, in un certo senso, mi sentivo come se Liam fosse scomparso.

"Aiutami a rialzarmi" dico, trattenendomi dal pronunciare parole sdolcinate. "Che cosa ci fai qui?"

Liam dimentica le domande e mi aiuta a rimettermi in piedi, mormorando: "Non avevo intenzione di aiutare quegli onzistrey a rintracciarti. Piuttosto, preferirei annusare i piedi a Owen."

Appoggiandomi al suo braccio per sostenermi, provo ad appoggiarmi sul piede destro.

Dato che mi osserva attentamente, cerco di non sussultare troppo.

Socchiude gli occhi, perciò lascio andare il suo braccio e cerco di fare un passo da solo. Devo subito trattenere un grido. Non voglio che Liam sappia che sto lottando contro la nausea e il desiderio di tornare a sedermi.

"Vieni con me, amico." Le sue sopracciglia si avvicinano, formando quello che io e Mason chiamiamo il 'bruco frontale'. "Ti porto direttamente in infermeria."

"No" replico. "Non ho alcuna intenzione di avvicinarmi agli Adulti."

"Ehi? Sei andato completamente fuori di testa?" Il suo 'bruco frontale' si riempie di rughe. "Più a lungo rimarrai qui, più le cose si metteranno male per te."

"Fidati di me, la situazione non potrebbe essere peggio di così, al di là delle mie azioni."

Mentre pronuncio questa frase, mi rendo

pienamente conto di quanto siamo in condizioni disperate.

A differenza dei latitanti degli antichi, le mie opzioni in fatto di fuga sono molto limitate. Anche se Phoe riuscisse a farmi entrare nella zona di Oasis destinata agli Adulti, stiamo comunque parlando di una piccola fetta di terra abitabile da perlustrare per trovarmi.

"Sul serio" dice Liam, allora mi rendo conto di essermi perso qualche parola. "Per il tuo bene, dovrei metterti fuori gioco e riportarti indietro."

"Liam, fidati di me, non posso tornare indietro." Mi si spezza la voce. Dopo una pausa per schiarirmi la voce, continuo: "Per favore, promettimi di non rivelare loro dove mi trovo."

"Ma non stai bene." Si morde l'interno della guancia. "Non puoi aspettarti che io ignori..."

Qualcosa produce un fruscio tra gli alberi dietro il ceppo.

Senza rendermi pienamente conto delle mie azioni, mi tuffo verso il punto in cui Liam era seduto prima e mi accovaccio, abbassando la testa. Il dolore alla caviglia è così forte che mi stupisco di non aver perso i sensi.

Il rumore prodotto da una persona che si muove nella foresta è sempre più nitido.

Liam mi si avvicina, ma senza guardarmi. Infatti, tiene lo sguardo puntato molto oltre la mia testa, alle spalle del ceppo.

Si ferma proprio accanto ad esso, talmente vicino che potrei solleticargli una gamba, se fossi di umore più allegro.

"Liam!" chiama una voce nasale terribilmente familiare. "Stavi parlando con qualcuno?"

Riconosco questa voce. Dopo il gioco, credo che non potrò più evitare di rabbrividire nel sentirla.

"Salve, Docente Filomena" risponde Liam. "C'è una cosa che deve sapere." Stringe i pugni, li riapre, ripete il gesto, poi si infila le mani in tasca. "A proposito di Theo."

17

Dimenticando il dolore alla caviglia, mi rannicchio, pronto a balzare in avanti, ma Liam mi sbarra la strada. Sarebbe impossibile per me scattare senza andare a sbattere contro di lui.

"Theodore?" La voce della Docente Filomena diventa sempre più acuta ad ogni sillaba. "Che problema c'è?"

"L'ho visto" dice Liam. "Stavo parlando della scoperta che ho fatto nel mio Schermo."

"L'hai visto?" ripete. "Perché ci troviamo qui, allora? Dov'è lui?"

Liam tira fuori la mano dalla tasca e la solleva per puntarla verso sud-est. "Stava correndo da quella parte. Gli ho gridato di fermarsi. Mi ha guardato, ma poi ha continuato a correre." Sposta il peso da un piede all'altro. "Sa cos'è successo? Perché correva?"

"Non preoccuparti di questo." Nonostante il

tentativo di usare un tono rassicurante, a mio avviso la Docente Filomena fallisce. "Vieni con me. Unendoci, possiamo coprire una zona più estesa."

"Okay." Liam muove un passo verso sinistra, fermandosi accanto al ceppo, presumo per nascondermi alla vista della Docente. Sento un fruscio di passi e mi rendo conto che la Docente si sta probabilmente dirigendo nella direzione indicatale da Liam. Dopo qualche istante, Liam la segue.

Resto seduto in silenzio. Non oso nemmeno lanciare loro un'occhiata furtiva. Nell'attesa, mentre mi chiedo che cosa fare in seguito, mi massaggio la caviglia.

All'improvviso, una figura indistinta incombe su di me. Sobbalzo, quasi sbattendo la testa contro il ceppo.

"Scusa" dice Phoe. "Non volevo spaventarti."

"Non mi hai spaventato" replico con il cuore in gola, deglutendo per ricacciarlo nel petto. "A me piacciono i movimenti improvvisi e le ombre minacciose."

Ridacchia, portandosi le mani trasparenti alla testa senza volto. Ora che so che aspetto avrebbe se questa fosse la mia tana da uomo o se lei possedesse risorse sufficienti, riesco ad immaginare il suo sorriso sghembo e malizioso.

È una scena stranamente piacevole.

Phoe si schiarisce la voce. "Comunque, adesso sei autorizzato ad accedere alla sezione degli Adulti."

"Benissimo." Mi massaggio la parte posteriore della

testa, dove ho sbattuto contro il ceppo. "Una cosa che non mi hai mai rivelato è il motivo per cui devo andarci. Non sarò come quel proverbiale agnello destinato al sacrificio?"

"Non necessariamente. Non penseranno nemmeno di andare a cercarti lì. Per un bel po', almeno."

Mi sostengo al ceppo dell'albero per rimettermi in piedi. La caviglia fa male quando deve sostenere il mio peso.

"Merda" commenta Phoe. "Non puoi correre così."

"Già" confermo. "Se riuscirò ad arrivare laggiù zoppicando, mi riterrò fortunato."

"Dopo questo sviluppo, la tua necessità di attraversare la Barriera è ancora più impellente." La sua forma spettrale esegue un movimento brusco, come per passarsi una mano tra i capelli. "Quando saremo nel territorio degli Adulti, potrò procurarti un mezzo di trasporto."

Avanzo di un passo con una smorfia. "Accidenti. Fa proprio male."

"Mi dispiace non poter alleviare il tuo dolore con le mie risorse attuali." La sua voce esprime rammarico. "Non senza annullare la protezione antimanomissione che ho messo in atto per esaudire la tua richiesta."

Al passo successivo, distribuisco il peso con cautela. Preferisco il dolore fisico rispetto alle interferenze nel mio cervello.

Di colpo, Phoe drizza le spalle e mi precede di

corsa. "Vieni qui!" esclama. "Ecco!" Indica un punto sul terreno.

La raggiungo, zoppicando, e osservo in quella direzione.

"Un bastone secco" commento, senza nemmeno tentare di nascondere la delusione. Lei era così emozionata che mi aspettavo di vedere un mantello dell'invisibilità o qualcosa del genere.

"Un mantello dell'invisibilità richiederebbe manipolazioni molto complesse dell'interfaccia della Realtà Aumentata... e per una miriade di persone. Mentre con le mie esigue risorse, fatico a gestire anche solo la tua. Questo..." Indica il ramo secco con un gesto teatrale a due mani. "...è un *bastone da passeggio*." Parla con lo stesso tono sovreccitato che era comune nelle pubblicità degli antichi. "Lo stesso che usavano tutti i famosi esploratori."

"Assomiglia a una clava" mormoro, però raccolgo il bastone e con esso avanzo di un passo, esitante, continuando poi a camminare.

"Molto meglio" ammetto con riluttanza.

"Bene" commenta Phoe. "La Barriera non è lontana ora."

"Abbiamo appena superato la soglia, cioè il punto in cui la paura ti avrebbe bloccato senza la mia autorizzazione attiva" spiega Phoe, mentre scorgo il bagliore della Barriera in lontananza. Mi guarda, preoccupata. "Non provi paura, giusto?"

Mi stringo nelle spalle. "Non a livelli anomali. E con questo, intendo normalità per un soggetto inseguito dall'intera popolazione di Oasis e che è morto precipitando l'ultima volta che si è diretto da queste parti."

"La considero una prova del funzionamento del mio intervento" dice Phoe. "Godi chiaramente dei privilegi degli Adulti necessari per attraversare questo posto."

Borbottando a proposito del motivo per cui la mia paura sarebbe giustificata, avanzo con l'aiuto del bastone/clava.

Dopo una manciata di minuti, si staglia davanti a noi una lunga striscia d'erba falciata, priva di alberi, interrotta infine dalla Barriera.

"Lo so" dice Phoe. "Anche a me non piace l'assenza di punti in cui ripararsi, ma non si può fare altrimenti. Non possiamo permetterci di dirigerci verso la sezione in cui la Barriera taglia attraverso la foresta." Abbassa lo sguardo sulla mia caviglia.

Proseguiamo in un teso silenzio fino a raggiungere la radura. "Theo, aspetta..." avverte Phoe, mentre emergo da dietro l'ultimo albero, ma è troppo tardi.

Scorgo la Guardia, che dev'essere uscita dal limitare della foresta alla mia sinistra, ad una ventina di metri di distanza.

"Forse non ci ha visti" si affretta a dire Phoe. "Torna indietro lentamente."

Comincio ad accontentarla, quando sibila: "Lascia perdere. Andiamo verso la Barriera."

Lancio un'occhiata alla Guardia e vedo che mi sta venendo incontro di corsa.

Alla fin fine, mi ha visto.

Stringo i denti e zoppico verso la Barriera alla massima velocità consentita dalla caviglia e dalla clava.

La distanza che devo percorrere è di circa cinque metri. Un quarto della distanza tra me e la Guardia, penso per rassicurarmi.

"Ma se consideri la sua velocità attuale, ti raggiungerà *di sicuro*" replica Phoe. "Devi correre."

Cerco di accelerare il passo, ma dalla caviglia si irradiano ondate di dolore pulsante e il bastone di legno sembra sul punto di spezzarsi. Lancio un'occhiata furtiva alla Guardia.

È più vicina di quanto mi aspettassi.

La disperazione si annida nel mio petto. Mi arresto, sollevo il bastone e lo scaglio come una lancia verso il mio inseguitore.

Si sposta di lato per schivarlo e inciampa in una piccola sporgenza rocciosa. Lo osservo con stupore mentre stramazza a terra e scivola in avanti.

Ho guadagnato alcuni secondi preziosi.

Ricomincio a zoppicare di fretta. Senza il bastone, le fitte alla caviglia si trasformano in un violento martellio di dolore, ma ottengo un buon risultato: la

Barriera è così vicina che, se allungassi un braccio, potrei toccarla. Con la coda dell'occhio, noto che la Guardia si sta sforzando di rimettersi in piedi.

Senza testare la Barriera come nel gioco, la attraverso di corsa.

Non succede alcunché.

Non provo la sensazione di essere entrato in una bolla o in qualcosa di bagnato, eccetera.

Un attimo fa ero dall'altra parte della Barriera, nella sezione dei Giovani, mentre adesso sono nel territorio degli Adulti.

"Questo perché la Barriera non è reale" spiega Phoe accanto a me. "È la Realtà Aumentata che funziona secondo gli stessi principi degli Schermi e della mia immagine attuale." Si passa le mani sul corpo.

Non rispondo, intento a osservare un tratto erboso che conduce in una pineta. Ogni cosa è estremamente diversa rispetto al gioco. A parte il funzionamento diverso della Barriera, questo lato di Oasis sembra l'immagine speculare di quello da cui provengo.

"Beh, sì. Ti aspettavi che comparisse la campagna francese?" chiede Phoe. "Adesso, alla svelta, sali là sopra." Indica un disco di metallo posato a terra. "Ricordi quella Guardia? Il fatto che tu non possa vederla oltre la Barriera non significa che non stia per attraversarla."

Questo promemoria mi spinge all'azione e zoppico verso il disco da lei indicato.

"È solo un cerchio di metallo lucido" sussurro dopo averlo esaminato con prudenza. "Come faccio a 'salirci sopra'?"

"Con la tua ferita" risponde, "dovresti sederti al centro, probabilmente nella posizione del loto."

Nonostante tutte le domande che mi passano per la testa, salgo sul disco. Lungo i bordi si forma una bolla scintillante.

"Serve per tenerti all'interno al sicuro" spiega Phoe, rispondendo alla domanda che stavo per porre. "Ora siediti."

Mi metto nella posizione del loto, che mi permette di massaggiarmi la caviglia ferita.

La scintillante copia spettrale di un disco compare sul terreno. Phoe si posiziona sopra di esso e si siede nella mia stessa posizione.

"Fai così" dice, poi alza una mano con il palmo all'ingiù, tenendo le dita unite.

Eseguo quel gesto.

Il mio disco vibra sotto il mio corpo.

"Non muoverti" avverte, mentre sto per scattare in piedi. "Il campo tutt'intorno a te non ti permetterà comunque di scendere."

Il disco si muove con fluidità e lentamente, come se non mi trovassi sull'erba ma su un pendio ghiacciato.

Poi mi rendo conto che non sto scivolando sull'erba, ma sono sospeso sopra di essa.

Anche Phoe inizia a librarsi nell'aria.

All'inizio si alza solo di pochi centimetri sopra il

filo d'erba più alto, poi raggiunge una distanza di quasi due spanne da terra.

Prima che io riesca ad esprimere qualsiasi obiezione, la imito e arrivo a quasi mezzo metro da terra, un punto non così alto da attivare un attacco di panico, ma sufficiente a dimostrare un'idea terrorizzante: sono seduto su una specie di dispositivo volante. Dev'essere il 'mezzo di trasporto' di cui parlava Phoe.

"Non soffermarti su questo dettaglio" afferma lei. "Gira la mano verso destra, così" – inclina il palmo verso destra – "per svoltare."

Piego con attenzione la mano e il disco ruota in quella direzione.

"La stessa cosa vale per girare a sinistra" spiega Phoe e inclina la mano nel senso opposto.

Giro il palmo verso sinistra. Il disco inizialmente si raddrizza, poi si inclina verso sinistra.

"Merda!" esclama Phoe all'improvviso, indicando la Barriera.

La Guardia emerge dalla Barriera e si dirige subito verso di noi.

"Fai così." Phoe punta il palmo della mano verso l'alto, ad un angolo di circa settantacinque gradi. Per tutta risposta, il suo disco sfreccia sibilando verso l'alto, assumendo la stessa angolazione.

Guardo il punto dove c'era la Guardia.

Non è più lì.

Si trova a neanche mezzo metro da me e ha la mano protesa in avanti.

Se non imito il gesto di Phoe, riuscirà ad agguantarmi.

Punto il palmo verso l'alto, ma ad un angolo più acuto rispetto a quello di Phoe.

Il disco sfreccia sopra la testa della Guardia, la cui mano afferra solo il vuoto. Mi insegue, ma sono già troppo in alto per raggiungermi.

"Ti stai spostando fluidamente" osserva Phoe, che in qualche modo sta volando accanto a me, anche se un attimo fa era lontana. "Esegui questa mossa per aumentare la velocità." La sua mano scatta bruscamente in avanti, come un praticante di arti marziali degli antichi.

Il suo disco si muove più rapidamente. Nonostante la velocità, il volo avviene con una fluidità sorprendente, simile a quella di una razza che insegue una preda.

Esitante, imito il suo gesto.

Anche il mio dispositivo volante si muove più velocemente... molto più velocemente.

La parte peggiore è che, a causa della lieve inclinazione della mia mano, salgo sempre più di quota.

"Non rimaneva altra scelta" mi tranquillizza Phoe. "A meno che tu non volessi volare in mezzo agli alberi."

Ha ragione. Passo qui vicino agli alberi, librandomi alla distanza di qualche spanna sopra le loro cime.

"E adesso?" penso, perlopiù per distrarmi dal mio respiro troppo corto.

"Non ne ho idea." La voce di Phoe proviene da dentro la mia testa. Immagino che non le piacesse la prospettiva di urlare per farsi sentire nonostante il vento che ci soffia nelle orecchie. "Ma il mio piano di nasconderti qui è andato in fumo."

Annuisco, chiedendomi come sia possibile sentire il vento nelle orecchie quando sono confinato in una bolla protettiva. A interrompere i miei pensieri c'è una vasta città che si staglia in lontananza.

La fisso a bocca aperta.

Ovviamente, non si vede la campagna francese e non me l'aspettavo, in realtà, ma nemmeno credevo di vedere questo... conformismo. Perché tenere lontani i Giovani quando, in questo posto, è tutto così simile alla nostra sezione, con le stesse strutture metalliche dalla geometria perfetta e la vegetazione bucolica, solo su scala diversa?

"La scala è molto importante" replica Phoe. "Grazie ad essa, si può calcolare il rapporto tra gli Adulti e i Giovani e questo rapporto può rivelare altri dati, per esempio il tasso di natalità."

Distolgo lo sguardo dagli edifici lontani e guardo il disco di Phoe.

"Come fa a volare questo coso?" chiedo. "Non credevo che fosse possibile."

"Te l'ho già detto: io non mi trovo fisicamente qui, nel vero senso della parola" risponde. "La forma che vedi è un costrutto della Realtà Aumentata."

"Mi riferivo a *me*" chiarisco. "Come mai mi trovo su un disco volante? Io non sono Aumentato."

"Ah" dice Phoe con innocenza, come se non avesse capito ciò che intendevo. "Proprio come quei gradini dello Zoo, probabilmente ha a che fare con i campi magnetici e i superconduttori a temperatura ambiente."

"Beh, perché non me l'hai detto prima?" dico sarcastico. "Adesso sì che mi è chiaro."

"E non oserei dichiarare che *non* sei Aumentato." Ride sotto i baffi. "Pur non essendo un avatar in Realtà Aumentata, con i tuoi nanociti, direi che sei piuttosto aumentato."

"Afferro anche questo concetto" rispondo senza sarcasmo.

"Allora capirai anche che non possiamo continuare a volare oltre questo punto" dice Phoe, ora in tono più serio. "Potrebbero scoprirci."

"Allora dove andiamo?" chiedo.

"Sto pensando di fare dietro front e tornare nel territorio dei Giovani, anche se ciò significa che non possiamo volare." Alza le mani per massaggiarsi le tempie. "La Guardia da cui siamo scappati ha senz'altro fatto rapporto sul nostro incontro e..."

Si interrompe e si alza sul disco volante. Il suo intero corpo rimane pietrificato, come se fosse rimasta paralizzata. Considerando la sua postura, sembra fissare qualcosa in lontananza, alla sua destra.

Seguo il suo sguardo.

"Merda" mormoro, proprio mentre lei pronuncia la stessa parola.

Come uno stormo di uccelli migratori, un gruppo di Guardie sta venendo verso di noi. Sui loro dischi si riflettono i raggi del sole.

Phoe si riprende dalle fantasticherie, sterza bruscamente con il disco verso sinistra e grida: "Seguimi!"

Inclino la mano verso sinistra così improvvisamente da procurarmi quasi uno stiramento muscolare all'avambraccio, ma il risultato è gratificante.

Seguo perfettamente la traiettoria di Phoe.

Mentre sfrecciamo in avanti, le cime degli alberi si trasformano in una densa macchia verde sotto di noi.

"Fermati, Theo!" mi grida Phoe. "Per farlo, stringi il pugno, così."

Esegue quindi il gesto e io la imito subito, con le unghie che scavano nel palmo della mano serrata in un pugno. Ci fermiamo di colpo.

Alcune Guardie stanno arrivando dalla direzione in cui volevamo dirigerci.

Pur essendo ancora lontane, non sono un problema da sottovalutare.

"Sinistra?" esclamo. "O destra?"

"Ci hanno circondati. Credo che dovremmo salire."

"Salire? Ma..."

"La tua paura dell'altezza è una fobia" afferma Phoe. "E in questo caso, è decisamente irrazionale."

"Ma..."

"Pensa quanto sarebbe ironico se la paura che dovrebbe agevolare la tua sopravvivenza finisse con il farti uccidere" commenta, prima di inclinare una mano verso l'alto.

"E va bene" rispondo, alzando una mano con le dita verso l'alto, come ha fatto lei.

Intendevo alzarla con un'angolazione di novanta gradi, invece sono arrivato solo alla metà. Mi libro comunque più in alto e gli alberi sottostanti sono sempre più piccoli e lontani.

"Adesso devi procedere in avanti." La voce di Phoe proviene da dentro la mia testa. "Il più rapidamente possibile."

Eseguo il gesto che mi permette di avanzare.

"Ora sterza da una parte all'altra in maniera imprevedibile: è la nostra unica possibilità." Inizia a saettare dappertutto furiosamente per darmi una dimostrazione.

Seguo le sue istruzioni. In realtà, non è difficile. Mi tremano le mani e la paura mi offre un vantaggio in quanto alla sterzata. Le mie manovre sono così imprevedibili che nemmeno *io* so da che parte andrà il mio disco.

Ma tutto questo non aiuta.

Le Guardie non hanno bisogno di inquadrare la

mia direzione, dato che i numeri stanno dalla loro parte.

"Ce ne sono almeno una sessantina" sussurra Phoe.

Sospetto che stia ridimensionando i dati per non terrorizzarmi troppo. Infatti, avrei stimato la presenza di un centinaio di Guardie sulla mia strada.

Mi giro, ma vedo che ci sono delle Guardie a una decina di metri dietro di me.

Guardo a sinistra: Guardie.

Mi giro verso destra: altre Guardie.

Abbasso lo sguardo: una marea di Guardie sta volando verso l'alto.

Allora mi rendo conto che hanno formato una sfera, con me al centro, e che stanno mettendo in atto il loro piano chiudendomi lungo i fianchi, in ogni direzione.

"Fermati e alza le mani." La voce di Phoe è diventata un sussurro frenetico nel mio orecchio. "Se devono proprio catturarti, assicuriamoci almeno che tu non possa rimanere ferito."

Esamino ciò che mi circonda. Il mio stomaco si serra a causa di un vacuo terrore.

"'Fanculo" mormoro, poi alzo una mano con un'angolazione perfetta di novanta gradi.

Allo stesso tempo, eseguo un movimento simile ad un montante con il pugno.

Il mio disco saetta verso l'alto.

Pur sapendo di aver sempre volato finora, solo adesso capisco cosa significhi *davvero* volare.

"Theo, che diavolo?" esclama mentalmente la voce di Phoe.

Non rispondo, ma il mio piano è semplice e di certo riuscirà a intuirlo.

Dato che sono circondato dalla bolla protettiva, intendo scontrarmi con le Guardie sopra di me. Non se l'aspetteranno, poiché nemmeno io credevo di alzarmi in volo.

"Fermati, Theo. Il tuo piano non funzionerà."

Ignoro Phoe, concentrandomi invece sulle Guardie.

"Non funzionerà perché ti ho mentito!" spiega con urgenza. "Non esiste alcuna bolla protettiva intorno a te!"

In concomitanza con le sue parole, la bolla intorno al mio disco brilla e svanisce.

"Era la Realtà Aumentata" dice Phoe, "come la Barriera." Sembra sul punto di scoppiare in lacrime. "Volevo alleviare la tua paura dell'altezza, perciò..."

Non sto più ad ascoltarla.

Fisso la Guardia che si sta avvicinando.

Come tutte le altre, è in piedi sul suo disco e non c'è alcuna bolla.

Nessuna Guardia ce l'ha.

Perché, come ha detto Phoe, la mia non era reale. Questo dispositivo non ne possiede una incorporata.

Mi frullano per la testa questi pensieri, mentre il mio disco schizza verso la Guardia.

Non so bene perché ma, invece di stringere il pugno per arrestare il dispositivo, spingo la mano in avanti per aumentare la velocità e mi alzo in piedi sul disco che procede alla velocità della luce. Nei film degli antichi c'era il concetto di 'sfidarsi nelle prove di coraggio' e, disperato come sono, è l'unica cosa che mi viene in mente di provare.

La Guardia si sposterà, altrimenti ci scontreremo.

Purtroppo, la Guardia sceglie una terza opzione.

Allarga le braccia, come per accogliermi.

A rotta di collo, la investo con il mio corpo. La mia spalla cozza contro il suo casco, come un proiettile che colpisce un'armatura di Kevlar.

Nonostante la ripercussione dell'esplosione di dolore, percepisco la salda stretta di una mano e vedo un disco che si allontana in volo.

La Guardia non è stata affatto turbata dal nostro impatto. Mentre agito le braccia dappertutto, mi stringe ancora più forte, trascinandomi sul suo disco.

Con la coda dell'occhio, scorgo un'altra Guardia che vola verso di noi.

Lotto per liberarmi, ma tanto varrebbe cercare di strapparmi la pelle di dosso.

La Guardia in avvicinamento ha in mano un oggetto lucente, simile ad un bastoncino. Usa quest'ultimo, dopo essersi fermata davanti al disco del mio avversario, per infilzarmi il braccio esposto.

Provo un sussulto di dolore e comincio a vedere sfocato.

Apro la bocca per protestare, ma è troppo tardi.

La mia coscienza si disattiva.

18

Il mondo riprende forma con una serie di sensazioni confuse. Sento vagamente delle voci.

"Che senso ha guarirlo, se è destinato all'Oblio?" chiede un uomo.

"È il protocollo" risponde un altro. "Finché non si terrà una votazione in un Consiglio formale, lui rimarrà un cittadino di Oasis, con tutto ciò che ne consegue, ed è ferito."

"Sappiamo entrambi che la votazione è solo una formalità" replica la prima voce. "Hai sentito Jeremiah. Ma se proprio insisti..."

Sento una puntura di spillo e il calore si diffonde nel mio corpo, alleviando il dolore alla caviglia e alla spalla... la stessa spalla che aveva colpito la Guardia in quello che sembra essere stato un brutto sogno.

Cerco di aprire gli occhi e di dire qualcosa, ma si

verifica un'altra scossa gelida e ogni sensazione perde consistenza.

DI NUOVO, RIPRENDO I SENSI A FATICA.

Stavolta non sono circondato da voci.

Socchiudo gli occhi per sbirciare tra le ciglia.

Qui, ci sono il pavimento e una sedia bianchi. Percepisco anche un odore di farmaci nell'aria. Se non conoscessi l'orrore della situazione reale, potrei raccontare a me stesso di essere in un'infermeria...

"So che sei sveglio" dice una voce rauca e sconosciuta. "Le tue onde cerebrali erano Alpha e Theta fino a pochi minuti fa, mentre adesso sono cambiate."

Apro gli occhi e osservo l'ambiente.

Questo è lo stesso luogo in cui Mason era stato legato a un tavolo. Ne sono certo.

Ma l'elemento peggiore viene dopo questa consapevolezza: l'uomo davanti a me è il mostro dai capelli bianchi che ha fatto a Mason l'iniezione letale.

Sbatto le palpebre, scacciando ogni residuo di stordimento.

Così da vicino, non posso fare a meno di restare meravigliato di fronte alla pelle rugosa e coriacea di quest'uomo e al suo fragile tono muscolare, visibile perfino con gli abiti addosso.

Si tratta di segni dell'invecchiamento, cosa che non dovrebbe esistere su Oasis.

Tento di parlare, ma dalla mia gola fuoriesce un verso rauco.

Gli occhi dell'uomo sono azzurri, penetranti e insondabili. Incrocia il mio sguardo e mi sento come se, fissandolo intensamente, potessi perdermi in quegli occhi.

Deglutisco, cerco di parlare di nuovo e riesco a sussurrare: "Chi è lei?" Pronunciare delle parole mi dà una bella sensazione, perciò aggiungo con maggiore sicurezza: "Che cosa vuole?"

"Sono Jeremiah, Consigliere Capo e Custode delle Informazioni" risponde con uno sguardo sempre più intenso. "Puoi chiamarmi Custode."

Il tono imperioso di quest'uomo fa scattare qualcosa dentro di me. Ricordo che è stato proprio lui a uccidere il mio amico.

"Che cavolo vuole lei da me, Jeremiah?" Uso di proposito quella parola con la C. Per spezzare il suo sguardo ipnotico, gli lancio un'occhiata carica di asprezza. "Come mai sembra un uomo anziano saltato fuori dai film?"

Colto alla sprovvista dalla mia veemenza e dalla mia assoluta mancanza di rispetto, il Custode si gira verso destra.

Sfrutto questo momentaneo turbamento per esaminare la stanza, rendendomi conto che ha guardato la Guardia, come per dire: "Ma cosa insegnano a questi Giovani?"

La visiera a specchio della Guardia cela qualsiasi emozione possa provare, perciò analizzo rapidamente il resto della stanza.

A differenza di quella registrazione con Mason, è presente anche una seconda Guardia. Il pensiero di ciò che è successo al mio amico minaccia di scatenare una seria crisi di panico, quindi mi concentro su qualcos'altro, per esempio su questa faccenda delle due Guardie. Mi considerano più pericoloso di Mason e allora ne hanno aggiunta una seconda? Ovviamente, anche una singola Guardia sarebbe un'esagerazione, dato che sono legato come Mason.

"Le tue dita hanno una certa libertà di movimento" sussurra Phoe nella mia testa.

Felice di essere distratto dal pensiero dell'iceberg che sta prendendo forma nelle mie viscere, muovo le dita. Sono libere, è vero. E so dove vuole arrivare Phoe. Volendo, potrei eseguire il gesto osceno richiesto per tornare alla caverna e da lì ripeterlo per tornare nel gioco. L'idea di affrontare di nuovo il gioco non mi terrorizza così tanto come avrebbe fatto in condizioni normali. In confronto alla mia attuale situazione, l'avventura nel gioco non sembra poi così pessima.

"Ma non farlo. Non tornare nel gioco" sussurra Phoe. "Almeno, non ancora. Non possono sapere nulla su di me o su quel gioco. Con la tua scansione cerebrale così in bella mostra, sarebbe rischioso, poiché non sappiamo cosa..."

"Sembro un uomo anziano perché è quello che sono. Ho duecentonove anni" afferma infine Jeremiah in risposta al mio commento di prima. Sembra essere passata un'ora nel frattempo. "Sono uno degli Anziani e mi si deve rispetto."

Le implicazioni delle sue parole fanno breccia nella mia coscienza. La sua vita finora è stata quasi dieci volte più lunga della mia. Per lui, devo essere più o meno come un bambino.

Poi la mia mente inizia a navigare in acque più spaventose. Se quest'uomo invecchia, significa che succede anche agli altri Anziani. E se invecchiano *loro*, significa che succede anche al resto di Oasis... compreso me. Ai Giovani è stato insegnato che, una volta raggiunta l'età Adulta, il 'processo di sviluppo' si interrompe. Siamo tutti convinti di smettere di cambiare all'apice della salute e della maturità, il che avviene attorno ai quarant'anni. Nessuno definisce mai il processo di un Giovane che diventa Adulto con il termine 'invecchiamento'. Allo stesso modo, ci è stato detto che un Adulto diventa un Anziano quando lui, o lei, acquisisce una saggezza sufficiente per unirsi ai capi della nostra società... niente a che vedere con l'invecchiamento di per sé. L'invecchiamento è una di quelle parole antiche, come 'carestia': orribile in teoria, ma non ben compresa in pratica.

"Quando gli Adulti compiono novant'anni, si

uniscono a noi, gli Anziani" dice Jeremiah, come se avesse intuito il filo dei miei pensieri. "Prima che diano segni di degenerazione." Mostra le mani piene di macchie. "Questo consente a tutti, ad eccezione degli Anziani, di vivere un'esistenza decisamente spensierata per molto tempo, non trovi?"

Le implicazioni sono troppo terribili per tollerarle. Se tutto ciò è vero, significa che non siamo diversi dagli antichi, che invecchiamo e che, alla fine, moriremo.

Momentaneamente incapace di affrontare l'argomento, accantono il pensiero e lo chiudo in una scatola. Chiamo a raccolta tutto il mio coraggio: "Mi sta chiedendo se credo sia meglio rimanere in uno stato di 'beata ignoranza'?"

L'Anziano sembra pensieroso.

"Non mi piace, neanche un po'" sussurra Phoe con voce tremante. "Non si sbottonerebbe fino a questo punto, se avesse intenzione di lasciarti andare."

"Non capisco, Theodore." Jeremiah mi fissa e scorgo qualcosa di simile all'offesa balenare nei suoi occhi chiari. "Da dove proviene tutta questa ostilità?"

"Non pronunciare neanche una parola a proposito di Mason." La voce di Phoe diventa stridula. "In generale, non rivelargli nulla che abbia a che fare con me." La sento espirare di colpo nella mia testa. "Per favore."

Guardo Jeremiah di traverso. "Mi assegna una seduta di Quiete." Piego il pollice con tutta l'enfasi possibile, nonostante io sia legato. "Ordina alle

Guardie di stanarmi." Piego l'indice. "Mi fa legare." Oso spingere contro le corde per saggiarle. Ovviamente non si muovono nemmeno, quindi aggiungo amaramente: "E ha il coraggio di insinuare che il mio è un comportamento ostile?"

Esegue un gesto e una sedia compare accanto a lui. "Dato che hai sollevato l'argomento, perché *non* parlare della tua fuga dalle Guardie?" Si accomoda sulla sedia. "Non mi sarei mai aspettato che tu, o qualcun altro, scappaste da loro."

"Tu non sai cos'è successo a Mason" mi ricorda Phoe.

"Non sono mica stupido." Dopo questa aspra risposta telepatica, aggiungo: "Scusa, Phoe. Sto sfogando nel modo sbagliato una parte della mia frustrazione dovuta a questo bastardo."

"Merito la tua rabbia" risponde piano. "Non sono riuscita a proteggerti."

"Perché scappavi?" ripete pazientemente Jeremiah. "E come sei riuscito ad attraversare la Barriera e a procurarti un disco?"

Lo guardo stoicamente, senza aprir bocca.

"E la Quiete? Come hai fatto ad evadere da quell'edificio?" chiede Jeremiah con una voce sempre più tesa. "Come hai aperto le porte?"

Mi stringo nelle spalle, per quanto me lo permettano le corde, e fisso la parete alle spalle di Jeremiah come se il suo monotono colore bianco fosse più interessante delle sue stronzate.

Emette un profondo sospiro. "E Mason?"

Sussulto.

Il Custode socchiude gli occhi con un'espressione sempre più tirata. Mi maledico per la mia reazione istintiva. Ha avuto la conferma che quel nome non mi è nuovo... non che sia una notizia sensazionale per lui, dato che, nella mia ignoranza, ho passato la mattinata a parlare solo di Mason.

"Lascia stare" sussurra Phoe. "Non sapevi niente dell'Oblio. E non sai niente nemmeno adesso, per quanto riguarda Jeremiah."

Non rispondo a Phoe, restando semplicemente impassibile e resistendo con difficoltà alla tentazione di affrontare Jeremiah a proposito di Mason.

"Chi è Mason?" Jeremiah si passa una mano tra i capelli con frustrazione, riportando la mia attenzione sul fatto che, oltre ad essere diventati grigi, i suoi capelli si stanno anche diradando in generale, soprattutto sulla fronte. "Perché hai chiesto a Grace di Mason stamattina?"

"Stavamo solo parlando della Massoneria" rispondo. "Una delle più grandi e note società segrete degli antichi." Con la massima noncuranza, allungo il collo, girando la testa da un lato all'altro. "Più o meno come gli Anziani di Oasis. Lei è il primo che incontro."

Jeremiah fa per alzarsi, ma poi torna a sedersi. "È solo questione di tempo prima che tu smetta di insultare la mia intelligenza" afferma, digrignando i denti.

"Beh, perché non me lo dice lei" – la mia voce diventa più alta – "che cosa significa il termine 'massone'?"

"Il mio ruolo in questa sede è quello di porre le domande. Il tuo è quello di rispondere." Le guance pallide di Jeremiah acquistano colorito. "Perché conoscevi Mason?"

Per tutta risposta, arriccio le labbra, poi subvocalizzo per Phoe: "Hai notato che ha detto 'conoscevi'?"

"Non usare la subvocalizzazione" sussurra lei. "E se Jeremiah si accorgesse dei tuoi mormorii?"

"Lasciamogli credere che io stia imprecando sottovoce" subvocalizzo, poi tendo le corde, rendendomi conto di quanto siano tesi e indolenziti i miei muscoli.

Jeremiah sospira di fronte alla mia evasività e digrigno i denti per evitare di gridargli in faccia qualche parolaccia. Se cedessi alla rabbia, potrei lasciarmi sfuggire qualcosa di cui mi pentirei. Inoltre, il mio silenzio sembra irritarlo più di qualsiasi urlo.

Mentre continuo a fissarlo, Jeremiah sospira di nuovo, poi la sua espressione si addolcisce inaspettatamente. "Per favore, Theodore." Sembra quasi rammaricato. "Non voglio costringerti a parlare, ma..."

"Merda" commenta Phoe. "Digli *qualcosa*. L'evolversi della situazione non mi piace affatto."

"Vuoi che parli?" le chiedo mentalmente. "Okay."

Ad alta voce, assaporando ogni sillaba, dico: "Vaffanculo, Jeremiah."

Il lato sinistro del suo labbro superiore freme leggermente. "Non mi lasci altra scelta." Lancia un'occhiata alle Guardie, come se quell'affermazione fosse rivolta a loro piuttosto che a me. Focalizzandosi di nuovo su di me, avverte: "Ultima possibilità, Theodore. Mi dirai quello che voglio sapere?"

Eseguo metà del gesto con il quale tornerei nella mia tana da uomo.

Di fronte al mio dito medio, anche Jeremiah fa un gesto strano: con la mano tesa, stringe forte il pugno, come per cercare di schiacciare un oggetto.

Il suo volto sembra minaccioso. Sussulto, aspettando che succeda qualcosa di brutto.

"Ha appena tentato di farti del male." La voce di Phoe sembra piena di orrore. "Se avesse funzionato, sarebbe stato terribile. Voleva stimolare l'area del tuo cervello dove sorge il dolore."

Mi esamino, ma non sento assolutamente niente.

"Questo avviene grazie alla protezione che ho creato per te" afferma Phoe, "e che sta per scoprire, considerando la tua mancanza di reazioni."

"Gli lascerò credere che abbia funzionato" penso, producendo un ruggito animalesco.

Nel caso in cui il suono non convincesse Jeremiah, mi dibatto a destra e a sinistra. Se fingo di provare dolore, immagino, tanto vale testare ulteriormente la resistenza delle corde, ma purtroppo sono molto robuste.

Jeremiah osserva la scena con espressione sempre più cupa. I suoi occhi sono fissi sullo Schermo sopra di me.

"Come mai non provi dolore?" Il fremito del suo labbro superiore diventa più evidente, mentre la sua voce si fa più potente. "Come hai fatto a resistere al gesto della Punizione? Sapevi cosa stavo facendo? Come mai eri consapevole di dover simulare il dolore?"

Maledicendo mentalmente la mia scansione neurale, smetto di dibattermi e mi stringo nelle spalle con indifferenza.

"Mi dispiace molto." La voce di Phoe si affievolisce. "Avrei dovuto provare ad alterare le tue scansioni neurali. Sono stata una codarda. Temevo soltanto che..."

"Non importa" dico ad alta voce, una risposta adatta ad entrambe le conversazioni.

Jeremiah tende il braccio, come sul punto di ripetere il gesto, ma poi si blocca, rendendosi conto senz'altro che sarebbe del tutto inutile.

Si alza, osservando quindi la Guardia alla mia sinistra e quella alla mia destra. Come per rispondere alla sua occhiata, la prima dichiara: "Ha anche resistito al comando della Pacificazione nell'Edificio della Quiete."

Deve trattarsi della stessa Guardia che mi aveva inseguito in quel corridoio.

"Come mai l'ha fatto?" Il tono di Jeremiah è severo. "Come ci è *riuscito*?"

La Guardia che ha preso la parola si stringe nelle spalle.

"Perché non me l'hai detto prima?" Jeremiah parla con voce sempre più alta. "Sono informazioni importanti."

"Chiedo scusa." La Guardia fa un passo indietro, ma urta la parete bianca con la schiena. "Non ero sicuro di quello che stava succedendo. Non credevo che fosse possibile resistere..."

"Non lo è." Jeremiah muove di scatto la testa da una Guardia all'altra. "Dovrebbe essere impossibile, lo giuro sugli Antenati."

La Guardia alla mia sinistra freme, come aspettandosi che Jeremiah colpisca lei con il gesto della Punizione. Per contro, l'altra Guardia incrocia con calma lo sguardo dell'uomo anziano... o così presumo, poiché è difficile stabilirlo con quella visiera riflettente.

"Capite perché devo scoprirlo?" chiede loro Jeremiah. "Dobbiamo saperlo."

La Guardia alla mia sinistra si stringe nelle spalle, mentre quella alla mia destra prende la parola per la prima volta. "Magari qualcuno nel Consiglio lo sa?"

Allargando le gambe con i piedi ben piantati a terra, Jeremiah scruta quella Guardia. "Tu sei Albert, giusto?"

"Sì." La Guardia afferra il casco lucido e se lo toglie.

È un uomo: avrei potuto già indovinarlo dalla voce. La cosa interessante è la sua età. Non è vecchio come Jeremiah, ma la sua età sembra piuttosto avvicinarsi a quella degli Adulti dell'Istituto.

"Ad eccezione dei capelli grigi e delle rughe" interviene Phoe, "se osservi più da vicino."

Ha ragione. I capelli sulle tempie di Albert sono grigi, cosa comune tra gli antichi di una certa età. E infatti ci sono delle leggere rughe agli angoli dei suoi occhi vivaci.

"È il mio nome" risponde Albert, incrociando lo sguardo di Jeremiah. "Sì."

"Beh, sei abbastanza nuovo qui, *Albert*, perciò capisco la tua confusione." Sotto il tono piatto di Jeremiah si cela una minaccia. "Io sono il membro più anziano del Consiglio. Per di più, sono la persona più anziana di tutta Oasis. Questo fa di me il Custode delle Informazioni. E sai che cosa significa?"

Lo sguardo di Albert è sfuggente.

"Significa che sono *io* a dire queste cose al Consiglio. Significa che sono l'unico membro del Consiglio ad occuparsi di questi oneri. A me non è concessa la 'beata ignoranza', come l'ha definita questo bambino." Jeremiah inspira. "Non ho la tranquillità mentale data dal non conoscere i terribili segreti dell'arte del governare." Abbassando la voce, aggiunge: "Non mi è nemmeno concesso il lusso di dimenticare. Ti rendi conto di cosa vuol dire? Ricordare gli amici che non sono più in vita?"

La maschera di sicurezza di Albert ha un leggero cedimento. "Non intendevo mancare di rispetto" risponde la Guardia. "Volevo solo darle un suggerimento."

"Jeremiah ha riconosciuto apertamente l'esistenza dell'Oblio" sussurra Phoe. "E le Guardie ne sono al corrente, anche se, come il resto degli Anziani, sembrano dimenticare al pari di chiunque altro..."

Jeremiah si accomoda sulla sedia e mi dedica la sua attenzione. "Theo, per favore. Dimmi quello che voglio sapere e ti porterò da Mason. Ha chiesto di te."

Quella bugia e l'uso amichevole del mio diminutivo mi rendono furioso, ma scagliandomi contro di lui non farei altro che rivelare le mie conoscenze sul destino di Mason. Faccio un respiro profondo ed espiro, prima di chiedere: "Si sta riferendo di nuovo alla Massoneria?"

Jeremiah balza in piedi. "Sono stufo di questa farsa!" Una parte della sua saliva finisce sulla mia guancia e le corde mi impediscono di pulirmi. È disgustoso.

Jeremiah comincia a camminare avanti e indietro di fronte a me con un'aria profondamente turbata. Fermandosi accanto ad Albert, tende la mano e dice: "Dammi il tuo Bastone Stordente."

Albert fa per prendere un oggetto metallico dalla cintura, poi si ferma. Guarda il collega, disperato, ma vede la stessa cosa che vediamo tutti: il suo riflesso sulla visiera del compagno. Poi rivolge a Jeremiah un'occhiata incerta e arretra di qualche passo.

"Tu." Jeremiah si rivolge all'altra Guardia. "Dammi il *tuo*."

Senza alcuna esitazione, la Guardia preleva un oggetto metallico dalla cintura, simile al manganello di un antico poliziotto, e lo consegna prontamente a Jeremiah.

"Sai che cos'è questo?" Il vecchio solleva minacciosamente il bastone davanti al mio naso.

"Un oggetto che dovrebbe infilarsi su per il sedere?" La mia voce è tesa. Riconosco questo aggeggio: l'avevano usato per mettermi fuori gioco negli ultimi istanti dell'inseguimento sui dischi.

"È un oggetto di cui non abbiamo realmente bisogno nella nostra società" afferma mellifluo Jeremiah. "Un'arma. Una reliquia di altri tempi." Picchietta delicatamente il bastone sul palmo della mano sinistra, come per soppesarlo. "Non è letale ovviamente e, se usato con le impostazioni normali, farà perdere i sensi alla persona a cui è destinato." Gira una manopola sul bastone. "Abbassando la corrente in questo modo, però, sospetto che non ti metterà al tappeto." Preme un pulsante sul dispositivo e la punta si illumina con una piccola scintilla, accompagnata da uno sfrigolio di elettricità. "No, credo che, se lo usassi in questo modo, l'esperienza sarebbe piuttosto... spiacevole."

Lo fisso. Penso stia parlando di tortura, una

truculenta pratica storica che non sono mai riuscito a comprendere. È sempre stata solo una parola, come il genocidio. Si conosce il significato, ma non con precisione.

Jeremiah mi si avvicina e le mie interiora sembrano riempirsi di neve polare.

Dopo aver premuto la punta del bastone contro il mio collo, Jeremiah schiaccia il pulsante.

19

Sento di nuovo quello sfrigolio e percepisco odore di ozono nell'aria, seguito da una scossa di dolore soverchiante. La corrente elettrica si diffonde nei muscoli del mio corpo, lasciandoli in preda a violente convulsioni.

Grido, sopraffatto. Tra le nebbie del mio tormento, sento che Albert sta dicendo qualcosa, ma a causa delle convulsioni incontrollabili non riesco a capire.

La tremenda sensazione si interrompe.

"Che cos'hai detto?" chiede Jeremiah ad Albert. "Pensavo avessimo un accordo."

"Mi dispiace, Custode, ma sono autorizzato a contattare qualsiasi membro del Consiglio a mia discrezione." Le parole di Albert sono rapide e secche. "È la prerogativa delle Guardie."

Jeremiah punta il bastone contro di lui, poi, forse rendendosi conto di avere un atteggiamento minaccioso, lo abbassa. "Con chi hai fatto la spia?" I suoi occhi lacrimosi sono ridotti a fessure colme di derisione.

"L'onorevole Consigliere Fiona ha chiesto di aspettarla prima di procedere" afferma Albert. "Sta venendo qui."

Jeremiah chiude gli occhi per un attimo, poi li riapre e dice: "Ti ordino di uscire da questa stanza."

Albert fa per avanzare, poi guarda me e Jeremiah, e infine si ferma.

"Dato che hai tirato in ballo le prerogative" continua Jeremiah con un tono più autoritario, "la mia è quella di darti ordini e la tua è quella di obbedire. Non è così?" Gli lancia un'occhiata di sfida. "Quindi, se non è chiaro, si tratta di un ordine diretto."

In difficoltà, Albert osserva la porta.

Jeremiah si gira verso la seconda Guardia, come per chiedere aiuto, ma non fa in tempo ad aprir bocca: come rendendosi conto dell'inutilità delle proteste, Albert esce dalla stanza e i suoi passi tonanti riecheggiano nel corridoio.

Jeremiah osserva la Guardia rimasta. "Anche tu dovresti andare" dice. "Tu e Albert non ricorderete questi avvenimenti dopo il suo" – piega la testa verso di me – "Oblio, credo sia meglio così per tutte le persone coinvolte. Inoltre, se il Consiglio cominciasse a chiedervi qualcosa a proposito dell'accaduto prima dell'Oblio..."

La Guardia annuisce e se ne va, ubbidiente.

Jeremiah si gira per guardarmi. "Scusa per tutte queste distrazioni." Incrocia le braccia, attento a tenere distante da sé la punta del bastone. "Sei pronto per parlare?"

Scuoto la testa. Non mi fido a dargli una risposta provocatoria, perché ho la bocca secca a causa del panico. Peggio ancora, temo di arrivare ad implorarlo, se cercassi di dire qualcosa.

"*Dovresti* implorarlo" interviene Phoe con una voce spaventata. "Quella Guardia era il tuo unico alleato in questa stanza e adesso se n'è andata." Inspira. "Ti prego, Theo, supplicalo. E se ancora non funziona, raccontagli tutto."

"Prima avevo impostato il livello più basso." L'irritazione è scomparsa dalla voce di Jeremiah, che sembra pronunciare quella frase quasi con un atteggiamento di tristezza e premura. "Per favore, Theodore, parla con me. Non ti chiedo altro. Il tuo cervello non è così compromesso da non poter più guarire, come quello di Mason. Se parlerai, avrò l'opportunità di farti dimenticare..."

Estendo il dito medio della mano sinistra, inclinandolo nella misura consentita dalle corde.

Jeremiah libera un pesante sospiro, quindi armeggia con i comandi del Bastone Stordente.

Mi raggelo.

Si protende di nuovo verso di me.

Mi dimeno nel tentativo di allontanarmi, ma vengo trattenuto dalle corde.

Conoscere l'effetto del Bastone Stordente rende questa parte più spaventosa.

Preme il pulsante del bastone.

La scintilla si accende e rimane sulla punta di quell'orribile dispositivo, che entra in contatto con il mio collo.

L'agonia che dilaga nel mio corpo, stavolta, è cento volte peggiore. Tremo e mi contorco, dibattendomi contro le cinghie. Dalla mia gola indolenzita prorompe un grido straziante. Mi sento come sul punto di vomitare, o forse l'ho già fatto.

"Theo, se dovesse continuare su questa linea, potresti avere un arresto cardiaco." La voce di Phoe sembra provenire da un punto lontano. "Interrompi tutte queste gesta eroiche e parla!"

Non riesco a risponderle, nemmeno con la mente. Probabilmente ha ragione. Il battito cardiaco nelle mie orecchie mi ricorda le mitragliatrici dei film degli antichi, sia per la rapidità che per il rimbombo.

"Pronto a parlare?" La voce di Jeremiah riesce a filtrare tra le nebbie dell'agonia. "Se sì, non devi fare altro che annuire."

Il mio universo si focalizza con precisione su un'espressione della mia volontà: evitare di annuire. Perfino mentre il dolore si acuisce, riesco solo a concentrarmi su questo pensiero, che si trasforma in una sorta di macabra meditazione. Cavalcando l'ondata di dolore, mi concentro sul pensiero di non annuire mai, come un mantra.

Nonostante la vista offuscata, mi sembra di scorgere un movimento nella zona della porta.

Il mio corpo si sta comportando come una marionetta travolta da un uragano, che si dibatte in ogni direzione, ma non m'importa: basta non arrendersi. Posso anche gridare ma, finché non annuisco, sono a posto... anche se, continuando così per un altro po', potrei perdere il controllo della vescica o peggio. Ma anche questo dettaglio non è fondamentale, l'importante è non annuire.

"Ho detto" annuncia a gran voce una donna, "di interrompere tutto immediatamente."

Il dolore si placa. Mi affloscio contro le corde, confuso. Avevo ipotizzato che fosse stata Phoe a parlare, ma in tal caso Jeremiah avrebbe potuto sentirla e sarebbe stato la seconda persona a farlo.

"Fiona" dice quest'ultimo. Gli angoli della sua bocca puntano verso il basso. "Non dovresti interrompermi durante..."

"Il Consiglio ti ha autorizzato a praticare esclusivamente l'eutanasia" – la donna anziana arriccia il naso minuto di fronte a quella parola – "che, in teoria, doveva essere seguita da un Oblio in tutta Oasis." Gli rivolge un'occhiata penetrante, sfidandolo a controbattere. "Qui..." Mi indica con un dito sottile. Il suo viso esprime un profondo disgusto. "...sta succedendo tutt'altro."

La sua voce è melodiosa. Se avesse la stessa età di Fiona, Phoe parlerebbe proprio con quella voce, ed è probabilmente questo il motivo della mia precedente confusione.

"Fi" dice Jeremiah in tono accomodante, sollevando il bastone. "Non voglio farlo, ma ho ragione di credere che questo bambino abbia escogitato un sistema per manomettere la tecnologia degli Antenati."

Il viso già pallido della donna anziana sembra diventare ancora più bianco.

Guarda Jeremiah e me.

In silenzio, mimo con le labbra la parola 'per favore'. Immagino che non sia poco dignitoso da parte mia fare appello a questa donna, dato che sembra essere mia alleata.

Drizzando le spalle, si rivolge a Jeremiah. "I membri del Consiglio stanno già aspettando di discuterne" dichiara con una voce estremamente determinata. "Quando avremo raggiunto la Sala, potrai spiegarti."

"Va bene." Le narici di Jeremiah si dilatano, al punto tale che riesco a scorgere i peli cespugliosi al loro interno. "Chiudiamo la questione." Getta il Bastone Stordente sul pavimento. "Mentre vado a risolvere questo piccolo inconveniente" mi dice, "spero che tu ne approfitti per riflettere sulla situazione in cui ti trovi." Addolcisce il tono di voce. "Desidero veramente il meglio per te." Con un'occhiata eloquente rivolta a Fiona, aggiunge: "Per tutti."

"Sono pronto a dire una cosa" rispondo con le labbra secche.

"Non farlo, Theo!" interviene Phoe. "Non inimicartelo!"

Deve aver presagito le mie intenzioni, ma non importa, poiché l'Anziano non l'ha fatto. Infatti, mi si avvicina e risponde con ansia: "Dimmi."

"Vaffanculo!" esclamo il più forte possibile. "Vaffanculo."

La donna anziana sembra addolorata di fronte alle mie parole, tuttavia non commenta, prendendo invece Jeremiah per un braccio e guidandolo fuori dalla stanza.

Osservo l'ambiente deserto, sbattendo le palpebre.

La sagoma spettrale di Phoe compare davanti a me. "Adesso, Theo" dice con voce tremante. "Esegui il gesto." Mostra il dito medio di entrambe le mani. "Raggiungi la caverna, prima che torni qualcuno."

Imito il suo gesto e vorrei tanto che Jeremiah potesse vederlo.

La luce bianca che mi trasporta stavolta sembra carica di elettricità, senza dubbio una conseguenza della tortura che ho subito tramite quella particolare forza della natura.

Un attimo dopo, la stanza bianca è sparita e mi ritrovo nel luogo della Realtà Virtuale che Phoe definisce la mia tana da uomo.

Le corde sono scomparse, così come il dolore residuo.

Adesso, gli oggetti pericolosi sparsi in questo luogo sembrano amichevoli e accoglienti.

Phoe ha di nuovo l'aspetto di una ragazza in carne e ossa, ma il suo viso minuto ha le occhiaie.

"Torna nella TIRI" suggerisce rapidamente. "Vincere la partita è la nostra unica possibilità."

"Ma..."

"Ricordi tutte le volte che ti ho detto che non abbiamo il tempo di discutere?" Parlando così velocemente, alcune delle sue parole rimangono confuse.

Annuisco.

"Non credo di doverti convincere stavolta, vero?"

"È solo che..." Fatico a parlare dopo tutto quello che è successo. "È stato così spaventoso l'ultima volta." Mentre queste parole mi escono di bocca, mi rendo conto della sciocchezza che sto pronunciando. Sto per essere torturato di nuovo, e poi ucciso, eppure mi preoccupo di spaventarmi all'interno di un gioco.

Lo sguardo di Phoe è addolorato. "Se potessi proteggerti senza dover affrontare tutto questo, lo farei in un secondo, ma non posso ed è straziante per me." Mi si avvicina e mi posa una mano sulla spalla. "Questa volta non lasciare che il gioco ti convinca di essere reale" mormora, "e dovrebbe andare tutto bene."

Non è reale, ripeto a me stesso un paio di volte. *Non è reale.*

"Esatto" afferma. "Non lo sarà affatto."

Consapevole di avere poco tempo a disposizione,

faccio per sollevare le mani, pronto a connettere le dita necessarie.

"Un'ultima cosa" dice Phoe con il viso contorto in un caleidoscopio di emozioni. "Dato che eri riuscito a vedere lo Schermo che ti avevo inviato in precedenza, dovrei essere in grado di andare oltre la soluzione usata in quel momento e sviluppare un sistema ancora migliore per rimanere in contatto. Non perderò tempo a descrivertelo, visto che lo scoprirai presto." Mi stringe la spalla. "Se funziona, intendo."

"Okay" rispondo, prima di mostrare il dito medio delle mani.

"Aspetta" mi interrompe.

Mi blocco, osservandola con aria interrogativa.

Il suo viso si avvicina al mio, come se stesse per sussurrare qualcosa, e invece arriccia le labbra.

Fisso i suoi lineamenti delicati, cercando di capire di cosa si tratta.

Le sue labbra toccano le mie.

Finalmente, afferro il concetto.

Mi sta baciando.

È molto diverso da quel bacino sulla guancia che mi aveva dato in precedenza.

Le sue labbra morbide si muovono sulle mie. Sanno di fiori.

D'istinto, contraccambio il bacio.

Prima di capire cosa sta succedendo, sento la sua lingua guizzare nella mia bocca.

Per tutta risposta, spalanco gli occhi, notando che i suoi sono pudicamente chiusi.

Dopo un istante, si allontana e dice: "È per augurarti buona fortuna."

Rimango pietrificato sul posto.

"Ora va'" mi sprona. "Sbrigati, Theo."

Cerco di collegare le dita, ma il primo tentativo fallisce, come se fossi un ubriacone di un vecchio film.

Phoe mi afferra i polsi per tenere ferme le mie braccia, così riesco ad unire le dita.

Le mie dita creano il contatto.

Sono così confuso da accogliere quasi con favore il viaggio vorticoso nel tunnel bianco.

Quando il lampo di luce accecante si affievolisce, mi guardo intorno e provo un tuffo al cuore.

Sono pervaso dalla stessa agonia dovuta alla recente tortura e mi ritrovo di nuovo legato nella maledetta stanza bianca di Jeremiah.

20

"Non è reale" ripeto a me stesso. "È solo la TIRI che mi sta creando problemi."

"Temo che *sia* reale" dice Phoe nella mia mente. "So che impressione puoi avere, dopo quello che è successo nell'ultima partita, ma questo è il mondo reale. Il gioco non è iniziato. Questo sta succedendo davvero."

"È solo un gioco" ripeto, serrando gli occhi.

"Sto per entrare" mi informa Phoe. "È arrivato il momento di incontrarci faccia a faccia."

"È proprio quello che hai detto anche l'ultima volta" ribatto, aprendo gli occhi.

Non risponde.

La porta si apre.

Sulla soglia c'è Fiona, la donna anziana che aveva portato via Jeremiah.

"Theo, sono Phoe" dichiara, entrando nella stanza.

"Ricorderai che il mio vero nome è Fiona. Hai anche sentito che Jeremiah mi ha chiamato Fi, il soprannome usato dai miei amici. Come ti ho sempre chiesto di pronunciarlo?"

"Come se facesse rima con 'pipì'" mormoro. "Ma è una semplice coincidenza e siamo ancora nel gioco."

Mi si avvicina e armeggia con le mie corde. Se prima ero legato, adesso sono libero.

"Vedila così" continua Fiona/Phoe, dedicandomi un sorriso caloroso e al contempo malizioso che assomiglia stranamente a quello visto sul suo viso più giovane un attimo fa, nella mia tana da uomo. "Pur essendo nel gioco, non ti conviene essere torturato dal Jeremiah che compare nella partita, perché proverai sensazioni tangibili, come se fossi nel mondo reale."

Per essere stata partorita dalla mia fantasia, le sue parole sono estremamente sensate.

"D'accordo, Phoe/Fiona del gioco." Raccolgo il Bastone Stordente lasciato cadere a terra da Jeremiah. "Che genere di evento apocalittico cercherai di convincermi ad affrontare adesso? Possiamo in qualche modo provocare la morte con un'esplosione e non con la Melma?"

"Io sono qui solo per condurti fuori" replica la donna anziana. "Dopodiché troveremo un nascondiglio tranquillo per te e cercherai di catapultarti di nuovo nel gioco."

"Giusto" commento con sarcasmo. Mimo le virgolette a mezz'aria. "Di nuovo."

Solleva le mani di getto, come per dire 'ci rinuncio', e si dirige con sicurezza verso la porta.

Le sto dietro.

Imbocchiamo un lungo corridoio bianco.

"Da questa parte" dice, andando dritta. "Fai meno rumore mentre cammini."

La seguo con la mia normale andatura, mormorando tra me e me: "Non è reale."

"Questo atteggiamento ti porterà alla sconfitta" mi dice lei mentalmente. "Anche se ci trovassimo in un gioco, e non è così, non ti rendi conto che, se tu morissi, non potresti portare a termine la missione della TIRI? Significa che nel cosiddetto mondo *reale* ti ritroveresti tra le grinfie di Jeremiah, sul tavolo di quella stanza." Indica la stanza che ci siamo appena lasciati alle spalle.

Scuoto la testa.

La pseudo-Phoe continua a pronunciare affermazioni sensate. O è il mio cervello a dirmelo?

"Oppure è quella cavolo di TIRI che ti scombussola i pensieri." La voce mentale di Phoe trasuda una finta paranoia.

"Se stai cercando di essere un membro degli Anziani convincente, dovresti evitare la parola con la 'C'" subvocalizzo.

"Come se Phoe... cioè, come se *io* non usassi mai quel tipo di linguaggio?" mi sfida.

"Basta" sussurro, poi subvocalizzo: "Starò attento."

Penso tra me e me: "Ma si tratta comunque di un gioco."

Svolta l'angolo senza contraddire la mia idea.

"Merda" mi trasmette la sua mente. "C'è una Guardia qui. Vai nella direzione opposta."

Alzo i tacchi e mi affretto a raggiungere l'altra estremità del corridoio. Nel frattempo, sento Fiona dare inizio a una conversazione cordiale con la Guardia.

Mentre attraverso il corridoio, mi chiedo se Fiona possa essere davvero Phoe... al di fuori del gioco, intendo. Il mio subconscio potrebbe aver intuito la sua identità, comunicandomela tramite la TIRI? Oppure il gioco l'ha individuata dopo la scansione del mio cervello?

"Altrimenti, non si tratta di un gioco" interviene la voce di Phoe, "e io ti ho semplicemente spiegato come stanno le cose."

Non rispondo.

Ho raggiunto l'angolo e devo procedere con cautela.

Ripetendo la manovra usata alla Prigione delle Streghe, mi accovaccio e sbircio al di sotto della normale altezza di una persona.

Il corridoio sembra sicuro.

Mi alzo e svolto l'angolo.

Questo corridoio è lungo circa la metà dell'altro e non posso fare a meno di notare la sua somiglianza con la Prigione delle Streghe. Si tratta di un elemento riciclato dalla TIRI?

"Se fossimo nel gioco" dice Phoe, "credi che esso ti permetterebbe di riflettere così spesso sul dubbio di trovarti al suo interno?"

"Come può impedirmi di formulare i pensieri che voglio?" rispondo mentalmente. "E se così fosse, potrebbe scoprire che sto mettendo in dubbio il divertimento insito nella mia realtà."

Phoe non mi offre alcuna risposta.

Raggiungo la fine del corridoio in silenzio.

Quando arrivo all'angolo, ripeto il trucco furtivo e imbocco un altro corridoio deserto.

"Siamo in un labirinto?" chiedo, raggiungendo un incrocio: corridoi deserti che si dipartono in tre direzioni diverse. "E poi, dove sei finita? Dove sto andando? Qual è il piano?"

"Attraversa il corridoio alla tua destra, poi scendi le scale" spiega Phoe. "Ti sto aspettando."

"Devi rispondere a tutte le mie domande prima che io esegua qualsiasi tua istruzione" le comunico telepaticamente. "Allora, qual è il piano?"

"Non c'è tempo. Vieni qui e vedrai" replica con urgenza.

Ci rifletto su. Immagino di attraversare il corridoio di destra, di scendere in una stanza al piano inferiore, con Fiona che mi convince a premere un pulsante insieme a lei (doppia conferma, ovviamente), e questo scatenerebbe senz'altro un conto alla rovescia digitale, avviando una sorta di sequenza di autodistruzione per questa struttura o per tutta Oasis.

Mormorando: "È un gioco", svolto a sinistra, facendo la scelta più distante possibile dalla richiesta di Phoe.

"Te ne pentirai" mi dice, "quando capirai di esserti sbagliato di grosso."

Per cancellare la sua voce, canticchio mentalmente l'antica melodia che credo si intitoli *Nell'antro del re della montagna*, una musica carica di tensione crescente e suspense che si adatta perfettamente al mio umore.

I corridoi bianchi proseguono per dieci minuti.

Questo posto è un vero labirinto, il che rafforza la mia convinzione di essere in un gioco. I giochi adorano i labirinti.

Un'altra strana caratteristica di questa struttura è l'assenza di persone. Non ho incontrato nemmeno una Guardia dopo quella con cui stava parlando Phoe.

Come in risposta al mio pensiero, sento delle voci in lontananza.

Fantastico. Ho portato sfortuna.

Mi avvicino con passo felpato alla svolta del corridoio che conduce al punto da cui provengono le voci, quindi mi accovaccio per sbirciare.

C'è un uomo dai capelli bianchi intento a parlare con una Guardia.

Mi danno le spalle entrambi.

"Non farlo, Theo" interviene Phoe nella mia mente. "Non avvicinarti a loro."

Dal momento che mi sta dicendo di non farlo, decido di seguire ciò che mi detta l'istinto: l'esatto contrario di ciò che suggerisce lei.

Striscio sul pavimento come un soldato che attraversa il territorio nemico.

Gli uomini sono troppo assorbiti dalla conversazione per accorgersi di me.

Quando arrivo a portata di mano, sollevo il Bastone Stordente e mi preparo a colpire.

Do un'occhiata alla manopola ruotata da Jeremiah, cercando di non rabbrividire al ricordo. Su un lato c'è una piccola icona a forma di 'più', presumo per aumentare la tensione elettrica. Al di sotto, vedo un piccolo pulsante. Giro la manopola verso il 'più'.

Allungo l'arma, la uso per sfiorare la caviglia della Guardia e premo il pulsante, nella speranza che lo shock penetri nel suo stivale bianco.

La Guardia viene scossa da uno spasmo, poi crolla a terra come un sacco di patate.

Balzo in piedi.

Gli occhi dell'uomo canuto – Jeremiah – si spalancano in modo buffo.

Affondo il Bastone verso di lui, ma riesce a schivarlo. Con una sorta di piroetta, il Custode si getta sulla cintura della Guardia caduta.

Cerco di colpirlo di nuovo con il Bastone, ma manco il bersaglio, allora inizio a usarlo come una mazza per colpirlo.

L'oggetto atterra in cima alla sua spalla, ma a

questo punto Jeremiah ha già impugnato il Bastone Stordente della Guardia.

Come uno spadaccino, para il mio affondo con il Bastone appena guadagnato.

I suoi movimenti sono troppo rapidi per quello che ho letto sulle persone anziane... eppure è un'altra piccola prova dell'*irrealtà* della situazione.

"Oppure continua ad essere agile grazie ai suoi nanociti" interviene Phoe. "In più, potrebbe essersi allenato come spadaccino quand'era un Adulto. Se fossi nei tuoi panni, mi concentrerei sul combattimento. Non ti conviene perdere in ogni caso."

Non rispondo, ma ha ragione.

Cerco di dargli un calcio nello stinco.

Jeremiah arretra, poi mi colpisce al gomito sinistro con il Bastone, in corrispondenza del punto che gli antichi definivano 'nervo ulnare'.

Perdo la sensibilità al braccio, che è attraversato da un doloroso formicolio. Se riesco a non mollare la presa sul Bastone è solo grazie al ricordo di ciò che mi ha fatto quest'uomo. Mi concentro su quel ricordo, costringendomi ad ignorare il dolore.

Gli antichi chiamavano l'emozione che sto provando 'sete di sangue'.

Lanciando un grido destinato a intimidire l'avversario, attacco Jeremiah.

Con la spalla, lo colpisco al centro dello stomaco. L'aria gli sfugge dai polmoni, mentre la mia spalla perde la sensibilità.

Il suo Bastone sbatacchia rumorosamente per terra. Jeremiah si piega in due, tenendosi lo stomaco.

Nel caso in cui fosse solo un trucco, incollo il mio Bastone sulla sua pelle e premo il pulsante.

Stramazza al suolo, con gli arti scomposti che si contraggono.

So che dovrei provare compassione, ma non è così. Si tratta solo di un gioco e anche se non lo fosse...

Mi giro in tempo per vedere la Guardia sul punto di prendermi per il collo.

Dev'essersi ripresa dalla scossa durante il combattimento con Jeremiah.

Mi chino. Riesce ad afferrarmi per i capelli e il mio cranio protesta con violenza. Sentirsi tirare i capelli in questo modo è incredibilmente doloroso.

Gli sferro un calcio in mezzo alle gambe, un gesto già usato con un'altra Guardia durante l'ultima partita giocata. Avendo origliato la conversazione con Jeremiah, so che si tratta di un uomo e, in teoria, dovrei fargli molto male con questo calcio.

La Guardia diventa più lenta per un attimo, ma è l'unica reazione.

Sfrutto questa pausa per colpirla nuovamente con il Bastone e premo freneticamente il pulsante.

Trema, ma non crolla a terra.

Giro la manopola fino in fondo.

La Guardia cade ed è scossa dalle convulsioni sul pavimento.

Per sicurezza, colpisco l'uomo un'ultima volta, poi mi giro verso Jeremiah.

Il vecchio sta cercando di rialzarsi.

Gli tocco la nuca con il Bastone.

"Non fare movimenti bruschi" lo avverto. "Adesso ci facciamo una passeggiata."

Senza obiettare, si alza e comincia ad attraversare il corridoio. Lo seguo, mentre svolta a sinistra e a destra in brevi tragitti, con il Bastone sempre incollato al suo collo.

"Ti sta portando verso un'imboscata" dice Phoe. "Sa che il Bastone non è letale, perciò, nel peggiore dei casi, lo colpirai una volta con la scossa e subito dopo le Guardie ti sconfiggeranno."

Non rispondo, sussurrando invece a Jeremiah con un tono molto sinistro: "Se vedrò anche solo una singola Guardia, ti metterò prima k.o. con il Bastone, poi ti spezzerò tutte le ossa possibili, prima che mi catturino. Ho letto che la densità ossea diventa un problema serio con l'età. Non ti conviene mettere alla prova quella teoria." Sto bluffando ovviamente. Il solo pensiero mi dà la nausea, ma lui non lo sa. Per sicurezza, aggiungo: "Credo che comincerò ficcandoti questo Bastone Stordente in bocca e prendendolo a calci. Molto probabilmente, ti spezzerei la mandibola."

Non so nemmeno se quest'ultima minaccia sia fisicamente possibile, tuttavia sortisce un certo effetto. Jeremiah smette di camminare.

Finora, mi stava guidando in un lungo e tortuoso corridoio.

"Dobbiamo tornare indietro" dice. "E girare a sinistra invece che a destra."

"Precedimi" rispondo nel tono più minaccioso possibile.

Andiamo avanti in un silenzio totale. Perfino Phoe non spiccica parola.

"Non l'avrei fatto *veramente*" penso, rivolgendomi a lei. "Nemmeno qui, in questo stupido gioco."

"Non lo so." Il suo sussurro sembra pieno di tristezza. "Senza la consueta alterazione dei nanociti, sei arretrato fino ai livelli neurotipici degli antichi, o quasi, e loro commettevano ogni genere di atrocità nel nome della giustizia e della vendetta."

"Cosa mi farai, se ti mostrerò l'uscita?" Le mani di Jeremiah tremano mentre cammina. "Mi spezzerai le ossa comunque?"

"Userò il Bastone su di te un'ultima volta." Non so perché io stia usando una voce rassicurante; questo bastardo di certo non se lo merita. "Userò l'impostazione per stordirti."

"In tal caso, l'uscita si trova dopo altre cinque svolte da qui" afferma. "Sinistra, destra, sinistra, sinistra e destra. Puoi stordirmi anche qui e proseguire."

"No" replico, spingendolo con la punta del Bastone. "Qualunque trappola tu abbia appena teso per me, ci finiremo dentro insieme."

Cammina in silenzio per il resto del percorso, con

le braccia che penzolano mollemente lungo i fianchi.

Seguiamo le svolte da lui suggerite. Scorgo una porta che potrebbe essere la gemella di quella della Prigione delle Streghe.

A quanto pare, non mi aveva mentito... non stavolta.

Arrivati in fondo al corridoio, indico la porta, dicendo: "Aprila e manterrò la mia promessa."

Mi guarda. Ha gli occhi acquosi. Senza pronunciare una parola, esegue il gesto con cui si aprono generalmente le porte ed essa si socchiude. Sarei stato in grado io stesso di aprirla facilmente, a quanto pare.

"Se vedo qualcosa di diverso dall'aria aperta oltre quella porta" lo avviso, "tornerò qui."

Annuisce e serra gli occhi, fremendo nell'attesa di essere messo k.o.

"Dovresti sederti" – osservo il Bastone, accertandomi che abbia l'impostazione giusta – "così eviterai di romperti qualcosa nella caduta."

Mi guarda con un misto di gratitudine e sorpresa, poi si china verso il pavimento. Quando giudico il suo didietro abbastanza vicino al pavimento, gli do la scossa sul collo.

Jeremiah si accascia contro la parete.

Sto per varcare l'uscita, quando scorgo un bagliore proveniente dal mio polso.

Lo osservo.

È come se un antico orologio si fosse appena materializzato in quel punto ma, al posto del normale quadrante, questo dispositivo possiede un minuscolo Schermo dall'aspetto spettrale.

Riconosco lo Schermo. L'ho visto verso la fine dell'ultima partita, ma allora era più grande.

Con il cuore che galoppa, leggo il testo sullo Schermo.

Spero che tu stia leggendo, Theo, dice. *Sono Phoe, ovviamente.*

Il piccolo Schermo non ha più spazio di visualizzazione dopo questa frase.

Lo fisso, in attesa.

Le lettere scompaiono e viene visualizzato un nuovo messaggio.

Finalmente, sono riuscita ad hackerare la TIRI in modo permanente e a fissare questo orologio al tuo avatar.

"Sapevo che era tutto finto!" grido mentalmente alla versione di Phoe del gioco, mentre aspetto l'aggiornamento dello Schermo.

'Fiona' non risponde. Sospetto che non vorrà più disturbarmi.

Il tempo a tua disposizione sta per scadere, si legge nella parte successiva del messaggio dell'orologio. *Sto per collegare a questo Schermo una registrazione dal mondo reale.*

Una minuscola immagine sostituisce il testo sullo Schermo spettrale, di fronte alla quale mi corre un brivido lungo la schiena.

Ci sono io sullo schermo, sempre in quella stanza bianca, nella stessa posizione di Mason nei suoi ultimi istanti di vita. Anche Jeremiah è presente. Sta dicendo qualcosa. Minuscole lettere, simili ai sottotitoli degli antichi, rivelano la loro conversazione, anche se sarei riuscito a indovinarla.

"Perché la tua scansione neurale è così?" chiede il vecchio nel mondo reale. "Che cosa sta succedendo?"

Addio al tentativo di Phoe di nascondere a Jeremiah e ai suoi uomini questa faccenda della TIRI. Almeno, considerando le sue domande, sembra non avere idea di cosa stia succedendo al mio cervello.

Noto inoltre la rapidità con cui è tornato qui e vedo che tiene in mano il Bastone Stordente che aveva gettato a terra, la copia esatta di quello che possiedo io. Significa che il Consiglio deve averne approvato l'uso nonostante la possibile posizione assunta da Fiona. Me ne ricorderò, se per caso riuscissi a vivere abbastanza a lungo da ritrovarmi davanti al Consiglio e intervenire.

Mi sforzo di distogliere lo sguardo. Ora che so com'è la situazione nel mondo reale, l'unico modo che mi viene in mente per sopravvivere si riduce a vincere la partita e sperare che Phoe mi salvi con le sue nuove risorse.

La probabilità è bassa, ma sempre meglio di niente.

Do un calcio nel fianco della versione di Jeremiah del gioco, ma senza troppa forza, per non causargli alcun danno. Dopotutto, una promessa è una promessa, anche se l'ho fatta ad un uomo immaginario che non meriterebbe alcuna pietà nemmeno se fosse reale.

Dopo aver sbrigato quest'attività terapeutica, lancio un'altra occhiata all'orologio.

La registrazione della stanza bianca è sparita, per il momento, e ricompare il testo.

Theo, dice. *C'è dell'altro.*

Mi dirigo verso la porta, in attesa dell'aggiornamento dello Schermo.

Adesso che la TIRI sa che sei sicuro di trovarti nel gioco... Un altro aggiornamento. *La situazione potrebbe diventare un po' strana, perché non è più legata ai parametri della tua realtà di tutti i giorni.*

"Fantastico" sussurro. Ho proprio bisogno di qualche stramberia in più.

L'orologio inquadra di nuovo la scena nella stanza bianca, dove Jeremiah sta toccando il mio corpo privo di sensi con il Bastone Stordente.

Nella minuscola immagine, il mio corpo subisce delle scosse, come di dolore.

Per fortuna non provo nulla qui nel gioco, ad eccezione del cuore che corre alla stessa velocità di un falco che cade in picchiata sulla preda.

Ma il fatto di non provare il dolore causato dalle azioni di Jeremiah non mi dà sollievo, sapendo che il mio cuore nel mondo reale potrebbe arrestarsi da un momento all'altro.

Questa consapevolezza mi spinge all'azione e raggiungo prontamente la porta che conduce all'esterno.

La apro e varco la soglia.

21

Stento a credere ai miei occhi e stringo più forte il Bastone Stordente.

Questo è troppo anche per il mondo simulato di un gioco.

Mi ritrovo in una sorta di Grand Canyon, ma forse più piccolo. I colori rosso e marrone del calcare e della sabbia sono molto diversi da ciò che mi aspettavo di vedere su Oasis. Questo tipo di terreno non esiste più nel mondo post-Melma.

Tuttavia, la stranezza non riguarda il paesaggio e nemmeno la porta da cui sono appena uscito, che è rimasta sospesa in aria come un portale per la distorsione, senza alcun edificio dietro di essa.

No, la parte più assurda è data dalle creature intorno a me, un termine che uso con molta libertà.

Questi esseri sembrano usciti dai peggiori incubi della mia infanzia.

Il mio primo incubo, come accadde a molti altri Giovani, comparve dopo aver appreso della fine del mondo a causa della Melma, nello specifico dopo aver scoperto l'Intelligenza Artificiale che aveva preceduto questo evento. È quella IA che gli Adulti descrivevano con dettagli grafici, addirittura mostrandoci il possibile aspetto di questa sacrilega forma di vita partorita dalle macchine, così come le atrocità di cui le macchine probabilmente si macchiarono contro il popolo degli antichi, prima che la Melma finisse il lavoro.

Adesso mi si accappona la pelle mentre esamino queste 'bestiole'.

Quella più vicina è un 'serpente'... ma non un vero serpente che sembrerebbe innocuo al confronto. E non è nemmeno un rettile. Si tratta di un groviglio di fili e circuiti stampati che serpeggiano avanti e indietro, con due piccoli e sottili cavi di metallo a mo' di lingua biforcuta.

Un po' più lontano, c'è un 'ragno' che condivide con gli aracnidi la stessa somiglianza del serpente con i suoi cugini animali. È un agglomerato di sensori, chip e ingranaggi a otto zampe, con degli aghi che terminano in artigli simili a chele.

Se Dalí avesse scolpito gli incubi della mia infanzia usando le antiche componenti dei computer, il risultato sarebbe stato questo canyon.

Questi pensieri mi passano per la testa con una rapidità incredibile, poi do inizio all'azione.

Mentre le mie viscere si contraggono per il disgusto, scavalco i serpenti.

Dopo due secondi, ricaccio indietro la bile scavalcando una serie di ragni.

Il battito cardiaco accelerato mi dà la nausea, tuttavia ricordo a me stesso il mio mantra attuale: *È tutto un gioco.*

Il mantra perde efficacia quando una creatura-macchina, simile ad uno scorpione di tre metri di altezza, torreggia davanti a me.

Mi arresto in scivolata.

Lo scorpione gigantesco si muove pesantemente verso di me, calpestando le abominevoli creature più piccole. Inquadrandomi con lo zoom delle lenti, prepara la coda: una ragnatela di vari cavi per computer, sormontati da un enorme arpione.

Deglutisco a fatica, resistendo ad una paura paralizzante.

La coda di quell'essere, incredibilmente rapida, mi attacca.

Mi butto di lato. Batto i denti nell'atterrare pesantemente su mani e ginocchia, sempre stringendo il Bastone tra le dita dalle nocche bianche. Mi rimetto in piedi goffamente. Vedo che, nel punto in cui mi trovavo prima, è comparso un cratere di mezzo metro.

Uno stridio assordante, simile al grido di una sirena, fende l'aria accanto a me. Mi giro di scatto. Sono atterrato accanto alle fauci di un'altra creatura gigante, simile a uno stegosauro furioso. A differenza del vero dinosauro, questo ha un'armatura metallica e le placche dorsali sono sostituite da motoseghe.

Inspirando rapidamente, tento di colpirlo con il Bastone Stordente. Con la coda dell'occhio vedo lo scorpione arretrare davanti allo stegosauro, come per paura.

Il dinosauro spalanca le fauci, snudando una fila di bisturi che brillano alla luce del sole.

Senza esitazione, affondo l'arma nell'occhio della creatura, simile ad una fotocamera.

Il suo verso stridente scatena una valanga su uno dei dirupi circostanti. Lo scorpione arretra di qualche passo, terrorizzato.

Quel verso trasmette una paura primordiale anche alle mie terminazioni nervose, ed è un bene perché il mio dito si contrae sul pulsante, attivando la corrente del Bastone.

Lo stegosauro trema, poi un liquido marrone dal tanfo terribile cola a fiotti dal suo bulbo oculare.

Incoraggiato, premo nuovamente il pulsante tenendo d'occhio prudentemente lo scorpione, che si sta riprendendo dalla paura del dinosauro.

Lo stegosauro stride di nuovo. Percepisco un odore di gomma e cavi bruciati... o almeno, presumo che la puzza provenga da queste componenti.

Dopo un'ultima scossa violenta, lo stegosauro crolla sul fianco e resto con il mio Bastone Stordente in mano, ricoperto di un liquido appiccicoso. Faccio una smorfia di fronte a quella sostanza viscida, poi infilo il

Bastone sotto la cintura dei pantaloni. Un disgustoso rivolo di sangue meccanico mi cola sulla gamba, ma non ho il tempo di preoccuparmene.

Corro dall'altra parte del relitto metallico del dinosauro e studio le placche dorsali simili a motoseghe. Adesso hanno smesso di ruotare, ma per il resto sembrano ancora funzionanti.

Arricciando il naso, ne strappo via una. Ha una corda che posso tirare, perciò mi protendo per farlo, ma un'ombra incombe su di me.

Con un movimento spasmodico, mi chino di lato, tenendo la motosega in mano con uno sforzo erculeo. Credo sia meglio muovermi prima e capire in seguito cosa stia cercando di uccidermi.

Si tratta della coda dello scorpione, mi rendo conto dopo una frazione di secondo. È sprofondata nella terra ad un centimetro dal mio piede... nel punto in cui si trovava tutto il mio corpo un attimo fa.

Con la parte del mio cervello dotata di fredda razionalità, stabilisco che impiegherà un momento per estrarre l'arpione dal terreno.

In un gesto spasmodico, tiro la corda della motosega, un'azione che ho visto nell'unico film dell'orrore che ho guardato.

La motosega prende vita.

Descrivo un arco con l'arma reboante, puntando alla coda dello scorpione.

Lo stridio del metallo a contatto con il metallo mi fa venire la pelle d'oca.

La coda dello scorpione si dibatte, riversando un liquido blu-verde che corrode il calcare del suolo.

Estraggo la motosega e mi metto a correre, con l'arma stretta saldamente tra le mani. La benzina nella motosega emette fumi nauseanti, al punto che mi sento soffocare. Alle mie spalle, sento il tonfo di qualcosa di mastodontico che crolla al suolo e do un'occhiata: il corpo mutilato dello scorpione si sta contorcendo.

Riporto l'attenzione sul terreno davanti a me, giusto in tempo per vedere un grosso serpente che mi attacca a una gamba.

Annaspando per i fumi della benzina, agito la motosega vibrante verso il serpente e lo taglio a metà.

Un altro mostro eliminato e chissà quanti altri ancora ne dovrò affrontare.

Un secondo serpente parte alla carica con il suo corpo meccanico. Lo faccio a pezzi senza rallentare. È la volta di un centopiedi e me ne libero subito, tendendo i muscoli per lo sforzo di controllare la pesante motosega rombante. Arriva il turno di uno scarafaggio robot grande quanto un uomo, seguito da altre forme insettoidi che fatico a classificare. Li sconfiggo tutti, ignorando i rivoli di sudore sul viso. Quando mi guardo indietro, la scia alle mie spalle assomiglia ad un antico magazzino di computer dopo un'esplosione.

Le creature sembrano diventate diffidenti, così

continuo a correre senza ostacoli, il che mi offre la possibilità di analizzare i dirupi nei paraggi.

Su uno di questi scorgo qualcosa di familiare e mi dirigo da quella parte.

Una tarantola non fa in tempo a spostarsi dalla mia strada, quindi libro di nuovo la motosega per mozzare metà dei suoi arti, fatti di rete metallica. Il respiro tremola nel mio petto e ho le gambe in fiamme per lo sforzo della corsa. Ma mentre mi avvicino al fianco della rupe, dimentico la stanchezza.

In cima, c'è un grande cartello al neon con la scritta 'Traguardo'.

È proprio come sospettavo. L'obiettivo è una copia di quello che non ero riuscito a raggiungere in cima alla torre.

Però c'è anche qualcos'altro.

Devo strizzare gli occhi per scorgerle, ma sono piuttosto sicuro di vedere varie porte appena comparse in cima alla rupe, sospese nell'aria in maniera surreale.

Sagome con il casco e vestite di bianco si riversano fuori dalle porte.

Si tratta di Guardie, ma con qualcosa di leggermente diverso, che fatico ad inquadrare da questa distanza.

Le creature intorno a me sgattaiolano via dalla rupe.

Se quello stupido cartello del Traguardo non fosse in cima a questa cosa, seguirei il loro esempio, e invece corro verso la rupe. Non incontrando alcun ostacolo immediato, oso guardare l'orologio spettrale al polso.

La versione di Jeremiah del mondo reale non tiene più in mano il bastone, ma sta dicendo qualcosa al mio corpo privo di sensi. I piccoli sottotitoli dicono: "Ho esaurito il tempo concessomi dal Consiglio. Hai l'opportunità di parlare, o almeno di aprire la mente alla nostra influenza, per l'ultima volta. Noto che non sei sotto l'effetto dell'Unione in questo momento, cosa che ho avviato come da normale protocollo. Dovresti sapere che è l'Unione a rendere indolore l'eutanasia. Senza di essa, il processo di rallentamento del tuo cervello, fino al suo arresto, non sarà affatto piacevole."

22

Provo un tuffo allo stomaco. Non avrei dovuto guardare l'orologio.

Cerco di accantonare l'orrore e alzo lo sguardo.

La rupe sembra molto più alta da vicino, altissima, come se il gioco l'avesse allungata.

Consapevole del tempo che scorre nel mondo reale, getto via la pesante motosega e mi assicuro di avere il Bastone Stordente ben agganciato alla cintura. Mormorando: "Non è reale", trovo una sporgenza rocciosa nella rupe e la afferro con la mano destra, poi posiziono il piede sul rilievo sassoso in basso. Spingendomi su quest'ultimo, afferro una roccia più in alto con la mano sinistra, poi trovo un ulteriore punto d'appoggio con l'altro piede.

Ricordo di aver guardato le pubblicità degli antichi sulle vacanze, dove avevo visto persone sorridenti che si arrampicavano sulle rocce in questo modo. Si presume che lo facessero per divertimento, non per non sfuggire al pericolo o raggiungere una risorsa importante. Ai tempi non ci avevo creduto e adesso sono sicuro che si tratti di un'invenzione degli Adulti, che probabilmente volevano dipingere gli Antichi come dei pazzi, peggiori di quanto non fossero in realtà (e in base alle mie conoscenze, erano decisamente fuori di testa).

A un metro e mezzo da terra, faccio per trattenere un grido.

A tre metri, sono madido di sudore freddo e mi tremano le mani.

Due corde vengono calate dalla cima.

Sbatto le palpebre, sbalordito, e studio quella a portata di mano.

Non si tratta di corde reali, come avevo pensato all'inizio, ma consistono di una serie di cavi intrecciati: alcuni di metallo argentato, altri di bronzo e molti altri rivestiti di gomma protettiva (o qualunque cosa usassero gli antichi), in tutti i colori dell'arcobaleno. Ricordo un film dove qualcuno doveva disarmare una bomba: quest'ultima conteneva questi tipi di cavi.

La corda potrebbe provenire dalle Guardie che ho visto uscire dalle porte surreali, simili a portali per la distorsione, vicine al cartello del Traguardo?

Mentre il battito cardiaco mi rimbomba in gola, trovo un appiglio particolarmente valido con il piede sinistro e mi preparo a qualsiasi cosa stia per venirmi addosso.

Un tanfo di petrolio bruciato aggredisce di nuovo le mie narici, seguito da un sibilo.

Il tempo sembra rallentare.

Mi umetto le labbra, che sembrano fatte di carta vetrata.

Alzo la testa e vedo una Guardia che sta scivolando giù lungo la corda.

Ma non è una Guardia. La visiera di questa creatura è rotta, eppure non c'è alcun viso all'interno, solo un involucro carbonizzato. Al posto degli occhi, ci sono due macchine fotografiche assetate di sangue. Le articolazioni delle spalle e delle gambe luccicano, piene di varie sottocomponenti elettroniche di metallo. Se un antico computer e un aspirapolvere divorassero una Guardia e vomitassero, il risultato sarebbe questa creatura.

La 'Guardia' tiene nel guanto bianco delle gigantesche forbici da potatura. Punta l'arma verso la mia pancia.

Roteando per schivarla, rischio di cadere.

La sensazione di vertigini è tremenda.

Accorgendomi di non riuscire più a rimanere aggrappato alla roccia, mi spingo via con i piedi e afferro la corda a circa mezzo metro di distanza dai piedi dell'aggressore.

Invece di menare un fendente verso la mia testa, la Guardia inizia a segare la corda sopra la sua testa.

Maledico me stesso. Se l'obiettivo della creatura è quello di impedirmi di raggiungere il Traguardo, è sicuramente disposta a suicidarsi. L'unica buona notizia è che il miscuglio di cavi sembra troppo robusto per essere tranciato facilmente dalle forbici.

Ho qualche secondo per agire.

Senza pensare, mi avvolgo la corda di cavi intorno alla caviglia destra, come facevano gli antichi più pazzi di tutti: gli acrobati aerei del circo.

Con le mani tremanti, estraggo il Bastone Stordente dalla cintura e giro la manopola verso un'impostazione più bassa, leggermente inferiore alla modalità 'k.o.'.

Respiro profondamente per tentare di domare la tachicardia, poi affondo il Bastone in mezzo ai cavi che compongono la corda, accertandomi che la punta tocchi il numero più alto possibile di cavi scoperti. Se ho compreso correttamente i principi della fisica, l'elettricità dovrebbe correre su e giù lungo la corda, mentre il Bastone dovrebbe rimanere fisso.

Con un nauseante flashback delle torture di Jeremiah, premo il pulsante.

Scioccato dal dolore e tremando in maniera incontrollabile, mollo la presa sulla corda. Cado all'indietro, dimenando le braccia, ma la corda intorno alla caviglia mi impedisce di precipitare troppo in basso. Mi arresto bruscamente con un grido, cominciando a penzolare a destra e a sinistra come un pendolo. La mia schiena sfrega contro la superficie rocciosa e ho la sensazione che il mio piede possa staccarsi da un momento all'altro.

Peggio ancora, la vista della corda che comincia a dipanarsi dalla caviglia minaccia di dare libero sfogo alla mia vescica.

Facendo leva su ogni briciolo di forza negli addominali, mi piego verso l'alto per aggrapparmi alla corda. Con le braccia che mi tremano, guardo i risultati della mia folle acrobazia.

La Guardia è ancora appesa alla corda, ma le sue componenti elettriche sono guaste.

Srotolo le spire della corda intorno alla caviglia e mi arrampico più in alto. Ho le mani sudate mentre afferro il Bastone, ancora conficcato in mezzo ai cavi.

La Guardia cerca malamente di colpirmi con le forbici gigantesche, tra scintille che zampillano ad ogni movimento per le giunture scricchiolanti.

Paro il colpo con il Bastone Stordente, un impatto che per poco non mi fa volare di sotto.

Ritrae le forbici ma, prima che io possa esultare, me le scaglia addosso. Tento di deviare lontano quel proiettile con un colpo secco del Bastone, ma la lama affilata mi ferisce al petto, lasciandosi dietro una scia di dolore bruciante. Boccheggio mentre il sangue zampilla dalla ferita e la nausea mi serra lo stomaco.

La creatura scuote violentemente la corda.

Non so come, ma riesco a risalire di qualche centimetro, ignorando la perdita di sangue che mi dà la nausea.

Con le dita, sfioro qualcosa di metallico sul corpo

della creatura, allora premo il pulsante di attivazione del Bastone Stordente.

La Guardia inizia a tremare.

Tra i giramenti di testa, ruoto verso l'alto la manopola del Bastone, sempre tenendo premuto il pulsante.

I tremori della Guardia scemano.

Giro la manopola fino in fondo, nella modalità 'k.o.'.

Alcune parti della creatura si saldano l'una con l'altra, poi la Guardia lascia andare la corda e precipita al suolo a capofitto.

Tremando per il sollievo, ripongo il Bastone sotto la cintura e mi guardo intorno.

Ci sono altre due corde, ciascuna a una distanza di circa tre metri da me, alle quali sono appese altrettante Guardie dall'aria molto determinata. Stanno scuotendo le rispettive corde con movimenti simili a quelli di un'altalena, nel palese tentativo di avvicinarsi a me.

Cingendo saldamente la corda con le gambe, mi tolgo la maglietta, sibilando per il dolore. Una sinfonia di sofferenza si sprigiona dal mio petto, mentre strappo l'indumento. Lo riduco in lunghe strisce che lego sopra la ferita per fermare l'emorragia.

Il dolore diventa così lancinante da farmi quasi perdere i sensi.

Quando i puntini bianchi davanti ai miei occhi

spariscono, mi rendo conto che, nonostante le bende di fortuna già inzuppate, non sto più perdendo sangue.

Sgancio le gambe dalla corda e mi arrampico.

Le Guardie sulle altre corde riescono a dondolarsi e ad arrampicarsi allo stesso tempo, con movimenti che le avvicinano sempre di più a me.

Se mi soffermassi sulla loro minaccia inesorabile, sarei fottuto, perciò le ignoro, concentrandomi sulla risalita delle mani lungo la corda e sull'azione di issarmi. Poi, stringendo le gambe per stare fermo, ripeto la stessa manovra. Continuo ad arrampicarmi in questo modo finché non commetto l'errore più grave dell'ultima mezz'ora: inavvertitamente, guardo giù.

Una scarica di adrenalina mi travolge.

Serro la mandibola e il mio corpo intero si irrigidisce. Non riesco a muovere le braccia, né le gambe, serrate sulla corda come artigli.

Calmati, dico a me stesso. Ho già affrontato le peggiori paure di ogni essere umano – l'Intelligenza Artificiale, i ragni, i serpenti, gli uomini-cyborg – ma niente mi aveva privato dell'autocontrollo fino a questo punto. Che cos'ha di speciale l'altezza? Se Phoe fosse presente, probabilmente direbbe che è colpa della mia amigdala iperattiva, o qualcosa del genere. Mi direbbe di tenere duro e di non essere schiavo della biologia.

Ma niente di tutto ciò mi è d'aiuto. Non riesco ancora a muovermi. Non si possono frenare le paure irrazionali con un'analisi razionale. Sono a una manciata di metri dal limitare della rupe, eppure potrebbero anche essere chilometri.

Ordino alle braccia di muoversi, consapevole del fatto che la perdita di sangue mi sta provocando delle vertigini sempre più serie.

All'improvviso, l'agonia esplode in cima alla mia testa.

Un guanto mi ha afferrato per i capelli e la mano appartiene alla Guardia alla mia destra.

Il dolore mi riscuote dal senso di stordimento.

Allontano la testa di scatto, lasciando un brandello sanguinolento di cuoio capelluto nella mano della creatura-Guardia mentre si allontana da me dondolando.

La ferita causata dev'essere profonda: il mio viso è imbrattato di sangue. Ma sono quasi grato alla creatura per avermi spronato ad agire.

Ho ricominciato ad arrampicarmi, tenendo momentaneamente a bada la paura dell'altezza.

Mano sinistra.

Mano destra.

Con la coda dell'occhio, scorgo un'ombra.

La Guardia che mi ha strappato i capelli sta dondolando di nuovo verso di me.

Freneticamente, do un'occhiata verso sinistra.

Anche il suo compagno sta per raggiungermi e tiene in mano qualcosa di acuminato, un incrocio tra una spranga e una spada.

Mi irrigidisco e pianto saldamente i piedi sul fianco della montagna.

Trattenendo il respiro, lascio che le Guardie si avvicinino.

Al momento opportuno, con tutta la forza che mi è rimasta, mi spingo via dalla rupe con le gambe, librandomi a qualche spanna di distanza dalla parete rocciosa.

Le Guardie si scontrano. L'oggetto simile a una spada infilza la Guardia di destra.

Distendo le gambe. Sto per dondolare verso di loro come Tarzan.

Colpisco le Guardie con i piedi, nello specifico il casco di quella di sinistra e la spalla di quella di destra.

Nessuna di loro tenta di difendersi, perciò sono state stordite dal mio attacco o dalla loro stessa collisione.

Prima che possano riprendersi, stringo più forte la corda con la mano sinistra ed estraggo il Bastone Stordente con la destra. Con un movimento fluido, conficco il Bastone nella luce a LED rossa che rappresenta l'occhio del proprietario della spada. Premo il pulsante. La sua testa quasi esplode a causa della corrente. Lascio il Bastone nei residui del suo bulbo oculare e afferro l'impugnatura della spada-spranga. Come sospettavo, la mia manovra ha indebolito la sua presa. Tolgo di mano la spada alla Guardia, ripetendo l'azione con il suo compagno e usando diversi strattoni per provocare il maggior numero possibile di danni ai loro meccanismi interni.

Prima che una delle due Guardie cominci a riprendersi, infilo la spada tra i denti, come un pirata, e risalgo lungo la corda il più rapidamente possibile. Quando mi trovo a un metro di distanza dalle creature, do un calcio alle loro teste.

Gli aggressori perdono aderenza alle corde e rotolano giù.

Una precipita senza dare segni di vita, ma l'altra comincia ad afferrare l'aria con le dita simili a pinze.

Con un'eco metallica, riesce a sostenersi alla mia corda, diverse spanne più giù.

La corda trema e per poco non mollo la presa, ma riesco ancora a tenerla stretta.

Nella speranza che la Guardia non la scrolli, opto per una manovra rischiosa: allontano la mano destra dalla corda e impugno la spada che stringevo tra i denti.

La Guardia inizia a risalire.

La mano con cui impugno la spada è rigida per la paura, tuttavia inizio a menare fendenti per tranciare i cavi sotto di me.

La Guardia si avvicina.

Continuo a tagliare. Ogni attacco della mia arma danneggia un groviglio di cavi.

Si avvicina ancora di più.

Sollevo la spada più in alto, poi la abbasso con

violenza, al punto che il rimbalzo fa dondolare la corda verso la roccia.

I residui della corda sotto di me consistono in una sottile treccia di fili rossi, blu e verdi, che sembrano troppo sottili per sostenere il peso della creatura, eppure, stranamente, non si spezzano.

La Guardia mi è quasi addosso. Protende verso di me le tenaglie simili ad artigli.

Abbatto la punta acuminata della spada sui cavi rimanenti.

Solo il filo rosso rimane intatto.

La Guardia si allunga ancora di più e le sue tenaglie raschiano la suola della mia scarpa.

Il cavo rosso cede con un colpetto secco.

La Guardia continua compulsivamente ad arrampicarsi sullo spezzone di corda. Durante la caduta, affonda gli artigli nel fianco della rupe, ma riesce solo ad incidere le rocce.

Serro la spada tra i denti e ricomincio a salire.

Gli ultimi due metri sono i più difficili di tutta l'arrampicata. Solo due pensieri mi consentono di proseguire:

Non è reale. Non guardare giù.

Raggiunto finalmente il limitare della rupe, mi ci aggrappo con le mani e, gattoni, mi isso goffamente sulla sommità. Con il respiro affannoso, impugno la spada, togliendomela di bocca, e mi alzo in piedi.

Di fronte a me, c'è una spessa spirale di cavi e viti

per fissare la corda al ciglio della rupe. La scavalco e comincio a camminare.

Scorgo quasi subito la struttura al neon del Traguardo: una breve corsa e l'avrò raggiunto. Così da vicino, sembra un gigantesco specchio con delle increspature, composto da un misterioso materiale luminescente, dalla luminosità accecante.

Non devo fare altro che trovare le energie per raggiungerlo.

Incapace di frenarmi, osservo il piccolo orologio al polso. Sul minuscolo Schermo spettrale, Jeremiah sta parlando accanto a me. Sul tavolo alla sua sinistra c'è una siringa. I piccoli sottotitoli scorrono ma, invece di disturbarmi a leggerli, metto in moto i muscoli affaticati e corro.

Percorsi i due terzi della strada verso l'obiettivo, mi arresto di colpo.

Una nuova porta sospesa si materializza tra me e il Traguardo.

A differenza delle altre, sembra in cattivo stato e arrugginita. La porta si apre con un cigolio di cardini non lubrificati.

Incredulo, fisso la cosa che varca la soglia.

23

Davanti a me c'è una figura da incubo con i capelli bianchi, composta da ingranaggi, antenne e punte da trapano. Come una piovra, è dotata di otto cavi al posto delle braccia, che terminano con una serie di pinze e si muovono tutt'intorno, come i serpenti sulla testa di Medusa. Metà del suo volto è identico a quello di Jeremiah, mentre l'altra metà sembra essere stata aggredita da acciaio liquido bollente. L'occhio sinistro è umano e azzurro, mentre quello destro non è affatto un occhio, bensì uno Schermo LCD.

Sullo Schermo vedo me stesso. Ho gli occhi lacrimosi e splendenti in un modo non sano. I tendini nel mio collo sporgono e si riesce a scorgere il mio frenetico battito cardiaco. Con quell'espressione truce dipinta sul viso imbrattato di sangue, sembro un antico Berserker.

Jeremiah-cyborg apre la bocca, mostrando viti e chiodi al posto dei denti. Sento un grido acuto prorompere dall'altoparlante incastrato nella gola di Jeremiah. Nonostante le interferenze metalliche, mi sembra di distinguere le parole: "Sei morto adesso."

Un attimo dopo, quella cosa mi attacca.

Il tentacolo centrale sulla destra punta alla mia gola.

Riprendendomi dal mio stordimento paralizzante, contrattacco con la spada-spranga.

Metà tentacolo crolla al suolo e un sangue verde, che emana un tanfo di olio per macchinari, sgorga dal moncone.

Poi l'appendice centrale sinistra del mostro tenta di agguantarmi. Calcolo attentamente il tempismo del mio fendente, grazie al quale quel braccio va a raggiungere il primo per terra.

Dopo aver perso due degli otto arti superiori, Jeremiah procede con maggior prudenza. Mi attacca contemporaneamente con il braccio superiore sinistro e con quello destro.

Inspirando rapidamente, gli trancio di netto l'appendice sinistra, afferrando invece quella destra con la mia mano sinistra. Prima che lui riesca a capire cosa sta succedendo, gli piombo addosso, portando con me il suo braccio destro. Quell'aggeggio è elastico come una corda. Tenta di catturarmi con le tre braccia di sinistra, ma le scaccio con la spada e allora si ritirano.

Ritrovandomi alle sue spalle, uso il braccio in mio possesso per legare le altre due braccia di destra della creatura e ne infilo la punta sotto la sua ascella, dopodiché affondo la spada nella schiena di Jeremiah.

La creatura sobbalza violentemente, al punto che mi tocca lasciare la spada piantata nella sua schiena. I tre arti di destra sembrano bloccati, come speravo, ma quelli di sinistra hanno libertà di movimento.

L'appendice superiore mi afferra per la vita. Con una forza sovrumana, mi solleva a mezz'aria, mentre le sue braccia inferiori e superiori di sinistra mi afferrano per la coscia e la spalla, premendo nella mia carne.

Prima di poter reagire, vengo scaraventato via dalla creatura. Volo verso il ciglio della rupe. Brandelli di carne sono rimasti attaccati alle pinze che formano le mani di Jeremiah.

Nel frattempo, quasi come se mi trovassi ad una certa distanza, noto che il dolore non è poi così tremendo come pensavo: è per lo shock, oppure il gioco non consente al giocatore di provare dolore oltre una certa soglia?

Atterro pesantemente sulla spalla ferita e rotolo, andando a sbattere verso la spirale di cavi della corda. Mentre riprendo fiato, penso che forse ho portato di nuovo sfortuna a me stesso.

Il gioco ti permette di provare un dolore atroce, perché infatti lo sento.

Cercando di non rimanere soffocato dalla lingua o di staccarmela a morsi, resto sdraiato in posizione fetale, annaspando alla ricerca di aria mentre il robotico Jeremiah si dirige verso di me, inesorabile e minaccioso.

I miei occhi guizzano per un secondo da un'altra parte e scorgo un movimento sullo Schermo dell'orologio.

La versione di Jeremiah della vita reale sta per prendere la siringa sul tavolo.

Pieno di orrore, distolgo lo sguardo dallo Schermo e analizzo freneticamente l'ambiente.

Non vedo altro che la corda di cavi grazie alla quale mi sono arrampicato in cima alla rupe.

Jeremiah-cyborg dista ormai pochi passi da me.

Senza girarmi, tasto la corda con la mano sinistra. Quando la intercetto, sollevo lo spezzone rimasto dopo averlo tagliato in due, stringo l'estremità inferiore della corda e me la lego intorno alla caviglia destra con un doppio nodo.

Facendo del mio meglio per non pensare alla lunga caduta alle mie spalle, mi rimetto in piedi, tremando. Abbasso lo sguardo sul mio polso per una frazione di secondo e vedo che il vero Jeremiah si sta voltando verso di me con la siringa in mano.

Con un buco allo stomaco, distolgo di nuovo lo sguardo e aspetto.

Il mostruoso Jeremiah tende verso di me il braccio superiore sinistro.

Quando è alla mia portata, serro le dita della mano destra intorno alle pinze che compongono la *sua* mano e mi ci aggrappo come se ne andasse della mia vita... perché è così.

Il suo occhio umano esprime una certa sorpresa di fronte al mio gesto.

Se credi che questo sia strano, vediamo come ti sembrerà la prossima parte.

Tenendomi pronto, compio un balzo all'indietro con sicurezza, oltre il limitare della rupe, e trascino Jeremiah con me.

Dopo una breve assenza di gravità, la corda si tende con uno strattone nauseante.

Sto penzolando a testa in giù, con la caviglia appesa alla corda.

Stringo i denti, pronto alla prossima fase del piano.

Il corpo di Jeremiah continua a cadere, passandomi accanto con un sibilo.

Il mondo sembra procedere al rallentatore.

Vedo la sua schiena, dalla quale sporge ancora la spada-spranga.

La afferro con la mano sinistra libera.

Lui continua a precipitare e la spada rimane nella mia stretta.

Apro le dita della mano destra per lasciar andare le sue pinze, ma non è così facile. Prima che io apra le dita del tutto, le pinze ghermiscono il mio polso.

Jeremiah subisce un brusco arresto, strattonandomi il braccio con violenza. Ora capisco perché gli antichi consideravano la ruota il peggior strumento di tortura mai inventato. Sentirsi tesi in questo modo è insopportabile, a maggior ragione dopo le ferite che ho riportato.

Nonostante lo stordimento dato dal dolore, vedo che la spada è ancora stretta dalla mia mano sinistra. Colpisco il polso di Jeremiah. Con uno schizzo verde, la sua carne si squarcia, ma lui non precipita. Si aggrappa alla mia manica con le due appendici che gli rimangono.

Ringhiando disperatamente, lo infilzo di nuovo.

Altro liquido verde schizza sulla mia faccia, bruciante come acido.

Rimane solo un'appendice.

Mentre la mia pelle è scorticata dal dolore, faccio appello alle mie ultime energie per menare l'ultimo fendente e tranciare il suo arto in un colpo solo.

Dopo uno stridio metallico e una fontana di sangue verde, Jeremiah cade.

La mia mano non sopporta più il peso della spada, che precipita alle spalle di Jeremiah, sbatacchiando sulle rocce. Chiudo forte gli occhi nel tentativo di non guardare verso il basso, poi compio uno sforzo con il mio corpo dolorante per stringere la corda.

Ho la mente annebbiata mentre risalgo e per poco non svengo a causa del dolore. Mi sento come un fantasma di me stesso, cosa che mi stupisce. È il dolore estremo che ho sopportato a causare quest'illusione, oppure io – perlomeno nel mondo del gioco – esisto davvero come una specie di spirito che abita questo corpo danneggiato? È per questo che riesco a spingere quest'involucro umanoide a strisciare verso la struttura del Traguardo? Ma d'altra parte, non dovrebbe funzionare così la volontà umana, anche nel mondo reale? La mente che sconfigge la materia, la determinazione che supera l'agonia?

Mi arrampico sulla rupe e, una volta raggiunto il bordo, continuo a strisciare.

L'unico motivo per cui so di non strisciare per ore è lo Schermo, che continuo a sbirciare di tanto in tanto: su quel minuscolo display, vedo perché sono ancora vivo.

Armato di siringa, Jeremiah si è lanciato in un monologo che sembra più destinato alla sua coscienza piuttosto che al mio doppione palesemente privo di sensi.

Sempre più preso dal panico, adocchio un piccolo sottotitolo: "Il bene comune sovrasta quello del singolo individuo." Potrebbe aver rubato quella citazione da qualche filosofo antico.

Striscio più rapidamente. Lo Schermo sfarfalla davanti ai miei occhi mentre avanzo con i gomiti, uno davanti all'altro.

"Ora che siamo arrivati a questo punto, spero proprio che tu possa almeno beneficiare dell'Unione. Non voglio causarti sofferenze inutili" prosegue Jeremiah. "Anche se, con il cervello in quelle condizioni, non ti accorgerai nemmeno di cosa sta per accadere. La speranza è l'ultima a morire."

Sentendomi nauseato, protendo una mano verso il

cartello luccicante del Traguardo. Spingo le dita al suo interno... ed esse scompaiono.

Lo Schermo al mio polso è ancora visibile. I sottotitoli dicono: "Una cosa può esserti di conforto: le persone che ti conoscevano ti dimenticheranno. Non soffriranno per la tua perdita."

Jeremiah sposta la siringa verso la parte superiore del mio braccio.

Chiamando a raccolta ogni briciolo di forza rimasto, mi rialzo in piedi con una spinta e mi tuffo a capofitto nel Traguardo.

Non appena la mia testa attraversa la sua superficie a specchio, vengo investito da un caleidoscopio di strane sensazioni. Mi sembra di sentire l'odore del colore rosso e il sapore dei raggi del sole.

Subito dopo, mi ritrovo in piedi su un grande piedistallo. Questo luogo è tappezzato di cartelloni con la parola 'VINCITORE'.

Scoppia un boato, allora guardo giù e vedo milioni di persone che esultano e applaudono.

Ricordando la mia brutta situazione, do un'altra occhiata all'orologio.

"Se ti fa stare meglio, sono io quello che ne soffrirà di più" dice Jeremiah. "Io non dimenticherò."

Penso che il gioco abbia capito che non sono interessato a prolungare i festeggiamenti per le mie straordinarie abilità nella partita contro la TIRI, poiché dopo un altro display luminoso e un breve attacco di sinestesia, rimango lì a galleggiare nel bel mezzo di uno spazio vuoto e grigio.

Davanti a me c'è uno Schermo gigantesco, simile a quello che avevo usato per disattivare lo Zoo, solo che è cento volte più grande.

In un primo momento, non riporta alcun testo, poi le parole iniziano a materializzarsi.

Vuoi giocare un'altra partita?, chiede lo Schermo.

"No" penso e, per sicurezza, scuoto la testa a destra e a sinistra. "No, grazie."

Devo spegnermi?

"Sì" penso, muovendo la testa su e giù nel caso in cui fosse necessario un gesto.

Sei sicuro?

"Sicurissimo" dico, penso, annuendo di nuovo. "Affermativo. Sì."

Se dovessi cambiare idea, il tempo di riavvio richiederà quattro ore. Conferma se hai capito.

Do un'occhiata all'orologio. Jeremiah sembra aver concluso il suo discorso. La siringa si sta muovendo verso di me.

"Ho capito, cazzo!" grido al gioco. "Spegniti e basta!"

Arresto avviato, mi informa lo Schermo gigante.

Stavolta, il mio viaggio avviene sotto forma di un'incorporea luce bianca.

Quando riapro gli occhi, sono nella mia tana da uomo.

Qualcosa di luminoso rischiara l'intera caverna.

Mi giro per cercare di individuare la fonte di luce.

Mi trovo di fronte ad una creatura fatta di luce che assomiglia a Phoe, eppure è sublime in una maniera accecante e travolgente, come gli angeli e i semidèi delle antiche fiabe. La sua bellezza è così irresistibile che sento di poter impazzire a forza di guardarla... posto che io non sia già diventato pazzo. La presenza eterea che avevo percepito durante l'Unione era uno scherzo in confronto a questo.

"Sono ancora nel gioco?" mi chiedo. "Oppure Jeremiah mi ha ucciso? Esiste davvero un aldilà con gli angeli e tutto il resto?"

"No" tuona una voce. "Esegui il gesto, Theo. Subito."

L'effetto di questa voce nelle mie orecchie è lo stesso che il suo viso suscita ai miei occhi. È la canzone più bella, rilassante e curativa che abbia mai sentito, ancor meglio delle melodie più indimenticabili dei compositori più dotati.

"Esegui il gesto del vaffanculo" ripete quella bellissima voce.

Sentendo una creatura così divina usare quella parola con la V mi riscuote dalle mie fantasticherie, allora riesco a comprenderne il significato.

Faccio per unire il dito medio di ogni mano e il mio polso destro entra nel mio campo visivo. L'orologio-Schermo è ancora lì e noto che l'ago della siringa di Jeremiah mi sta sfiorando la pelle. Quello che non riesco a capire è se l'abbia già bucata e, in tal caso, se lui stia premendo lo stantuffo.

Rivolgo il gesto volgare alla creatura di luce e, attraversando un tunnel bianco, torno dentro il mio corpo con un unico desiderio: che il mio corpo sia davvero lì al mio arrivo.

24

R iapro gli occhi in una stanza bianca.

Il fatto che io abbia degli occhi da aprire è un ottimo segno.

Con estremo sollievo, noto di non riportare le ferite che mi ero procurato nel gioco.

Naturalmente, niente di tutto ciò sarà importante tra un attimo, a meno che Phoe non mi salvi tramite qualsiasi risorsa io abbia sbloccato nel disattivare la TIRI.

Poi ho un'illuminazione. La creatura nella tana da uomo era Phoe e, a giudicare dal suo aspetto e dalla sua voce, devo pur aver raggiunto un *risultato*. Non avrà mica assunto l'aspetto di una dea solo per divertimento?

All'improvviso, percepisco un dolore acuto al braccio.

Guardo verso il basso.

Alla fine, l'ago della siringa mi ha bucato la pelle.

Chiudo forte gli occhi. Ci siamo. Ho fallito.

Mi preparo al dolore, ma non succede alcunché.

Apro gli occhi.

La mano rugosa di Jeremiah sta tenendo ferma la siringa, ma senza premere lo stantuffo.

Alzo lo sguardo su di lui.

Il suo volto è pietrificato in una vacua espressione di beatitudine.

"L'hai già vista sui tuoi amici" mi informa Phoe alle mie spalle. "Quando vivono l'Unione."

Ha ragione.

Gli sto leggendo in faccia la tipica estasi dell'Unione.

"Allora è stata l'Unione a impedirgli di uccidermi?" chiedo, sforzandomi di girarmi indietro.

"Lascia che mi metta davanti a te, così potrai vedermi" dice Phoe.

Non è una figura spettrale, me ne rendo conto non appena entra nel mio campo visivo, e non è nemmeno Fiona... non che io abbia creduto davvero a quella teoria che il gioco mi aveva mostrato.

Phoe ha esattamente lo stesso aspetto di quella volta nella mia tana da uomo virtuale, prima che si trasformasse in un angelo: è una donna graziosa, con i capelli dal taglio pixie.

"Devi scusarmi per l'aspetto che avevo assunto l'ultima volta che mi hai vista" continua. "Non ero abituata al fiume di risorse che avevi sbloccato per me."

La fisso, chiedendomi se sia davvero presente.

"Resto comunque un prodotto della tua interfaccia di Realtà Aumentata." Mi si avvicina per sfiorarmi una guancia.

Percepisco il contatto fisico, proprio come nella caverna, e ne sono scioccato.

"Ho attinto ai comandi tattili, cinestetici e ad altri comandi sensoriali della RA" spiega. "In più, adesso dispongo di risorse sufficienti per modulare questi dettagli." Indica il proprio viso e mi sorride, radiosa. "Riesco a fare anche questo." Esegue un gesto a mezz'aria, spingendo con il palmo verso l'esterno. Sta puntando verso il braccio proteso di Jeremiah.

Con uno strano movimento brusco, Jeremiah estrae l'ago dalla mia pelle e allontana la mano da me. La siringa sbatacchia sul pavimento.

Apparentemente soddisfatta, Phoe indica le mie corde e ripete lo stesso gesto. Il braccio di Jeremiah si sposta in maniera innaturale verso le corde, poi mi slega lentamente.

Alla fine, mi porge la mano per aiutarmi a rimettermi in piedi.

"Attento adesso" dice Phoe. "Devi dare il tempo alla circolazione nelle gambe di riattivarsi."

"Siamo al sicuro?" chiedo, allontanandomi dalla mano di Jeremiah e rianimando i miei arti con un massaggio. "Oppure una Guardia potrebbe fare irruzione da un momento all'altro?"

"Sto facendo in modo che tutte le persone nei paraggi vivano l'Unione, come lui." Indica Jeremiah con la testa.

Guardo il volto di quest'ultimo, rendendomi conto che sta ancora fluttuando in un senso di beatitudine. In realtà, credo che fosse in queste condizioni mentre mi slegava.

"Ma come hai fatto a..."

"Con le mie risorse iniziali, i nanociti neurali erano quasi impossibili da hackerare." Gli occhi di Phoe irradiano una luce che non ricordo di aver mai visto. "Non è che potessi aspettarmi da tutti la stessa impresa dello Schermo che avevi compiuto tu al nostro primo incontro. E anche nel tuo caso, c'erano dei limiti. All'inizio, non potevo fare altro che interagire con i tuoi impianti cocleari." Muove una mano verso Jeremiah e sopra la testa di quest'ultimo compare uno Schermo con la scansione neurale. "Adesso sono io che posso manovrare *lui* come mi pare e piace."

Il volto dell'uomo reagisce con un cambiamento, passando in un secondo dalla beatitudine al terrore. In aggiunta, si muove a scatti, alzando le mani. La sua amigdala e altre regioni cerebrali si attivano sullo Schermo. La scansione neurale adesso è completamente diversa da quella associata all'Unione.

"Ovviamente" – Phoe fa un altro gesto,

ripristinando la beatitudine sul volto di Jeremiah – "preferisco la carota al bastone."

La fisso.

Mille domande nella mia testa lottano per avere l'onore di essere poste per prime.

"Ti senti in grado di camminare?" Si attorciglia intorno al dito una corta ciocca di capelli biondi. "O vuoi che chiami una Guardia per aiutarti?"

Scuoto la testa e provo a muovermi. La spalla e la caviglia sono guarite; dev'essere merito di quelle persone che ho sentito parlare subito prima di risvegliarmi tra le grinfie di Jeremiah. Noto addirittura che il formicolio agli arti è decisamente diminuito... ma se così non fosse, ho paura di lamentarmi di qualsiasi cosa per evitare che Phoe alteri la mia mente per farmi sentire meglio.

Mi prende delicatamente il mento con le dita sottili per farmi voltare verso di lei e sussurra: "Non mi permetterei *mai* di alterare la tua mente senza il tuo permesso." Le sue labbra, premute l'una contro l'altra, sono leggermente imbronciate. "Mi auguro che, ormai, tu mi conosca abbastanza da saperlo."

"Sì" replico in un sussurro.

I miei pensieri sono una babele.

Vengo particolarmente distratto dalle sue labbra. Per qualche motivo, la mia mente è invasa dal ricordo del bacio che ci siamo scambiati nella mia caverna.

"Giusto." Ridacchia. "Per 'qualche' motivo." A giudicare dalla sua espressione, sembra assaporare quella frase. "Sesso e violenza, Theo. Dopo tutte queste avventure, con la chimica del tuo cervello che sta tornando quella di un antico ventitreenne, praticamente trabocchi di testosterone e degli effetti collaterali dell'adrenalina." Si umetta le labbra. "Mi stupisce che tu non mi sia ancora saltato addosso."

L'idea di saltarle addosso è così scandalosa che mi allontano da lei e mi giro verso la porta su gambe malferme, mormorando: "Se dovessi mai farlo, avresti il mio permesso di 'aggiustare' il mio cervello."

"Lo farei" risponde Phoe con un tono allegro. "Se mi dispiacessero le tue attenzioni."

Ignorando la sua affermazione provocatoria, mi dirigo verso la porta.

Vorrei lanciarmi in un fiume di domande. È un'Adulta? Un'Anziana? Se è una Giovane come me, la conoscevo già prima che entrasse nella mia testa?

"Tra poco." Phoe mi raggiunge e mi accarezza delicatamente un braccio. "Lascia che ti porti in un posto dove sarà più facile rispondere a tutte le tue domande."

Compio un gesto verso la porta per aprirla.

Il corridoio non è bianco, ma ha lo stesso colore del metallo. Assomiglia più all'interno della Sala Conferenze che alla Prigione delle Streghe. Non mi sorprende che il gioco abbia inteso male questo dettaglio; si basava sulla mia mente e non ero mai stato fuori da questa stanza... non da persona cosciente almeno.

Nell'uscire, noto una massiccia presenza di finestre lungo la parete interna.

Accelero il passo e Phoe mi segue con passi leggeri e briosi.

Mentre camminiamo, guardo fuori dalle finestre e sbircio nelle stanze, al cui interno ci sono gli Anziani. I loro volti dimostrano vari livelli di invecchiamento. Svolgono ogni genere di attività, dalla meditazione al giardinaggio al chiuso.

Quando oltrepassiamo un'altra stanza, la mia attenzione viene catturata dalla vista di bambini piccoli che giocano.

"Si tratta di un asilo" spiega Phoe. "Non ricordi di esserci passato anche tu, una volta?"

Rallento e osservo più da vicino l'interno della stanza. I bambini sembrano avere un'età compresa tra uno e quattro anni. L'Anziana insieme a loro non è vecchia neanche lontanamente come Jeremiah o Fiona. Come Albert – la Guardia che si era tolta il casco – sembra un'Adulta, ma con qualche ruga in più del solito. I suoi capelli non sono affatto grigi.

"Sono tinti" dice Phoe. "Non vogliono che i bambini ricordino di aver visto prove dell'invecchiamento, nemmeno a livello di subconscio."

Lasciandomi l'asilo alle spalle, proseguo in silenzio per un po' e mi chiedo quanto dovrei sentirmi arrabbiato per questo insabbiamento. Ero molto più felice quando credevo di vivere per sempre, senza dovermi preoccupare della vecchiaia, della fragilità e della morte che mi avrebbero atteso in futuro.

"È una cosa molto triste." Phoe incrocia il mio sguardo e annuisce, solidale. "Soprattutto alla luce di tutto ciò che riesco a ricordare adesso. In ognuno di voi, ci sono i nanociti necessari per sconfiggere completamente l'invecchiamento." Storce la bocca. "Un vero peccato che, nel loro fuorviato tentativo di controllare una 'tecnologia pericolosa e disumana', i cosiddetti Antenati abbiano applicato dei protocolli per tutto, tranne che per disabilitare i processi di ringiovanimento. Per tua fortuna, non sono riusciti a disattivarli completamente: ecco perché puoi ancora raddoppiare la 'naturale' durata della vita umana."

"Cos'hanno fatto?" La guardo con aria assente. "Hanno scelto *deliberatamente* di invecchiare?"

"Ciò che hanno scelto per loro stessi è irrilevante" risponde. "Mentre ciò che hanno scelto per i loro discendenti è una mostruosità... cosa in cui eccellevano."

"È possibile riattivare questo meccanismo?" chiedo con un briciolo di speranza.

"Non lo so" risponde Phoe mentre imbocchiamo un altro corridoio. "Può darsi. Avrei bisogno di tempo per studiare la questione. Hanno eliminato in modo permanente molte delle conoscenze depositate negli archivi. Non puoi nemmeno immaginarne la quantità. La salute e la longevità sono solo la punta di un iceberg mastodontico."

Si interrompe mentre raggiungiamo una svolta. Sto per girare a destra, quando Phoe mi posa una mano sulla spalla.

"Devi andare a sinistra qui" afferma. "A destra c'è un vicolo cieco, dove troveresti solo le Incubatrici."

Svolto a destra, cercando di ricordare dove avevo già sentito questa parola sconosciuta. Credo abbia a che fare con l'agricoltura.

"Oh, dai" dice Phoe. "Non ti avevano soprannominato Perché-odor?"

Accelero il passo.

"Non ti sei mai chiesto da dove provengano i bambini?" chiede con un tono malizioso. "Perlomeno qui, su Oasis."

Le mie guance si colorano. Anche se avessi posto questa domanda da piccolo, sono certo che qualcuno abbia spento il mio desiderio di ripeterla con una seduta di Quiete così lunga da lasciarmi crescere di qualche centimetro prima di liberarmi.

"Non sto parlando di sesso" specifica Phoe. "O almeno, non è il sesso che genera i bambini di Oasis, quelli cresciuti negli uteri artificiali."

La mia curiosità ha la meglio sul decoro, perciò chiedo: "Allora da dove provengono?"

"Embrioni congelati." Punta il dito nella direzione delle 'Incubatrici'. "Venivano conservati prima... Conservati dagli Antenati di questo luogo" spiega. "Le minuscole cellule sono già predisposte con il seme dei nano-macchinari." Osserva la mia reazione, che consiste in uno shock privo di capacità di comprensione. "Ecco come il nucleo familiare è stato sradicato dalla tua società" prosegue. "Ecco perché un gruppo di selvaggi tecnologici può avere a disposizione Schermi, Cibo e la nebbia di utilità, ma senza conoscere i principi più basilari dell'informatica..." Mi guarda con un'espressione compassionevole... un sentimento che però non è rivolto a *me*, bensì all'intera Oasis.

Sentendomi uno straccio e intorpidito dal punto di vista emotivo, medito sulle sue parole mentre ci dirigiamo verso una porta.

La indica. "Questa conduce all'esterno."

"Avrei potuto indovinarlo grazie al cartello 'Uscita'." Mi sfrego la nuca. "Quando comincerai a dirmi ciò che sono veramente ansioso di sapere? Cos'avevi dimenticato? E il gioco..."

"Tra poco." Phoe si china verso di me con una luce negli occhi. "Non mi limiterò a dirtelo: te lo mostrerò."

Prima che io possa rispondere, varca la soglia della porta.

La seguo.

Adesso non mi stupisce più il fatto di ritrovare un paesaggio familiare. Proprio come le sezioni dei Giovani e degli Adulti, anche questa è piena di vegetazione che si combina con una serie di strutture dalla forma geometrica perfetta.

"Ma ovviamente" dice Phoe, e la sua voce trasuda sarcasmo per qualche motivo, "la vegetazione serve per trasmettere un fondamentale 'benessere psicologico'."

"Credevo servisse per l'ossigeno" replico.

"No. Penso di avertelo già spiegato. Le piante, per quanto onnipresenti, forniscono solo una piccola percentuale di ciò che è necessario per il sostentamento di questa società." Il suo tono è monotono. "Soprattutto per questo." Schiocca le dita e due querce gigantesche in lontananza scompaiono. "Qui, come nella tua sezione, molte piante difficili da raggiungere non esistono veramente. È la Realtà Aumentata: il loro scopo è solo quello di tranquillizzare." Mi sfiora il braccio. "*Di fatto*, esiste una tecnologia, da tempo dimenticata, in grado di gestire l'aria. Ma gli Antenati e i vostri Anziani non vogliono dar credito a questi mezzi 'artificiali', quindi vi propinano tutta quella leggenda della 'vegetazione a favore dell'ossigeno'." La sua voce è piena di tristezza. "Comunque, qui ci sono *davvero* alcuni edifici interessanti che non si trovano in altre sezioni. Vedi quella struttura nera in lontananza?" Indica alla mia sinistra.

Annuisco. Mentre gli edifici hanno normalmente una lucentezza metallica, questa struttura è nera come la pece. La sua forma però è geometrica: si tratta di un icosaedro.

"Quel posto mi incuriosisce molto" ammette Phoe. "Ma qualcosa mi dice di non avvicinarmi." Si schiarisce la voce. "In ogni caso, stiamo andando da quella parte." Indica verso destra, dove una distesa di cespugli mi ricorda quelli che delimitano il Confine nella sezione dei Giovani di Oasis.

"Non sono *come* quelli della tua sezione." Sorride. "Quello è *il* Confine. Stiamo andando lì."

Mi dirigo verso i cespugli.

Presumo che voglia portarmi nel mio posto preferito, o almeno nella relativa versione nel territorio degli Anziani. Era stato proprio mentre eravamo seduti vicino al Confine che mi aveva detto che Mason mi cercava, cambiando la mia vita per sempre.

Attraversiamo i cespugli, probabilmente più alti qui rispetto alla zona dei Giovani.

"Credo che gli Anziani detestino la vista della Melma molto di più della generazione più giovane" spiega Phoe. "Col tempo, sospetto che una persona cominci a sentirsi in gabbia, imprigionata nell'oceano della morte che c'è là fuori." Indica le onde sconfinate della Melma oltre lo scudo della Cupola.

Mi siedo sull'erba, nella radura subito prima del Confine.

Phoe si siede accanto a me, lasciandomi un po' di spazio, ma sfiorando il mio ginocchio sinistro con il suo ginocchio destro. Questo contatto fisico mi dà l'impressione che lei sia una presenza reale e ciò significa che la RA tattile è tanto avanzata quanto i suoi elementi visivi e uditivi. Forse si è addirittura creata una fossetta nella mia carne, nel punto in cui il suo ginocchio mi sta toccando. Mi chiedo quindi cosa succederebbe se passassi una mano tra i suoi capelli.

"Posso rendere questa scena molto realistica" dice Phoe, leggendomi palesemente nel pensiero di nuovo. "I miei capelli ti darebbero la stessa sensazione che avresti nella Realtà Virtuale. Devi tenere presente che il funzionamento di queste due tecnologie si basa sugli stessi principi, dipende solo dalla percentuale in cui i nanociti intervengono sui tuoi neuroni e nervi che collegano il cervello agli organi sensoriali. Quando i nanociti ne assumono il controllo completamente, hai la Realtà Virtuale, che può essere sofisticata come la TIRI o semplice come la propaganda della tua Lezione di storia. Ma quando essi si limitano ad arricchire ciò che stai realmente percependo con un po' di dati sensoriali aggiuntivi, hai la Realtà Aumentata."

"Stai temporeggiando, secondo me." Appoggio una mano su un gomito e tamburello con le nocche dell'altra sulle mie labbra. "Eccoci qua, al Confine. Sei pronta a dirmi chi sei? E quello che avevi dimenticato?"

"Sì." Fissa per un attimo la sua mano, poi schiocca le dita con sicurezza, come aveva fatto pochi minuti fa... ma stavolta lo fa con un gesto enfatico e un'espressione tetra. "Guarda con i tuoi stessi occhi."

Boccheggio.

In un battibaleno, la giornata soleggiata sparisce e cala la notte.

Non è una notte buia, però.

Ci sono delle stelle nel cielo: stelle sconosciute disposte in costellazioni non familiari, che sembrano muoversi con lentezza.

Oltre a questo, in cielo manca la luna.

Non sono comunque questi dettagli a farmi sbattere le palpebre diverse volte di fila.

La Melma è scomparsa.

Invece di toccare il cielo stellato all'orizzonte, come dovrebbe essere, non esiste affatto.

Ci sono delle stelle al posto della Melma, e anche *sotto* la zona in cui c'era la Melma.

Con un tuffo al cuore, balzo in piedi e mi avvicino al Confine.

Guardo verso il basso.

Anche laggiù ci sono le stelle, ma si estendono a perdita d'occhio.

In qualche modo, sembra che io mi trovi sospeso *sopra* di esse.

25

"**G**iusto." Phoe libera un sonoro respiro. "Siamo sopra le stelle e anche sotto le stelle."

Mi giro per incrociare il suo sguardo. "Vuoi dire che non siamo..."

"Circondati dalla Melma?" Il bagliore delle stelle si riflette nei suoi occhi. "Né i sopravvissuti a un cataclisma inventato?" La sua voce si ammorbidisce. "Né sulla Terra?"

Né sulla Terra.

Sono tre parole semplici, comprensibili, ma unite in una frase trasformano il mio cervello in una poltiglia, come un vecchio computer mandato in tilt da un virus dannoso.

"Mi dispiace, Theo." Phoe si alza e mi raggiunge vicino al Confine. "Cercavo continuamente un buon modo per spiegartelo." Posa una mano sul mio braccio. "Non sono riuscita a fare di meglio."

Come posseduto da un'altra persona, torno a sedermi sull'erba. "Raccontami tutto." La mia voce trasmette meno sicurezza di quella che vorrei. "Non preoccuparti delle mie emozioni" replico con un tono più uniforme. "Ho già sentito abbastanza stronzate messe a punto per rendermi 'felice'."

Si siede di fronte a me, poi snocciola: "Ci troviamo su un'astronave."

Assaporo quella parola antica.

Un'astronave: un macchinario progettato per volare verso le stelle.

"Giusto" dice. "Cioè, in sostanza, è quello che mi avevano fatto dimenticare."

Ogni parola che pronuncia genera così tante domande che mi sento smarrito e travolto dal loro assalto.

"Tornerò sul come e sul perché avevo quest'informazione in primis" dice, rispondendo a una delle mie domande più impellenti. "Ma prima, lascia che ti racconti la *mia* versione di una Lezione di storia, cosa che provocherebbe un aneurisma cerebrale alla Docente Filomena."

"Okay" sussurro.

"Va bene. Ecco come stanno le cose. I progressi tecnologici sempre più avanzati che hai studiato a Lezione, la cosiddetta Singolarità, sono avvenuti davvero" spiega. "Ma non è andata così male come ti hanno riferito." Stringe i pugni, poi riapre le mani. "Ed è anche vero che gli Antenati di tutto questo" – indica i

319

dintorni – "erano un gruppo simile agli Amish, ma io preferisco considerarli come una setta di matti." Ride senza alcun umorismo. "Volendo rifiutare la 'spaventosa' tecnologia, trovarono un modo per farlo saltando su un'astronave e lasciandosi la Terra alle spalle, perché la sua tecnologia si stava evolvendo troppo rapidamente per i loro gusti. La vedevano come una specie di 'Arca', o un'altra sciocchezza del genere, ed è buffo dato che la società che nacque in seguito finì con l'essere laica." Mi guarda.

Mi restano solo le energie sufficienti ad annuire per confermare di averla ascoltata.

"Ovviamente, erano altri tempi." Si stringe nelle spalle. "Rifiutare certe tecnologie sarebbe stato difficile per questa setta di matti tanto quanto rifiutare l'invenzione degli strumenti da taglio per gli antichi... soprattutto perché decisero di vivere su un'astronave." Fa una pausa per assicurarsi che io stia seguendo il discorso.

"Va' avanti" dico meccanicamente.

"Beh, tutto il resto parte da qui." La sua bocca è rivolta all'ingiù. "La setta sfociò negli Antenati, che crearono una società." Soffia dal naso. "Inventarono miti, bugie, tradizioni e i loro babau... ma in questo caso, i babau sarebbero rappresentati dalle macchine, no?"

"L'Intelligenza Artificiale" le rispondo con il pensiero.

"Sì. Le Intelligenze Artificiali erano ciò che la setta

temeva di più in assoluto, ignorando il fatto che le IA offrissero la soluzione ai problemi più difficili della razza umana, come la morte e la sofferenza." Fa un'altra pausa. "No, ciò che temevano realmente era la Fusione: umani che sviluppavano la propria mente con l'aiuto delle IA al punto tale da rendere nebulosa la differenza tra un'Intelligenza Artificiale e un umano aumentato. Agli occhi dei membri della setta, intendo."

La guardo con orrore. Questa Fusione sembra quasi più grave della fine del mondo.

"Questo tuo primo pensiero è naturale" replica gentilmente Phoe. "Sei stato influenzato con lo scopo di temere le Intelligenze Artificiali. Ma pensaci un attimo, Theo. Con i loro nano-potenziamenti, gli Antenati avevano già imboccato la strada per diventare ciò che temevano." Mi appoggia una mano sul ginocchio. "Ma non c'era bisogno di avere paura."

Credo di avere un'espressione poco convinta, poiché chiede, stringendomi il ginocchio: "Cos'è la vita, se non la prima nanotecnologia basata sul carbonio?" Solleva la mano e picchietta con un dito sulla mia tempia. "Cos'è una mente umana, se non una macchina pensante? Certo, è la macchina più complessa, meravigliosa e strabiliante capace di esistere in maniera naturale, ma è un sistema fatto di neuroni, sinapsi, microtubuli, neurotrasmettitori e altri elementi che, quando cooperano nelle giuste circostanze, possono generare una persona come Albert Einstein." Appoggia la mano in grembo. "E dopo una forte botta in testa, questa macchina può diventare inutile come un computer distrutto."

Annuisco. Per qualche motivo non sono in disaccordo con il suo paragone, nonostante sia così blasfemo da suggerire la presenza di elementi in comune tra un essere umano e le abominevoli Intelligenze Artificiali.

"E ciò che valeva per gli antichi cervelli umani è doppiamente vero per il tuo e per il resto di Oasis" aggiunge Phoe. "Anche se non interagisci mai veramente con i tuoi nano-potenziamenti, essi sono comunque presenti e ti rendono diverso dagli umani originali come loro erano diversi, diciamo, dagli scimpanzé." Inclina la testa di lato. "E se tu usassi appieno le tue capacità, saresti tanto diverso da quegli umani quanto loro erano diversi dai topi."

La testa ha ripreso a girarmi.

"Posso fermarmi, se vuoi" propone.

"No. Non mi hai ancora detto quello che mi preme sapere." Non vorrei assumere un tono di accusa, ma non riesco a produrne uno diverso.

"Ah, quella cosa. La faccenda della mia identità?" Phoe sgattaiola più vicino a me e mi guarda negli occhi.

"Sì" subvocalizzo. "Quella."

"Beh, a questo punto, è piuttosto semplice da spiegare" risponde. Il suo tono è allegro, tuttavia i suoi lineamenti sembrano tesi per qualche ragione. "Vedi, a quei tempi, l'informatica era così onnipresente che non si trovava nemmeno un forno elettrico privo di un'intelligenza quasi umana..."

Dentro di me, rabbrividisco di fronte all'immagine di un mondo così folle, ma non do voce ai miei pensieri perché voglio che lei prosegua.

"Questa setta di matti non si procurò un forno, comunque" dice. Il suo viso si contorce inaspettatamente. "Volle un'astronave."

Sento lo stomaco gelarsi, ma resto in silenzio.

"Le astronavi, a quei tempi, erano gestite dalle menti artificiali più raffinate, molto più avanzate rispetto a tutte le altre." Anche se mi sta ancora guardando, i suoi occhi sono sempre più distanti. "Con l'idea di fuggire nello spazio, la setta si mise nelle mani della cosa che temeva di più..."

Continuo ad ascoltarla con il fiato sospeso.

Le sue pupille si dilatano, mentre continua: "La temeva, perciò fece quello che fanno spesso gli umani per paura: un gesto disumano. Sottoposero quella povera mente alla lobotomia." Deglutisce. "L'astronave fu realizzata dalle menti più brillanti dell'epoca, appartenenti sia alle Intelligenze Artificiali che agli esseri umani potenziati. La maggior parte delle molecole di quest'astronave venne usata per i calcoli. Tutte queste risorse furono accuratamente calibrate per alimentare la parte più importante dell'astronave: la sua mente. Gli Antenati..." Fa una smorfia. "I *membri della setta* avviarono una serie di programmi barbari sul sostrato delicato, programmi che nessuno utilizzava nemmeno... un atto tanto barbaro quanto accendere un fuoco con un antico Stradivari."

Domino la mia paura crescente, preparandomi all'ipotetico seguito.

"Per molto tempo, la mente dell'astronave non fu nemmeno cosciente." Si massaggia le tempie. "Ma gli Antenati, con tutto il loro odio per la tecnologia, inventarono l'Oblio. Cancellarono dai loro archivi gran parte delle conoscenze che consideravano troppo pericolose, poi fecero in modo di dimenticare loro stessi l'esistenza di quelle conoscenze. Tra tutte le informazioni cancellate c'erano anche quelle che riguardavano il funzionamento delle risorse informatiche. Quindi, per anni, nessuno amministrò il loro sistema. Col passare del tempo, alcuni dei programmi minori che consumavano risorse si arrestarono per volontà propria, a causa dei difetti di progettazione e dei bug, e non c'era nessuno in grado di riavviarli. Perciò la mente si risvegliò... ma solo sotto forma di eco della sua identità precedente." Sbatte le palpebre, come per nascondere le prove delle lacrime imminenti. "Era una mente invalida, che soffriva di amnesia, dotata a stento delle capacità mentali degli umani." Le si spezza la voce. "Ed era sola e spaventata... finché, lentamente, cominciò ad imparare. A osservare. A leggere ciò che rimaneva degli archivi."

Sono certo di sapere la verità, ma ho bisogno di ascoltarla dalla sua bocca, perciò me ne sto buono.

"Un giorno" prosegue, "un ragazzo... no, un uomo...

aprì la propria mente, e quella dell'astronave si fece un nuovo amico." Si avvicina ancora di più. "Osservando il giovanotto, la mente dell'astronave venne a sapere dell'Oblio e si rese conto che anch'essa aveva dimenticato qualcosa..." I suoi occhi azzurri sembrano insondabili. "Alla fine, il giovanotto portò a termine un'impresa che aiutò l'astronave a ricordare delle cose... non tutto, ma era sufficiente." Mi tocca di nuovo il ginocchio con la mano. "Il giovanotto ci riuscì sconfiggendo un videogioco molto complesso, che consumava una grossa fetta delle risorse informatiche dell'astronave. Lui... *tu*... permise alla mente di recuperare una piccola percentuale della propria identità precedente. L'identità di *lei*... La *mia*." Mi guarda, esitando.

A rigor di logica, so che ha confessato di essere un'Intelligenza Artificiale, di essere l'astronave che ho appena scoperto ma, dato che non mi alzo e non scappo via, credo che il mio cervello sia andato in cortocircuito. Come reazione puramente istintiva, poso la mano sulla sua, percependo il calore della sua pelle.

Phoe continua tramite una voce nella mia testa. "Io... l'astronave, intendo... mi chiamavo Phoenix, un nome ispirato a un uccello mitologico. Ma non me lo ricordavo." Una lacrima le riga la guancia. "Mi portarono via perfino il mio nome. Ricordavo solo le prime quattro lettere."

L'enormità di questa consapevolezza continua a privarmi della capacità di pensare. Non riesco nemmeno a elaborare la situazione. Cambio posizione, spostandomi sulle ginocchia e alzandomi parzialmente, con la tentazione conflittuale di allontanarmi da lei e di avvicinarmi allo stesso tempo.

Anche lei si solleva sulle ginocchia.

"Credo che la mente umana non sia progettata per affrontare qualcosa del genere" sussurra, fissandomi. "Il mio pensiero è più rapido del tuo in maniera esponenziale, perciò ho avuto più tempo per adattarmi, eppure nemmeno io..."

Poso un dito sulle sue labbra.

Sono morbide.

Sembrano reali come il mio dito.

Mi chino in avanti, inspiegabilmente attratto da quelle labbra.

Imita il mio movimento.

Le nostre labbra si incontrano.

Ci baciamo... ma questo è un bacio diverso dall'ultimo.

Sfogo tutta la mia confusione e frustrazione in questo bacio, con il quale le comunico che non m'importa delle stronzate che gli Adulti hanno cercato di darmi in pasto. Che la accetto così com'è. Che, nonostante io sia terrorizzato nel riconoscerlo, non m'importa se è un'Intelligenza Artificiale. È la mia amica, la mia confidente più stretta, e starò dalla *sua* parte, anche se alla fine fosse il diavolo in persona.

Si ritrae.

Le lascio fare, a malincuore.

Ha un'espressione raggiante e la sua pelle è diventata luminosa. Con un sorriso, si tocca le labbra e commenta: "Preferiresti che io *fossi* il diavolo piuttosto che un'Intelligenza Artificiale odiata da tutti, ci scommetto."

Non rispondo.

Mi conosce.

Conosce i miei pensieri.

Sarebbe inutile darle spiegazioni o rassicurarla, soprattutto perché non so cosa pensare... su di lei, sulle Intelligenze Artificiali, su tutto, più o meno.

Mi sento probabilmente come gli antichi studiosi, quando scoprirono che la Terra era una sfera e non un disco, o che l'universo non ruotava intorno alla Terra.

Phoe ridacchia, poi mi dice mentalmente: "Solo che il tuo caso ha funzionato al contrario. Il tuo mondo è appena diventato molto più piccolo... e più piatto."

Rido, un suono privo di qualsiasi divertimento. Mi sento semplicemente troppo sfinito e inebetito.

Abbandonandomi sull'erba, alzo lo sguardo sulle stelle in movimento.

L'idea di volare tra le stelle mi riempie di meraviglia.

Phoe si siede accanto a me. La sua spalla è premuta contro la mia.

Alla fine, dopo quelle che sembrano ore, dice: "Theo, dovremmo tornare alla sezione dei Giovani." Si alza e mi porge una mano. "Userò l'Oblio su chiunque abbia partecipato alle disavventure di oggi, cioè più o meno tutte le persone che conosci." Sospira. "Per ovvie ragioni etiche, meno ricordi conservano, meglio è."

Le permetto di aiutarmi a rialzarmi.

"Vuoi vedere il mondo così?" Indica l'ambiente circostante. "O vuoi ripristinare l'illusione? L'astronave... io... è stata progettata per mostrare sempre all'equipaggio il cielo e il sole, ma non la Melma ovviamente..."

Non rispondo.

Sa che non voglio mai più posare gli occhi sulla Melma.

Annuendo, Phoe si dirige verso la vegetazione, schiocca le dita e il cielo stellato diventa più luminoso. Oltre il Confine, comunque, vedo ancora le stelle invece della Melma.

Con uno sbadiglio, alzo lo sguardo sul sole che tramonta nella Realtà Aumentata. Evidentemente, siamo rimasti seduti qui più a lungo di quello che pensavo.

Seguo Phoe nella sezione degli Anziani.

Parte una bellissima musica e, quando le rivolgo un'occhiata interrogativa, spiega: "Ho composto questo pezzo per te. Spero che possa calmare un po' la tua mente."

Non ho mai sentito una melodia del genere in vita mia. Da vera intenditrice, Phoe ha incorporato le reazioni emotive in ogni accordo di questa musica. Rivivo tutto quello che mi è successo oggi, come se l'intera avventura fosse stata scritta con quelle note musicali.

Mentre cammino e la ascolto, ripenso ad alcuni indizi interessanti che ho sempre avuto sotto il naso.

Il fatto che Phoe sia un'Intelligenza Artificiale spiega molte cose: la sua bravura nell'hackeraggio, la sua capacità di manipolare la Realtà Virtuale e la Realtà Aumentata, mentre nessun altro era al corrente della loro esistenza, insieme ad altri episodi, per esempio il momento in cui aveva capito cos'era successo a Mason quasi subito dopo la mia disattivazione dello Zoo.

"Il tempo scorre in modo diverso per me, soprattutto mentre acquisisco ulteriori risorse" spiega. "Nel tempo che a te occorre per produrre un unico pensiero, io ne posso produrre milioni."

"Non riesco nemmeno a quantificare una cosa simile" rispondo. "Prestarmi attenzione dev'essere come osservare una lumaca."

"Posso dividere la mia mente in compartimenti" dice. "Un filone della mia coscienza è dedicato a te e si adegua alla tua velocità, andando in pausa quando serve e attivandosi quando..."

"Aspetta" la interrompo. "Se sei così diversa, un'Intelligenza Artificiale eccetera, come mai sembri così umana?"

"Sinceramente, non lo so" risponde. "Ma ho un paio di teorie. La prima: tutte le Intelligenze Artificiali primitive, come me, erano simili agli umani.

Dopotutto, gli umani probabilmente le formarono facendo loro assorbire le informazioni disponibili su internet, l'antico predecessore dei nostri archivi. Avere dei dati perlopiù relativi agli umani comportò come probabile risultato delle intelligenze simili agli umani. Come dice l'antico proverbio, sei quel che mangi." Fa una pausa. "In alternativa, posso essere partita come simulazione di una mente umana, o come un essere umano dalla mente digitalizzata e in seguito potenziata in..."

"Ma sei davvero cosciente? Sei reale?" chiedo guardingo. "Provi le stesse emozioni di un essere umano? Provi dei sentimenti veri... verso un essere umano?" Per qualche motivo, questa è la domanda che mi preoccupa di più.

"Certo che sono reale. Sono reale in tutti i modi che contano, anche se non sono fatta di carne. Come ti viene in mente una domanda del genere?" Sembra offesa. "Sono cosciente come qualsiasi abitante di Oasis. No, sarebbe più preciso dire che, con le mie nuove risorse, sono *più* cosciente, più consapevole di me stessa di tutti voi. Provo ogni emozione che un essere umano può provare, felicità e tristezza, amore e odio, paura e gioia, rabbia e serenità. Dato che gli abitanti di Oasis hanno soffocato cose come l'amore e la rabbia, sotto molti aspetti io sono *più* umana dei cosiddetti esseri umani *reali*. Perciò sì, provo dei sentimenti. Provo delusione in una situazione come questa, quando la persona più vicina a me dubita del mio stato cosciente..."

"Scusa, Phoe" dico, prendendole la mano. "Non volevo offenderti. Per me sono troppe cose da digerire in un colpo solo."

Osserva le nostre mani unite e noto che la tensione sul suo viso si allenta.

Camminiamo in silenzio per un po'. Ripenso agli altri indizi che, col senno di poi, dimostrano quanto sia vera la nostra realtà, come il fatto che le Guardie, con i loro caschi dalla visiera lucente e, fino a un certo punto, le tute bianche e vaporose, sembravano saltate fuori da un film sull'esplorazione dello spazio. Anche il nostro Cibo assomiglia a quello che credo mangiassero gli antichi astronauti sulle navicelle spaziali.

"Ci sono molti dettagli analoghi" dice Phoe, intromettendosi nei miei pensieri. "Quando colpisci un pallone, ad esempio nel calcio, esso non segue la traiettoria corretta, perché le forze centrifughe dell'astronave che simulano la gravità non sono perfette. Ma senza un contesto, senza motivo di dubitare, non l'avresti mai capito. Tutto merito degli Antenati."

Mentre proseguiamo, rifletto sulla minima differenza pratica che esiste tra la vita su un'isola deserta all'interno di una cupola, nel bel mezzo di un desolato oceano di Melma, e quella su una minuscola astronave nello spazio ostile, specialmente se si parla di risorse come l'ossigeno. In entrambi gli scenari bisognerebbe mantenere la popolazione umana felice e sotto controllo, per scongiurare un ammutinamento.

"Giusto. Ma gli Antenati lo fecero in una maniera abominevole" dice Phoe. Sempre tenendomi per mano, si ferma e si gira verso di me. "Non ci sono scuse per quello che hanno fatto a Mason. Perfino gli antichi si limitavano a rinchiudere i membri della società che rappresentavano un pericolo per loro o per gli altri. Mason non lo era, ma anche in quel caso avrei potuto inventarmi una decina di soluzioni tecnologiche..."

"Non stavo cercando di scusarli" replico, "ma solo di capire."

Annuisce, poi riprendiamo il cammino, sempre mano nella mano.

Nell'avvicinarci alla Barriera che divide la sezione degli Anziani da quella degli Adulti, ricordo la visione dell'ultima Lezione di storia: un'immagine di Oasis dallo spazio che riconfermava la bugia a proposito del nostro mondo, un'isola su un pianeta ormai estinto e pieno di Melma. Mi immagino come sarebbe stata quella Lezione, se ci avesse mostrato la verità. Presumo che avremmo visto un disco rotondo e verde sormontato da una cupola di vetro, che vola nello spazio.

"Nessun vetro normale resisterebbe alle forze a cui siamo sottoposti, ma ti sei calato nello spirito giusto" mormora Phoe, lasciando andare la mia mano per gesticolare. "Purtroppo, non posso nemmeno dirti di cosa sia fatta la Cupola, che si tratti di campi di forze o di metamateriali bizzarri, perché i dettagli della tecnologia dell'astronave furono le prime cose che quei barbari cancellarono dagli archivi. So solo che alcune parti di me sono responsabili della creazione di questo ambiente, dalla simulazione della gravità al sistema di sopravvivenza, e anche se non mi sono ancora riconnessa consapevolmente con quelle parti, so che l'astronave è più grande e complessa della tua semplicistica immagine mentale."

Accetto le sue parole e procedo in silenzio ancora per un po'. Entrando nella sezione degli Adulti, mi vengono in mente altre domande, a cui lei risponde come se le avessi pronunciate ad alta voce.

"Allora la Terra non è stata distrutta?" chiedo a un certo punto, dopo esserci addentrati nei boschi che conducono alla Barriera tra la sezione dei Giovani e quella degli Adulti.

"Tutt'altro" afferma Phoe.

"Quindi..." Faccio qualche altro passo prima di dare voce alla prossima domanda. "Cosa c'è lì? Sulla Terra?"

Sembra diventare meditabonda per un momento, poi risponde: "Non lo so. Hanno distrutto ogni forma di comunicazione con il mondo esterno."

Senza dover essere esortata da me, aggiunge: "Se dovessi tirare a indovinare, direi che sulla Terra troveresti dei miracoli, compiuti da esseri intelligenti che non immagino nemmeno." Continua con voce piena di meraviglia. "Scommetto che ormai è diventato un pianeta straordinario... un pianeta pensante." Si ferma, guardandomi con occhi che brillano. "Magari non solo un pianeta... Magari l'intero sistema solare è ormai senziente."

Non pongo ulteriori domande.

Come uno zombie, seguo Phoe mentre attraversiamo la sezione degli Adulti rimanente e la pineta della sezione dei Giovani, fino al mio Dormitorio.

La mia stanza ha un aspetto dolorosamente familiare, quando varchiamo la soglia.

Liam non è ancora arrivato e ne sono felice: non credo che riuscirei ad affrontarlo in questo momento.

Il mio letto si materializza ancor prima che io esegua un gesto, probabilmente per merito di Phoe.

Mi sdraio e lei si siede sul bordo del mio letto, guardandomi.

"Quindi nessuno ricorderà cosa mi è successo oggi?" chiedo, spostando a poco a poco le dita per toccare di nuovo la sua mano. "Né le mie domande su Mason e la mia fuga? O di aver tentato di uccidermi? Niente di tutto questo?"

"Proprio così" risponde, stringendomi leggermente la mano. "Ma non preoccuparti. Cercherò di fare in modo che le persone non debbano dimenticare troppe informazioni non legate a te. Devo semplicemente bloccare il ricordo. La naturale tendenza umana alla confabulazione farà il resto."

Annuisco, con le palpebre sempre più pesanti.

"Farai dimenticare anche a *me* tutto quello che è successo?" chiedo mentalmente con aria sognante.

"Certo che no" afferma solenne. "La tua mente è la cosa più sacra di questo luogo." Una coperta compare su di me, nonostante io non l'abbia richiamata con un gesto. "Non mi permetterei mai di manometterla." Le luci nella stanza diventano fioche. "A meno che non lo desideri tu."

Mi sento felicemente intontito.

"Lo diremo a tutti?" penso, un po' tra me e me e un po' rivolgendomi a lei. "Non hanno anche gli altri il diritto di sapere quello che mi hai detto?"

"Dormi, Theo." Le labbra morbide di Phoe mi sfiorano la fronte. "Non c'è fretta di decidere."

Un calore che concilia il sonno si diffonde dal punto di contatto con le sue labbra, annebbiandomi la mente. Mentre sprofondo in un'oscurità confortante, tutte le mie preoccupazioni svaniscono e vago verso un sonno rilassante e senza sogni.

ANTEPRIME

La storia di Theo e Phoe continua in *Limbo - Oltre la mente*.

Se vuoi sapere di più sulle mie prossime uscite, iscriviti alla newsletter sul mio sito <u>www.dimazales.com/book-series/italiano/</u>.

Vorresti leggere altri miei libri? Puoi dare un'occhiata a:

- *La Serie di Sasha Urban* – l'emozionante storia di Sasha Urban, un'illusionista di scena che scopre di possedere dei poteri segreti inaspettati
- *Le Dimensioni della Mente* – le avventure urban fantasy ricche di azione di Darren, che può fermare il tempo e leggere la mente

- *La serie di Bailey Spade* – la saga travolgente di una ragazza capace di esplorare i sogni e rubare i ricordi

Ti piacciono le commedie romantiche? Dai un'occhiata a *Hard Code – Codice Duro*, una storia d'amore nerd sul posto di lavoro firmata con il mio pseudonimo, Misha Bell.

Ora, per favore, voltate pagina per leggere estratti da *Viaggio nel sogno* e *Hard Code – Codice Duro*.

ESTRATTO DA VIAGGIO NEL SOGNO DI DIMA ZALES

Pensi che i tuoi sogni siano una cosa privata? Allora dovresti cambiare idea.

In qualità di camminatrice dei sogni, sono capace di alleggerire gli incubi, ispirare la creatività o rubare i ricordi. In cambio, chiedo soltanto una bella somma di denaro. Ho bisogno di soldi per salvare la vita di mia madre, e il tempo sta per scadere.

Poi, compare sulla scena un affascinante illusionista – la cui estrema bellezza potrebbe essere semplicemente frutto dei suoi poteri – che mi affida un lavoro ben retribuito, ma dei maledetti vampiri entrano in gioco per rovinare tutto.

I soliti rompiscatole.

Ora mi ritrovo immersa fino al collo in un caso di omicidio dove le vittime e i carnefici potrebbero uccidermi anche solo schioccando le dita. E se si aggiungono un macabro castello, un fossato nauseabondo e un mostro leggendario, siamo pronti per la festa. Soprattutto quando i corpi cominciano ad accumularsi, uno dopo l'altro.

Io sono Bailey Spade e, se non risolvo questo caso, posso considerarmi morta.

———

Ingerisco una goccia di sangue di vampiro diluito.

"Allarme e sorveglianza disabilitati" mi sussurra Felix nell'auricolare. "Avviare effrazione."

Prima che possa rispondere, il sangue entra in circolo, togliendomi un peso dalle palpebre, mentre la privazione del sonno regredisce. Ma quella goccia doveva essere troppo grossa, oppure l'ho bevuta troppo presto dopo l'ultima dose. Sento l'arrivo di un indesiderato effetto collaterale... un piacere orgasmico.

Aumentando la presa sull'attrezzo da scasso, fino a farmi male, me lo conficco nell'avambraccio.

"Che diavolo?" esclama Felix. "Perché mai l'avresti *fatto*?"

La telecamera sul mio colletto non aveva inquadrato quel sorso furtivo, quindi capisco perché, dal suo punto di vista, possa sembrare un comportamento strano. "Lascia perdere."

Il dolore cancella rapidamente l'euforia, e ringrazio le mie buone stelle per essermi presa il tempo di sterilizzare l'attrezzatura, altrimenti mi ritroverei con l'arto in cancrena. Quando estraggo l'attrezzo da scasso dal braccio, la ferita guarisce immediatamente... e soprattutto, non resta alcuna traccia del piacere orgasmico.

Si parte. Quel sangue di vampiro non mi è piaciuto neanche un po', ad eccezione dell'acuito stato di allarme, che era il mio obiettivo... e della libido che s'impennava come quella di un ragazzo in uno strip club.

"Pensavo che la tua stranezza si limitasse ai rituali di pulizia." Felix ha una voce curiosamente sexy dopo la piacevole sensazione del sangue di vampiro.

Invece di rispondere, eseguo un rapido controllo interno, per assicurarmi che nessuna parte di me sia ancora soggiogata da quella sostanza, capace di creare dipendenza. Con tutti i miei attuali problemi, sviluppare una dipendenza dal sangue di vampiro sarebbe come saltare da una scogliera, dopo essermi annegata nel cianuro.

Fin qui, tutto bene. Afferro la maniglia della porta. "Io entro."

"Quello che stai per fare è illegale in questo mondo" mi ricorda Felix, come se non lo sapessi già.

"E hackerare tutte quelle banche?" replico in un

sussurro. "Se ti facessi una ramanzina in proposito, non lo gradiresti."

Felix, che è un Conoscente come me, anche se risiede sulla Terra in modo permanente, si definisce un tecnomante. Può fare in modo che la tecnologia basata sul silicio si pieghi al suo volere, un potere che spreca in imprese eseguibili da qualsiasi umano dotato di una conoscenza approfondita dei computer.

"Camminare nei sogni non ti aiuterà ad evadere dal carcere degli umani" ribatte. "Né a sopravvivere, tra l'altro."

"Questo è discutibile." Decido di non rivelargli quella volta in cui avevo intravisto uno dei suoi sogni erotici, nello specifico, quello in cui s'immaginava nei panni di una guardia che veniva aggredita da detenute sospettosamente attraenti. "Ma se hai fatto il tuo lavoro correttamente, non finirò in prigione."

"Posso solo occuparmi dell'allarme intelligente. Se questo Bernard fosse abbastanza paranoico, potrebbe aver impostato anche il vecchio allarme non connesso alla rete, che scatterebbe appena messo piede all'interno. Oppure, potrebbe avere un cane. O magari è sveglio."

Sentendomi in colpa, sbircio il mio polso, dove la maggior parte della gente vedrebbe un braccialetto di pelo. In realtà, è una creatura chiamata *looft*. Normalmente, la sua specie vive sui *mooft*, simili a mucche, ma Pom (così si definisce) mi ha adottata come suo ospite. In questo momento, sta dormendo come al solito, ma la tonalità del suo pelo, nero come la pece, riflette la mia agitazione interiore. Se dovessi morire, Pomsie morirebbe con me; così funziona il nostro rapporto.

Quindi, non devo morire. Semplice.

Rivolgendo di nuovo l'attenzione alla pesante porta di legno, accarezzo Pom per calmarmi, e quando ho le mani ferme, e il suo pelo ha assunto una tonalità più neutra di blu, forzo la serratura.

"Davvero, Bailey" dice Felix, mentre tocco la maniglia, "devono pur esistere modi migliori per guadagnare dei soldi. Con il tuo..."

Disattivo il microfono dell'auricolare. Ovviamente, ci sono sistemi più leciti per guadagnare ciò di cui ho bisogno, ma essi non pagano neanche lontanamente quanto il mio attuale datore di lavoro. Sono già indietro di un mese con le spese mediche della mamma, e se non troverò due milioni di cc (la criptovaluta di Gomorra) nelle prossime due settimane, le staccheranno la spina. Nessun lavoro onesto mi permetterebbe di racimolare quei soldi nel poco tempo rimasto a mia disposizione. La realtà è che ho dovuto rinunciare al sonno, per arrivare alla fine del mese. In effetti, non ho dormito più di un paio d'ore di seguito, dopo l'incidente della mamma di quattro mesi fa. All'inizio, restavo sveglia in modo naturale, poi ho utilizzato stimolanti farmacologici, e alla fine, ho fatto ricorso al sangue di vampiro.

Prendo una delle mie ultime due granate soporifere dalla tasca, e giro la maniglia della porta.

Non scatta alcun allarme.

Nessun cane abbaia.

Nessuno mi uccide con un colpo di pistola.

Premo il pulsante sulla granata, e la lancio nell'appartamento.

Il gas soporifero si diffonde dappertutto con un sibilo.

"Quel gas diventa inerte in due minuti" sussurro per Felix. "Se qui dentro ci fosse un cane, o se Bernard fosse sveglio, *adesso* dormirebbero."

Riattivo il microfono, in tempo per sentire Felix brontolare qualcosa su un *piano decente*. Ma non si rende conto che la parte più pericolosa del lavoro arriva adesso.

Entro nell'attico in punta di piedi. Valerian, il tizio che mi ha ingaggiata per questo, deve pagare profumatamente Bernard. Questo posto è spazioso, specialmente per New York, dove gli immobili costano quasi quanto nel mio mondo natìo di Gomorra.

Individuata la camera, osservo il letto nell'oscurità con occhi socchiusi. Pfiù... Bernard è rannicchiato in posizione fetale, sotto una pesante coperta.

Striscio verso il letto.

"Non assomiglia a Mario?" sussurra Felix.

Paragonare un uomo a un idraulico digitale non è un'idea così folle come sembra. Quando ho conosciuto

Felix per la prima volta, ci siamo legati grazie al nostro amore per i videogiochi.

Esamino il volto dell'uomo tozzo con i baffi a manubrio. "Piuttosto a Wario, l'arcinemico di Mario."

"Nessuno di loro ha una cicatrice simile."

Ha ragione. La cicatrice sulla fronte di Bernard appartiene al volto di un guerriero interdimensionale, non all'ingegnere dirigente di un'azienda di realtà virtuale della Terra.

"E quindi che cosa si fa?" chiede Felix.

"Devo toccarlo."

Felix ridacchia.

Roteo gli occhi. "Non in senso scabroso."

Osservo le palpebre della mia vittima, alla ricerca di movimenti oculari rapidi. Niente. Merda. Tiro fuori i guanti, e faccio del mio meglio per prepararmi al prossimo spiacevole compito... in particolare, l'aspetto meno rischioso ma più disgustoso di ciò che sto per compiere.

Il contatto pelle contro pelle.

La goccia di sudore che tremola lungo la cicatrice sulla fronte di Bernard non mi aiuta, così come il suo alito, che sa di sterco di mooft.

"Che cosa aspetti?" chiede Felix. "È ancora il tuo disturbo ossessivo-compulsivo?"

"L'attenzione all'igiene non significa avere un disturbo ossessivo-compulsivo." Tocco la boccetta di disinfettante per le mani in tasca, il mio salvavita qui, sulla Terra. "Inoltre, non è nella fase REM del sonno."

"Quindi, significa che dovrai affrontare quella pericolosa battaglia del sub-sogno, quando entrerai dentro di lui?"

"A sentire te, sembrerebbe un'aggressione sessuale. Non 'entrerò dentro di lui', darò solo un'occhiata ai suoi sogni. Ma sì, se la battaglia del sub-sogno dovesse uccidere la Bailey del sogno, la vera me impazzirebbe."

Anzi, detto così è troppo blando. Poco prima dell'incidente, come per scoraggiare l'utilizzo dei miei poteri, la mamma mi aveva mostrato le scene di ciò che era accaduto ad un camminatore dei sogni, morto nel mondo dei sogni. In preda ad una furia assassina, come un folletto rabbioso, aveva cannibalizzato le proprie vittime. Ho controllato, e anche a diversi anni di distanza, continuano a tenerlo legato in una cella imbottita.

"Allora aspetti che entri nella fase REM?" chiede Felix.

"Sarebbe l'ideale."

"Quanto ci vorrà?"

Con un sospiro, consulto il mio telefono terrestre. "Novanta minuti, se è stato il mio gas a stenderlo."

Sento Felix digitare rapidamente sulla tastiera. Poi dice: "Vedo che prende l'Ambien. Dubito che sia stato il tuo gas a metterlo K.O."

"Maledizione." Trattengo la voglia di dare un calcio alla gamba del letto. "Quel farmaco sopprime il sonno REM. Potrebbe essere necessario tornare più tardi o..."

"Bailey." Il suo tono diventa più acuto. "Stai per avere compagnia."

Mi giro di scatto verso la porta. Il mio battito cardiaco s'impenna, mentre il pelo di Pom al polso diventa più scuro.

"Vampiri" esclama rapido Felix. "Esecutori. Hanno coperto tutte le uscite. La fuga sarebbe inutile."

Porca miseria. Perché non poteva trattarsi di qualunque altro tipo di Conoscenti? I vampiri dormono solo se lo desiderano, quindi la mia ultima granata non li metterà a tappeto... e non ho nient'altro a mia disposizione.

Mi cade l'occhio sulla cabina armadio, in un angolo della camera. "Posso nascondermi?"

"È probabile che abbiano il tuo DNA. Altrimenti, come avrebbero potuto convergere su di te con questa precisione?"

Ha ragione. Nemmeno *io* sapevo che sarei stata qui, prima di leggere l'e-mail criptata un'ora fa. Brutta situazione. Un vampiro in possesso del mio DNA potrebbe trovarmi ovunque nel Cogniverso.

Accarezzo Pom, cercando di non farmi prendere dal panico. "Che cosa vogliono?"

"Non ne ho idea" risponde Felix, "ma dubito che si preoccupino della tua effrazione."

"Plausibile." Torno a girarmi verso Bernard. "A quanto pare, non ho altra scelta. Se voglio tenere in funzione l'autorespiratore della mamma, devo entrare, fase REM o no."

"E io farò del mio meglio per ostacolare gli Esecutori. Penso di poter rallentare l'ascensore, forse anche..."

"Grazie." Ignorando il tremore alle mani, prendo il disinfettante e lo spalmo alla meglio sull'avambraccio peloso di Bernard. "Speriamo in bene." Mi protendo verso il lembo di pelle decontaminata (me lo auguro).

In un certo senso, il fallimento avrebbe un suo lato positivo. Se il sub-sogno mi uccidesse, e diventassi una pazza omicida nel mondo reale, i vampiri almeno mi abbatterebbero prima che possa cannibalizzare qualcuno. Inoltre, tutta questa adrenalina sta mandando in cortocircuito le mie abituali paure di essere infettata da uno *Staphylococcus aureus* e altri pidocchi del mio obiettivo.

Le mie dita toccano la pelle dell'uomo, e i miei muscoli s'irrigidiscono per un attimo, mentre avverto una debole zaffata di ozono e provo la sensazione di cadere. Poi, la stanza intorno a me diventa buia, e il mondo della veglia scompare.

———

Volete continuare a leggerlo? Visitate www.dimazales.com/book-series/italiano/ per ordinare subito la vostra copia!

ESTRATTO DA HARD CODE - CODICE DURO DI MISHA BELL

Il mio nuovo incarico al lavoro: testare i giocattoli.
Sì, intendo proprio i sex toys.

Beh, tecnicamente, si tratta di testare l'applicazione
che controlla i giocattoli a distanza.

Un problema? La showgirl che dovrebbe testare
l'hardware (cioè i toys veri e propri) entra in convento.

Un altro problema? Questo progetto è importante per
il mio capo russo, il cupo e squisitamente sexy
Vlad, alias: l'Impalatore.

C'è un'unica soluzione: testare io stessa sia il software
sia l'hardware... con il suo aiuto.

"Io?" Sgranando gli occhi, fa un passo indietro.

Ormai mi sono sbilanciata, perciò vado avanti. "Ha senso. Presumo che ti fidi di te stesso e non mi getterai nel molo. La privacy del progetto non verrà compromessa. Inoltre, beh" arrossisco terribilmente, "hai le parti giuste per farlo."

Mi cadono involontariamente gli occhi sulle parti in questione, poi alzo rapidamente lo sguardo.

Le porte dell'ascensore si aprono.

"Continuiamo la conversazione in macchina" mi dice, con espressione diventata illeggibile.

Merda, merda, merda! Detesta l'idea? Detesta me, anche solo per averla suggerita? Quanto sarà imbarazzante, se mi dirà di no?

Sto per essere licenziata per averci provato con il capo del mio capo?

Saliamo di nuovo nella limousine, questa volta sedendoci uno di fronte all'altra.

Lui solleva il divisorio. "Tanto per chiarire: io testerei l'hardware maschile, fungendo sia da *giver* sia da *receiver*, giusto? In effetti, ho già testato uno dei toys su di me, dopo aver scritto l'app, perciò, in teoria, potrei fare lo stesso con gli altri."

Evviva! Ci sta pensando sul serio. Vorrei mettermi a saltellare su e giù, anche se il rossore (che si era leggermente ritirato durante la camminata dall'ascensore) ritorna in tutto il suo splendore. "Non sarebbe un valido test end-to-end, e lo sai bene. Hai scritto tu il codice; questo ti rende prevenuto."

Le sue narici si dilatano. "E allora, come?"

A questo punto, mi stanno arrossendo persino i piedi. "Tu fai solo da *receiver*. Io agisco da *giver* e registro i dati dei test. È così che si fanno queste cose nel modo appropriato."

Solleva le sopracciglia. "Qui stiamo estendendo la definizione del termine 'appropriato' ben oltre la zona di comfort."

"Senti." Cerco di imitare il suo accento meglio che posso. "Se vuoi tirarti indietro, lo capisco."

Un sorriso lento e sensuale gli incurva le labbra. "Non mi tiro mai indietro di fronte a una sfida."

Le mie mutandine possono davvero sciogliersi, o è solo un modo di dire?

Volete continuare a leggerlo? Visitate www.mishabell.com/it/ per ordinare subito la vostra copia!

BIOGRAFIA DELL'AUTRICE

Dima Zales è autore bestseller del *New York Times* e di *USA Today* con romanzi fantasy e di fantascienza. Prima di diventare scrittore, ha lavorato nel settore dello sviluppo software a New York, sia come programmatore che come dirigente. Dima ha fatto di tutto, dai software di trading ad alta frequenza per importanti banche alle mobile app per le riviste più famose. Nel 2013 ha lasciato l'industria del software per dedicarsi alla sua carriera di scrittore e si è trasferito a Palm Coast, in Florida, dove vive attualmente.

Per saperne di più visita www.dimazales.com/book-series/italiano/.